토에 기초한 한국어 문법

서민정

제이앤씨
Publishing Company

서 문

　우리말에서 중요한 문법 현상은 주로 굴절 형태소인 '토'와 관련되어 있고, 문법 체계들 또한 토의 체계와 관련되어 있다. 그래서 어떤 문법 이론에서든지 토의 특성을 규명하고자 했다. 이 연구도 그러한 관점에서 출발했다.

　글쓴이가 2004년 박사학위 논문으로 제출한 〈한국어 정보 처리를 위한 토 연구〉는 '토'의 형태적 구조와 통사적 기능의 특성을 설명하기 위한 문법 모형을 제시하였는데, 그 문법 모형이 우리말 정보 처리에도 응용될 있음을 전제한 논의였다. 학위 논문 제출 이후 학위 논문의 모형에서 몇 가지 문제점이나 한계를 발견하여 그것을 수정한 논문을 제출하였지만 그것이 부분적이어서 전체를 보기에는 여전히 많은 어려움이 있었다. 그래서 학위 논문과 그 이후 발표된 논문들을 바탕으로 동사의 구조와 명사의 구조를 수정하고, 논의 속에 포함시킨 동사토와 명사토를 확대하는 등 전체 틀을 조금 바꾸고 부분적으로 깁고 보태어 책으로 내게 되었다.

　우리말과 우리글에 대한 관심은 철들 무렵부터 시작되었다. 그러나 공부를 하면 할수록 느끼는 것은, 모르는 것이 더 많다는 것이고, 우리말의 진정한 모습에 대한 의문은 더 깊어 진다는 것이다. 언어를 통해 세상을 보고 언어 이론을 통해 언어를 본다는 것을 전제한다면 언어 이론은 세상을 보는 기저의 그것 중의 하나라고 할 수 있는가. 그리고 우리말을 설명하는 이론으로 우리말을 볼 수 있고 세상을 볼 수 있는가. 과연 우리말의 진정한 모습은 어떤 것이고 우리말을 설명하기 위한 문법은 무엇을 담고 있어야 하는가.

우리말과 우리글이 참 좋다. 그리고 그러한 우리말과 글을 연구하는 일은 더없이 행복하다. 그래서 우리말과 우리글이 우리의 생각을 제대로 담아내지 못하고 왜곡되어 가는 것이 많이 안타깝고 속상하다. 국수주의 자라 해도 상관없고 세계화되어 있지 않다고 해도 어쩔 수 없는 일이다. 이것은 외래어가 많아지고 통신 언어 등에서 우리말의 무분별한 해체 등과 같은 이른바 국어 순화가 안 되어 있다는 뜻이 아니다. 그런 것들은, 우리말 어휘가 풍부해질 수 있고 우리말이 말랑말랑해서 유연성을 가진 것이라는 측면에서는 오히려 긍정적으로 볼 수도 있는 일이다.

우리의 생각을 제대로 담아내지 못한다는 것은 잘못된 번역어가 일반 화 되면서 정확하지 않고 모호한 표현들 때문에 우리글이 어려워졌다는 것이고, 우리말이 왜곡되어 간다는 것은 우리말을 설명하는 이론들이 그 바탕을 서구 언어를 설명하는 이론에 두고 있기 때문에 어쩔 수없이 그러한 서구 언어의 설명 방식으로 우리말도 굽어있다는 것이다. 문제는 그것을 인식하지도 못할 만큼 그러한 방식이 자연스러워져 있다는 것이며 그것이 오히려 더 타당해 보인다는 것이다. 글쓴이도 그러한 문제의 가운 데 서 있다. 최근에는 이른바 개화기의 우리말과 우리 문법에 대해 관심을 두고 공부하기 시작하면서 이러한 문제에 대해 더 많이 인식하게 되었다. 그러면서 스스로 무지와 한계를 느끼며 지금까지의 공부에 대해 회의가 생기기도 했다. 초기 문법학자들의 고민을 조금 더 빨리 읽고 이해하였다 면 이 글은 또 많이 달라졌을 것이다.

이런 아쉬움에도 불구하고 나의 글들을 한 곳에 모아 세상에 내어놓으 려는 것은, 그러한 일이 많이 두렵고 부끄럽지만 지금까지의 생각들을 정리하고 새롭게 다시 출발하고 싶어서이다.

이 연구가 나올 때까지 참 많은 분들의 도움을 받았다. 대학 스터디 그룹의 지도교수의 인연이 석사, 박사 과정까지도 이어져 모자란 제자를 모자라다고 나무라시기보다는 열심히 하라시며 격려해 주시고 지켜봐 주셨던 지도교수님이신 최규수 선생님의 고마움을 어떻게 표현해야 할지 모르겠다. 더 열심히 하는 것밖에는 달리 방법이 떠오르지 않는다. 그리고 대학 시절 언어학에 대한 과학적 접근의 필요성을 몸소 보여주시며 교육과 연구하는 자세에 있어서 지금까지도 나에게 많은 영향을 주고 계시는 김영송 선생님, 학위 논문의 심사를 통해 논문의 체계에서부터 세부적인 내용까지 하나하나 바로 잡아주신 김일웅 선생님, 다듬어지지 않은 생각이라도 전체 흐름을 읽어주시며 조언과 격려를 해 주셨던 김봉모 선생님, 대학 1학년 언어학 개론 수업을 시작으로 언어학에 대한 관심을 열어 주신 박선자 선생님, 변형 문법에 대해 이론적 가르침을 주셨던 유동석 선생님, 국어학 연구의 실용성을 강조하시며 지금은 가까이서 또다른 관점의 국어학 연구에 많은 조언을 해 주시는 김인택 선생님, 국어학에 대한 다양한 관점의 접근이 필요함을 언급하시며 좌절하고 있을 때 힘이 되어 주셨던 강우원 선생님과 이병운 선생님, 바쁘신 와중에도 HPSG에 대한 자세한 설명을 아끼지 않으셨던 정찬 선생님께 감사드린다. 그리고 선배이자 선생님이셨던 이근열 선생님, 김수태 선생님, 나찬연 선생님, 차윤정 선생님, 양순임 선생님을 비롯한 여러 선배님께도 감사드린다. 모자란 후배에게 많은 조언과 격려를 아끼지 않으셨기에 여기까지 오는데 힘들이지 않을 수 있었다. 또한 김민균, 김정혜, 정진영 선생을 비롯한 여러 후배들은 모자란 선배의 글을 읽어 주며 작은 실수들을 챙겨봐 주었다. 정말 고맙고 미안한 일이었다. 그리고 고 김준오 선생님, 박태권 선생님, 장관진 선생님, 김승찬 선생님, 김중하 선생님, 김정자 선생님, 임종찬 선생님, 이헌홍 선생님, 조태흠 선생님, 권경근 선생님, 한태문 선생님, 이재봉 선생님, 고현철 선생님, 최귀묵 선생님께도 이 자리를 빌어 깊은 감사를 드린다.

어려운 시기에 많이 모자란 글을 책으로 낼 수 있도록 허락해 주고 거친 원고를 다듬어 이렇게 모양을 갖추게 도와주신 제이앤씨 출판사께 감사한다.

능력이 턱없이 부족한 공부를 한답시고 다른 모든 곳에서 모자랐다. 딸로서 누이로서 며느리로서 아내로서 엄마로서... 그러나 그런 모습을 모자라게 보지 않고 늘 채워서 봐 주었던 가족들에게 정말 고개를 들 수 없을 만큼 미안하고 고맙다. 엄마의 부족한 손길을 자연에서 채우며 잘 자라고 있는 내 아들 동인이와 동윤이에게, 그리고 넘어지지 않도록 늘 뒤에서 받쳐준 정영래 선생에게 이 책이 작은 위로와 보람이 되었으면 한다.

어눌해 지신 발음으로도 내 건강과 내 학문을 염려해 주시며 지금도 투병 중이신 내 아버지와, 한 없이 죄스러운 마음 금할 길 없는 내 어머니께 이 책을 바친다.

2009년 5월
금정산 자락에서
지은이 씀

차 례

제 1 장
머리말

1. 연구 목적
2. 연구 방법
3. 책의 구성

1. 연구 목적

　1.1. 전통 문법에서부터 최근의 여러 문법까지 국어학은 여러 가지 관점이나 목적에 따라 변화하고 발전되어 왔다. 초기에는 구조 문법의 영향으로 자료에 대한 정확한 분석과 분류에 관심을 두었었고, 그 이후에는 변형 생성 문법의 방법론이 도입되면서 이론을 적용하고 수정하는 과정을 통해 체계적이고 이론적인 접근의 중요성을 인식하기도 하였다. 그리고 컴퓨터에서 언어 처리의 필요성이 강해지면서 의존 문법, 어휘 기능 문법(LFG), 일반화된 구 구조 문법(GPSG), 중심어 주도 구 구조 문법(HPSG) 등의 영향을 받기도 했다.

　이와 같이 우리말 문법은 주로 서구 언어 이론의 영향을 받으며 발전해 왔다. 그러나 서구 언어 이론들이 비록 보편 문법을 지향하고 있다고 하더라도 우리말을 대상으로 구축된 이론이 아니기 때문에, 부분적으로는 가능할지 모르겠으나, 우리말 자체에 들어 있는 질서와 논리를 담기에는 한계가 있을 수밖에 없다.

　최근에는 말뭉치를 이용한 많은 자료의 분석에 기초하여 앞선 연구에서 제기하지 못했던 우리말의 현상이나 특질을 찾아내어 부각시키는 연구들도 많아지고 있다. 이런 연구들은 기존의 문법 이론이 이론의 수정과 확장에 관심을 기울이면서 상대적으로 소홀했던 실제 언어 자료를 분석하는 데 집중하여 실질적인 성과를 내기도 했다. 특히 국어 정보학, 전산 언어학, 한국어 교육과 같은 응용 분야가 확대되고 중요성을 가지면서, 기존 연구의 한계와 방향 전환의 필요성이 높아졌다.[1]

---

　1) 이와 관련된 논의들 가운데 고창수(2002), 목정수(2003) 등이 있는데, 고창수

개별 언어를 대상으로 하는 문법 이론은 그것이 이론을 중심으로 하는 문법이든지 자료에 바탕을 둔 문법이든지 대상 언어의 가장 특징적이고 일반적인 문법 현상을 설명할 수 있어야 한다. 앞에서 언급된 서구의 이론들이 이론 내적인 논리성과 일반성을 갖추고 있다고 하더라도 주로 대상으로 하고 있는 언어가 영어이기 때문에 굴절어인 영어의 특징이 이론의 바탕이 된다. 따라서 그러한 이론들이 영어에서 비중 있고 의미 있는 현상들을 주로 다루는 것은 당연하다. 그러다 보니 국어학의 연구가 우리말에서는 일반적이지 않으나 영어에서는 중요하고 의미 있는 문법 현상들에 치중한 면이 없지 않다.2)

따라서 우리말에서 일반적이고 의미 있는 현상들에 좀더 집중할 필요가 있다. 그것이 지금까지는 영어와 달랐기 때문에 오히려 부각되지 못했던 우리말의 특징일 수도 있기 때문이다.

1.2. 그렇다면 우리말에서 가장 의미 있고 중요한 문법 현상은 어떤 언어 단위와 관련되어 있을까. 우리말의 격, 높임, 시제, 양태, 상, 서법,

---

(2002)는 이론 국어학의 틀을 벗어나 정보 처리를 위한 언어 분석 이론을 제시하는 논의이며, 목정수(2003)은 우리말 굴곡가지(기존의 조사와 어미)의 분류나 설명 방식을 벗어나 지극히 분포 중심으로 굴곡가지의 체계를 세우려는 논의이다.
2) 이와 관련하여 고영근(2002: 21~41)의 논의는 이 연구에 시사하는 바가 있어 여기서 그 일부를 인용한다.
"일반 언어학에 관한 지식만 쌓았다고 하여 우리말을 연구할 수 있는 것은 아니다. 외국어문학과 출신이 외국에 가서 우리말을 소재로 하여 논문을 쓸 때 그 사이 얼마나 많은 시행착오를 반복하였는가 하는 것은 국어 생성 문법 연구사가 웅변한다. 그런 시행착오 속에서도 국어 생성 문법의 탑을 쌓기까지는 주시경, 박승빈, 최현배, 정렬모, 홍기문 등 전통문법가나 이숭녕, 허 웅 등의 역사주의자들의 업적이 큰 디딤돌이 되었다. 정통 국어학자들이 외래 이론을 바닥에 깔고 우리말 중심의 언어 및 문법 이론의 개발에 노력을 기울인다면 머지않아 앞에서든 '거대 언어 이론'을 창출할 수 있다."(39쪽)

문형 등과 같은 문법 현상은 대부분 '토'[3]로 실현된다. 따라서 우리말 문법 연구의 핵심 가운데 하나는 이러한 토를 문법 체계 속에서 어떻게 설명하느냐 하는 것이다. 많은 논자들이 언급한 바와 같이[4], 우리말은 동사나 명사와 같은 어휘 범주들에 통사적 기능을 가진 '토'를 교착적 방식으로 실현시켜 문법적 의미를 표현한다. 그래서 문법의 대부분이 '토'와 관련되어 있다. 그에 따라 우리말 문법 연구의 핵심은 '토'의 체계를 어떻게 세우느냐 하는 것이다. 특히 어떤 이론을 도입하거나 적용하는 과정에서 혹은 새로운 이론을 모색하는 과정에서 '토'는 항상 이론의 타당성을 검증하는 도구가 되어 왔다. 물론 한편으로는 새 이론을 도입하는 과정에서 토의 특성이 왜곡된 면도 없지 않았다.

이렇게 구체적인 형태 표지를 가지고 명사와 동사의 줄기에 붙어 문법적 기능을 나타내는 '토'에 대해서는 아주 다양한 관점과 시각으로 논의되었다. 임홍빈(1989/1998), 시정곤(1994)의 '통사적 파생', '통사적 접사',

---

3) 이 연구에서는 우리말의 명사(N), 동사(V)와 같은 어휘 범주와 결합하는 기능 범주인 굴곡가지에 해당되는 언어 형식을 '토'라고 한다. '토'는 학교 문법의 '조사'와 '어미'를 묶은 것인데, '조사'는 '명사토', '어미'는 '동사토'가 된다.

   (1) 맛있는 사과를 먹었다.

(1)에서 '-는', '-를', '-었', '-다' 등이 '토'에 해당하며, '-를'은 명사토이고 '-는', '-었-', '-다'는 동사토이다.

   이 글에서 '토'라고 한 것은 주시경(1914)에서 어휘 범주와 기능 범주를 각각 '몸씨'와 '토씨'라고 구분한 논의와 관련 있다. 단지 주시경(1914)에서는 각각을 단어로 인정했다면 이 글에서는 '토'를 단어로 인정하지 않는다는 점이 다르다.

   한편 이극로(1935)에서도 어미와 조사를 모두 '토'의 범주에 넣는 것이 교착어인 우랄알타이어의 유형적 특징에 맞음을 지적한 바 있다.

   언어 단위로 '토'를 설정하는 의의에 대해서는 1장 2.2절과 3장 2.2절에서 다시 설명한다. 형태론의 체계와 용어 사용에 대한 것은 최규수(2001, 2006) 참조.

4) '토'의 중요성에 대한 인식은 '토'와 관련된 대부분의 논의들에서 직접적으로 다루고 있거나 논의 속에 포함되어 있다. 직접적인 언급은 임홍빈(1999ㄴ), 우순조(2006)의 논의에서 확인할 수 있다.

'통사적 가지', 고영근(1993)의 '구성소와 형성소', 임홍빈(1997)의 '교착소'와 같은 용어의 도입이나, 박동근(2000), 서태룡(2000), 최규수(2001), 이홍식(2003), 황화상(2005), 송철의(2006) 등의 논의도 '토'의 형태적·통사적 기능을 드러내기 위한 노력에서 나온 것이다.

'토'는 잘 알려진 바와 같이, 독립된 통사 기능을 가지고 있으면서 형태론적 중심어에 의존하고 있어 이론에 따라, 토와 형태론적 중심어인 어휘범주의 결합을 통사적으로 분석한 논의도 있고, 형태적으로 분석한 논의도 있다.

이를테면 동사토의 경우 대부분의 변형 문법적인 연구(시정곤: 1992, 유동석: 1995 등)에서는 '-시-', '-었-', '-겠-', '-다'와 같은 동사토를 통사적 중심어로 분석하여 동사토 각각에 AGR, T, M, C 등과 같은 통사론적 범주를 부여했다. 그리고 이들 통사론적 범주들은 각각의 최대 투사의 중심어가 된다. 반면 HPSG[5]를 도입한 논의(장석진: 1995, Kim: 1998 등)에서는 형태적 구조로 분석하여 동사(V)의 굴절형으로 설명하였다. 이러한 설명에 따르면 '가시다, 갔다, 간다, 가겠다, 갔겠다' 등은 동사 '가다'의 굴절형이 된다.[6]

토와 선행 요소와의 결합을 통사적 구조로 분석했을 때는 토의 통사론적 특성이 분명해진 반면 토의 형태론적 특성을 설명하기 어렵다. 반대로 형태적 구조로 분석했을 때는 토의 형태론적 특성은 간단하게 설명할

---

5) HPSG에 대한 자세한 설명은 P. Carl & I. Sag(1987), P. Carl & I. Sag(1994), 박병수(1994), 장석진(1995), 박효명(1998), I. Sag & T. Wasow(1999)에 제시되어 있다.

6) 장석진(1995)와 Kim(1998)은 형태적 구조로 분석한다는 점에서는 같으나, 장석진(1995)에서는 동사의 굴절형(VFORM)로 설명하였다면, Kim(1998)에서는 '가', '가시', '가시었', '가시었겠', '가시었겠다' 각각을 서로 다른 유형의 'stem'으로 설정하였다는 점에서 구분된다.

수 있지만 우리말 토의 다양성과 통사론적 특성을 충분히 반영하기 쉽지 않거나 잉여성의 문제가 있을 수 있다.

한편 문법 이론에서 토를 어떻게 처리하는가는 문법이 가정하고 있는 문법 단위(언어 단위)와도 관련된다. 이를테면 구조 문법에서는 '형태소', '단어', '어절', '구' 등의 단위가 주로 사용되었고 변형 생성 문법에서는 '핵범주', '구범주' 등의 단위들이 주로 사용되었는데, 각 문법 이론 안에서는 각각의 단위들을 바탕으로 토를 처리할 것이기 때문이다. 이러한 문법 단위는 문법 전체의 틀 속에서 설정되는 것이기 때문에 결국 문법에서 토를 어떤 단위로 처리하는가는 우리말 문법 전체의 구조를 세우는 것이라 할 만큼 중요한 문제이다.

이 연구도 앞선 연구들에서처럼 우리말 문법에서 '토'의 중요성에 대한 인식에서 출발한다. 즉 우리말을 설명하기 위한 문법 이론이라면 당연히 우리말 '토'의 특성이 이론 안에 반영되어야 하고, 그 이론은 '토'가 가진 고유의 속성을 설명할 수 있어야 한다는 것을 전제하고 논의를 진행한다. 그래서 먼저 우리말의 중요한 문법 기능을 담당하고 있는 '토'의 문법적 지위를 확인하고, 그것을 문법에 반영하는 방법론을 모색하여 문법 체계를 구성하는 것이 이 연구의 목적이다.

1.3. 최근에는 컴퓨터가 발전함에 따라 컴퓨터에서도 인간의 언어 처리와 비슷한 수준으로 언어가 처리되기를 기대하게 되었다. '언어 처리'는 언어를 '컴퓨터에 표상하고 구현한다'는 측면에서는 전산학과 관련을 맺고 있지만, '언어를 다룬다'는 측면에서는 언어학과 깊이 관련되어 있다.

따라서 '문법'에서도 인간 인지 세계의 탐구를 위한 언어의 분석뿐만 아니라, 전산 처리의 효율성까지 고려해야 할 시점에 이르렀다. 한정된 자료를 대상으로 하는 이론 중심의 문법의 경우에는 실제 언어 자료에 적용되었을 때 경우에 따라서는 많은 수정이 요구되거나 이론의 틀마저 흔들릴 수도 있다.7) 따라서 이제 문법은, 그것의 목적에 따라 다르겠지만, 위와 같은 국어학적인 문제 이외에도 언어 처리에서의 효율성에 대해서도 고려해야 한다.

이러한 요구와 관련되어 영어권에서는 이론의 구성과 함께 언어 처리를 고려한 GPSG, HPSG와 같은 문법 이론이 제안되고 계속 발전을 하고 있는데, 이 글에서 가정하고 있는 문법 모형도 국어학적인 문제와 함께 언어 처리의 효율성을 고려한 것이다.8)

이 연구는 '토'를 통해 우리말의 문법적 특성과 구조를 확인하여 문법 모형을 구성하고자 한다. 그리고 그렇게 구성된 문법 모형은 우리말의 문법 체계를 설명하면서, 부수적으로는 언어 공학적으로도 쉽게 응용될 수 있을 것임을 가정하고,9) 구성한 문법 모형의 적절성을 확인하기 위해 모형 안에서 우리말 '토'의 기능을 설명하는 데 그 목적이 있다.

---

7) 이런 점에서 국어정보학적 연구에서도 국어학에 기반을 둔 연구가 필요하다.
8) 이 연구가 이와 같이 이론과 응용을 동시에 고려할 수 있는 것은, 자연 언어는 어떤 언어든지 가장 경제적이고 효율적인 상태로 구성되어 있는데, 문법이 그러한 자연 언어의 특성을 정확하게 파악하고 설명한다면, 그 문법은 국어 정보 처리와 같은 응용 분야에서도 잘 적용될 수 있음을 전제하기 때문이다.
9) 언어 공학의 적용에 대한 것은 프로그래밍과 데이터 구축 등 방대한 작업이 요구되는 것이어서 이 연구에서는 문법 모형을 제시하고 응용은 다음 기회로 미룬다.

2. 연구 방법

2.1. 우리말의 특성과 HPSG의 수정

이러한 논의를 위해 먼저 토의 형태적·통사적 제약 관계를 검토하여 문법에 반영한다. 그리고 문법 모형을 구성함에 있어서 언어 정보 처리에 대한 방법론은 HPSG(Head-Driven Phrase Structure Grammar)의 방법론을 부분적으로 도입하되, 우리말의 특성에 맞도록 수정한다. HPSG의 방법론은 음운 부문, 형태 부문, 통사 부문, 의미 부문과 같은 문법의 각 부문의 독립성을 보장한다는 점과, 각 언어 형식이 가지고 있는 언어 정보에 대한 입장이 이 연구에서 지향하는 방향과 비슷하다. 즉 이것은 우리말의 특성상 각 언어 형식의 음운적·형태적·통사적·의미적 정보들이 문법에 의해서만이 아니라, 언어 형식 자체의 음운, 형태, 통사, 의미 자질로 규정하는 것이 문법이 더 효율적이라는 관점이다. 이와 같이 다른 언어 형식과의 제약과 그러한 제약 관계를 기반으로 하는 '**자질에 기초한 언어 정보 중심의 문법**'을 구성하여 이 글의 방법론으로 한다.

(1) 연구 방법

'토'의 형태적·통사적 제약 관계 검토
⇕
문법에 반영 ⇄ 문법 모형 구성
⇕
토의 특성 설명(문법 모형의 타당성 검증)

2.2. 제약 관계의 검토

언어 형식은 다른 성분과 어떠한 제약 관계를 형성하면서 하나의 '어절'
을, 혹은 '구'를, 혹은 '문장'을 형성한다. 그래서 언어 형식의 결합에서는
형태적·통사적 제약 관계뿐만 아니라, 의미적·화용적 제약 관계도 고
려되어야 한다. 그런데 이 연구에서는 문법의 틀을 위해 우선, 토의 '형태
적·통사적' 제약 관계를 중심으로 살핀다. 이것은 문법 체계에 '토'의
문법적 기능을 반영하기 위한 것으로, '토'가 실현되는 위치와 순서를
바탕으로 다른 성분과의 결합 관계나 제약에 대한 검토이다.

(2) '토'의 제약 관계

```
┌─────── Ⅱ ───────┐ ┌───── Ⅲ ──────┐
XP ...    줄기   +    토1....+ 토n,      XP, ....VP..
         └─────── Ⅰ ───────┘
```

(3) 하늘을 날고 싶다.

(2)는 언어 형식 가운데 '토'를 중심으로 '토'와 다른 언어 형식과의
형태적·통사적 관계를 나타낸 것이다. Ⅰ은 '토'와 주로 명사, 동사 줄기
나 다른 동사토 또는 다른 명사토와의 '형태적' 관계를, Ⅱ는 '통사적'
구조를 이루는 선행 요소와의 관계를, Ⅲ은 토와 후행 요소와의 '통사적'
관계를 나타낸다. 이를테면 (3)에서 '-고'를 중심으로 보면, Ⅰ은 '-고'와
'날-'의 관계를 나타내고, Ⅱ는 '-고'와 '하늘을'의 관계를 나타내고, Ⅲ은
'-고'와 '싶다'의 관계를 나타낸다.10)

이런 제약 관계를 통해 토가 그것이 결합하는 성분과 형태적 구조로 분석하는 것이 타당한지 아니면 통사적 구조로 분석하는 것이 타당한지에 대한 근거를 마련할 수 있을 것이다.

2.3. 문법 모형의 구성

'토'의 제약 관계와 함께 고려해야 할 것은 제약 관계를 잘 드러낼 수 있는 문법 모형을 구성하는 일이다. 여기서는 이 연구에서 제시할 문법 모형의 기본 단위, 문법의 기술 방법에 대해 설명하고자 한다. 그리고 줄기와 토의 구조와 언어 정보에 대해 간단히 살핀다.

① 문법 단위 : 구, 어절, 통사적 형태 단위(줄기, 토)

문법 이론은 그 문법의 체계에 맞는 언어 단위를 설정하고 있다. 변형 문법에서는 언어 단위를 '어휘 범주'와 '구 범주'로 나누는데, 어휘 범주(핵 범주)에는 N, V, A, P, I, C 등이 해당하고, 구 범주에는 NP, VP, AP, PP, IP, CP 등이 해당한다. HPSG(P&S, 1987)에서도 언어 기호(sign) 를 구(phrase)와 어절(word)[11]이라는 하위 유형으로 분류하는 점에서

---

10) (2)의 관계는 많은 관련 연구들에서도 전제하고 있는 것이다. 단지 이 연구에서는 제약 관계를 보기 위해 좀더 명시적으로 제시한 것이다.

11) 이 연구에서는 아래 (1)에서 '학생들이', '도서관에', '빨리', '간다'와 같은 언어 형식을 '어절'이라고 한다.

   (1) <u>학생들이</u>   <u>도서관에</u>   <u>빨리</u>   <u>간다.</u>

'단어'라고 했을 때는 논자에 따라 지시 범위가 달라서 혼동이 있을 수 있기 때문이 다. '어절'은 허웅(1983)의 '최소 자립 형식'과 같은 개념이다.

는 변형 문법과 비슷하다. 단지 '어절'은 어떤 속성을 가지느냐에 따라 여러 유형들로 나누어진다는 점에서는 구별된다.

이 두 이론은 모두 영어를 기반으로 하고 있다는 점과 기본 단위로 '구'와 '어절'을 설정했다는 공통점이 있다. 그런데 변형 문법과 HPSG는 전자는 심층 구조·표층 구조를 설정하고 있는 반면, 후자는 심층 구조를 설정하지 않는다는 점 등에서 두 이론이 전제하고 있는 가정이 다르다. 그럼에도 불구하고 두 이론이 설정하고 있는 언어 단위가 공통적으로 '구'와 '어절'이라는 점이 주목된다. 언어 단위 '구'와 '어절'은 영어의 경우 문법적 의미를 담당하는 언어 형식이 하나의 어절로 되어 있거나, 혹은 어절의 굴절형에 포함되어 있기 때문에 '구'와 '어절'만으로도 영어의 특징을 설명할 수 있다.12)

(4) I go to school.

(5) go, went, gone, going, goes

이를테면 영어 전치사의 경우는 대부분 (4)의 'to'와 같이 문법적 의미를 담당하는 어휘 범주(P)가 그 자체가 어절이다. 그리고 (5)와 같이 'go'의 굴절형 안에 '과거', '과거완료', '진행', '3인칭 단수'와 같은 문법적 의미가 포함되어 있다. 그래서 영어를 기반으로 하는 문법 이론에서는 어휘 범주 혹은 '어절'과 그것의 최대 투사 범주인 '구' 이렇게 두 언어

---

12) J.M.Sadock(1991)에서는 언어 단위를 '구'와 '어절'로는 설명하기 힘든 영어의 ''s'와 같은 예들을 제시하면서 이러한 언어 형식은 세계의 많은 언어에 존재하고 있음을 강조하였다. 그리고 이러한 예들을 설명하기 위해 문법 부문의 독립성을 주장하였다.

단위로 설명할 수 있는 것이다.

그러나 우리말의 경우 문법적 의미는 주로 '토'가 담당하고 있는데, '토'는 최소한 형태적으로는 그 자체로 어절을 형성하지 못한다. 거기다가 토가 어휘 범주와 결합하는 양상이 아주 다양하기 때문에 구와 어절만으로 설명하게 되면 '토'와 어휘 범주와의 차이점이 드러나기 어려울 뿐만 아니라 토의 다양성을 반영하기도 힘들다.

(6) 영이 가 밥 을 먹 었 다.

(7) 먹다, 먹었다, 먹겠다, 먹었겠다, 먹더라, 먹었더라, 먹겠더라, 먹자, 먹어라, 먹읍시다, 먹습니다, 먹어요, 먹었어요, 먹겠어요, 먹은, 먹었기, 먹기, 먹지만, 먹었지만, 먹더라도, 먹으니, 먹었으니, 등

(6)과 같이 우리말 토는 독립하여 쓰일 수 없다. 이것을 띄어쓰기 문제로 해결하기에는 토의 자립성이 여전히 문제가 된다. 그리고 (7)과 같이 굴절형이 너무 많기 때문에 어절의 굴절형으로 처리했을 때는 어휘부의 부담, 잉여성 등과 같은 문제가 있다. 영어와 우리말의 굴절된 양상인 (5)와 (7)을 비교하는 것은 어려운 일이 아니다.

그렇다면 우리말을 대상으로 하는 문법에서는 기본 단위를 어떻게 설정할 수 있을 것인가. 영어를 대상으로 하는 문법이 '구 범주(구)'와 '어휘 범주(어절)'를 문법 단위로 설정했다면 우리말을 대상으로 하는 문법은 '어절'을 분석해서 단위를 더 세분해야 한다. '토'가 문법적으로 중요한 의미를 가지고 있어서 따로 설명할 필요가 있기 때문이다. 뿐만 아니라 어절을 더 분석하여 단위를 설정하게 되면 '토'를 '줄기'와 같이 통사적 기능을 가진 것으로 설정하면서도 '줄기'와의 결합은 형태적 구조

로 분석할 수 있다.

그래서 이 연구에서는 '토'와 '줄기'를 '통사적 형태 단위'라고 한다. '통사적 형태 단위'는 '형태소'와 구별되는 것인데, '형태소'가 형태론의 기본 단위로 파생가지까지도 포함한다면, '통사적 형태 단위'는 통사적 기능을 가진 단위로 형태론적 중심어가 되는 (8)의 '하늘', '높-'과 같은 '줄기'와, 줄기와 결합하는 '-이, -았-, -다'와 같은 '토'가 해당된다.13)

(8) 하늘이 매우 높았다.

앞선 연구에서 통사적 의미를 가지고 있는 기능 범주들이 '굴곡가지'의 형태로 실현된 것을 가리키는 용어(이 연구에서는 '토')는 다양하게 제안되었다. 전통적으로는 명사와 결합하는 굴곡가지를 '토씨 혹은 조사'(이 연구에서는 '명사토')14)라고 하고, 동사와 결합하는 굴곡가지를 '씨끝 혹은 어미'(이 연구에서는 '동사토')15)라고 한다. 이러한 전통적인 용어 이외에 최근에는 이들의 통사적 기능을 드러내기 위한 용어로 '통사적 기능 접사'(시정곤, 1994: 34~41), '문법 범주'(서정수, 1996: 127), '교착소'

---

13) 이것은 전통 문법의 '줄기'와 '굴곡가지' 즉 '토'들을 가리키는데, 전통 문법의 개념을 현대적 문법 이론에 도입하여 발전시킨 것이다.

14) 이 외에도 전통 문법에서는 다양한 용어들이 제안된 바 있다. 유길준(1909)에서는 '후사', 주시경(1910)에서는 '겻'과 '잇'의 일부, 김두봉(1922)와 김윤경(1932, 1948)의 '겻씨'와 '잇씨'의 일부, 홍기문(1927)에서는 '후치사', 최현배(1937)에서는 '토씨', 정렬모(1946)에서는 '빛' 등과 같은 용어가 있다.

15) 전통 문법에서는 동사토에 대해서 안맺음토, 마침토, 이음토 등에 대해 각각 다른 용어를 사용하였다. 주시경(1910)의 '끗'과 일부의 '잇', 김두봉(1922)와 김윤경(1932, 1948)의 '맺씨'와 일부의 '잇씨', 홍기문(1927)의 '접속사'와 '종결사', 박승빈(1931)의 '종지 조사(終止 助辭)', 최현배(1937)의 '도움줄기'와 '씨끝', 이숭녕(1956)의 '어미', 허웅(1983)의 '씨끝'(안맺음씨끝, 맺음씨끝) 등이 여기에 해당한다.

(임홍빈, 1997) 등이 있다.

이 글에서 '토'라는 용어를 사용하는 것은 명사토와 동사토가 가진 공통점을 용어에 반영하기 위한 것이다. 즉 명사토와 동사토는 어휘 범주인 '줄기'와 결합하며 문법적 의미를 가지고 있고 의존적이라는 점에서 많은 공통점을 가지고 있다. 그러나 변형 문법이나 HPSG와 같은 서구 이론에 기초한 논의에서 도입하고 있는 용어에서는 그러한 유사점을 거의 찾을 수 없다.

이상의 논의를 통해 용어 '토'의 도입이 받아들여진다면, 이제 '토'의 성격과 범위를 구체화할 필요가 있다. 토는 (9)처럼 홀로 쓸 수 없고, 명사나 동사에 의존하여 실현되기 때문에 '의존적'이라고 한다. 그런데 이 의존적이라는 말은 다소 모호해서 '토'와 파생가지나 형식 명사, 그리고 형식 동사와 구별할 수 없다.

(9)ㄱ. *-를 먹는다.
　　ㄴ. *딸기-를 먹는-.

(10)ㄱ. *것을 좋아한다.
　　ㄴ. 아름다운 것을 좋아한다.

(11)ㄱ. *나는 할머니가 싶다.
　　ㄴ. 나는 할머니가 보고 싶다.

즉 (10)과 같은 형식 명사와 관형어의 관계, (11)과 같은 형식 동사와 본동사와의 관계 등 무엇이 무엇에 의존적인지는 관점에 따라 달라진다. 따라서 (9)의 '-를', '-는'과 같은 '토'가 가진 의존성은 '딸기, 먹-'과 같은

'어휘 범주인 줄기에 대한 의존성'이라고 하는 것이 '토'의 특성을 분명히
나타낼 수 있다.

한편 이러한 설명은 '토'가 어절의 한 부분으로 어휘 범주와 함께 실현
되어야 한다는 것을 전제한다. 그런데 이것은 파생가지의 특성이기도
하다. 그러면 파생가지와 '토'를 구별할 수 있는 특성은 무엇인가. '파생가
지'는 어절 안에서 뿌리의 뜻을 보태거나, 문법 범주를 바꾸는 역할을
하지만, '토'는 그것이 결합한 어휘 범주의 최대 투사가 되는 구의 통사적
기능을 담당하고 있어 구별된다.

따라서 다른 언어 형식과 구별되는 '토'의 특성16)은 (12)와 같이 정리할
수 있다.

(12)ㄱ. 형태적으로 줄기에 의존적이다.
     ㄴ. 통사적 기능이 있다.

그래서 형태적 중심어에 의존하고 있으면서 독립된 통사 기능을 가지
고 있는 언어 형식을 '토'라고 정의할 수 있다. 한편 '토'가 결합하는
형태적 중심어는 '줄기'인데, '줄기'는 형태론적으로 중심어가 된다는 면
에서는 '토'와 구별된다. 그러나 '줄기'와 '토' 각각은 통사 기능이 있으면서
다른 언어 형식과 형태적 관계를 가진다는 점에서는 같은 범주로 묶일
수 있다. 그래서 이 연구에서는 '토'와 '줄기'를 가리키는 개념으로 '통사적
형태 단위'를 설정하려고 한다. 따라서 이 연구에서 우리말의 특성을
설명하기 위해 설정하는 언어 단위는 '구', '어절', '통사적 형태 단위'17)이다.

---

16) 우리말 토의 특성에 대해서는 고영근(1993), 서정수(1996), 최규수(2001) 등에서
   논의된 바 있다.

(13) 언어 단위

　　ㄱ. 구

　　ㄴ. 어절

　　ㄷ. 통사적 형태 단위: 줄기, 토

② 언어 단위의 기술: 자질 구조

각 언어 단위의 정보는 '자질 구조'로 기술된다. '자질 구조'는 HPSG (P&S, 1987: 28~29)에서 언어 기호의 자질을 명시적으로 나타내는 방법으로 사용된 것인데, (14ㄱ)과 같이 '자질'과 '자질값'으로 이루어진다. 이를테면 '자질'은 '품사'이고 '자질의 값'은 '명사'인 언어 형식을 자질 구조로 나타내면 (14ㄴ)과 같다.

(14)ㄱ. [자질　　　자질값]

　　ㄴ. [품사　　　명사]

일반적으로 문법의 기술에서 설명 언어와 대상 언어가 같음으로 해서 어쩔 수 없이 모호성이나 순환적 설명이 있을 수 있고, 또 그러한 문제를 극복하기 위해 설명 언어로 메타언어를 도입하게 되면 설명 언어 자체의 난해함으로 설명 자체를 이해하는 것도 어려울 수 있다. 자질 구조는 이러한 모호성과 난해함을 어느 정도 극복할 수 있는 기술 방식으로 생각하여 이 연구에서 도입하였다.

---

17) '구', '어절', '통사적 형태 단위'('줄기', '토')에 대한 구체적인 내용은 3장 2절에서 다시 설명한다.

③ '줄기'와 '토'의 구조

앞의 (12)와 같은 토의 양면적 특성 때문에 토가 어휘 범주와 결합한 구조를 '형태적 구조'로 분석하기도 하고, '통사적 구조'로 분석하기도 한다.

일반적으로 언급되는 '형태적 구조'와 '통사적 구조'의 다른 점은, 통사적 구조에서는 다른 성분이 구조 사이에 들어가거나 구성 성분들의 순서가 바뀌더라도 비문이 되는 것은 아니지만, 형태적 구조에서는 그런 것을 허용하지 않는다는 것이다.

(15) 영이가 밥을 먹었겠다.

(16) 영이가 <u>집에서</u> 밥을 <u>한 시에</u> 먹었겠다.
(17) <u>밥을</u> <u>영이가</u> 먹었겠다.

(18) [*]먹-었-을-었-다.
(19) [*]먹-겠-었-다.

(15)~(19)와 같이 통사적 구조에서는 (15)의 '밥을'과 '먹었겠다' 사이에 '한 시에'와 같은 부사어가, 그리고 '영이가'와 '밥을' 사이에는 '집에서'와 같은 부사어가 들어갈 수 있으며, (17)과 같이 '영이가'와 '밥을'의 순서가 바뀌어도 비문이 되지 않는다는 것이다. 그러나 (18), (19)와 같이 형태적 구조에서는 새로운 성분 '-을'이 들어가거나, '-겠-'과 '-었-'의 순서가 바뀌었을 때는 비문이 된다. 이와 같이 통사적 구조와 형태적 구조는 분명히 차이가 있다.

이러한 형태적 구조와 통사적 구조의 차이점을 인식하고 '줄기'와 '토'의 결합을 보면, '줄기'와 '토'는 '형태적 구조'로 결합하고 있다. 그럼에도 불구하고 많은 논의에서 '줄기'와 '토'를 통사적 구조로 분석한 것은 토의 형태적 구조나 형태적 기능보다 통사적 기능이 더 중요하게 부각되면서 다른 통사 구조와 일관되게 설명하기 위한 것이 그 이유 중의 하나일 것이다.

(20)에서 '-았-'은 형태론적으로는 '잡-'과 결합하지만 분명히 '잡-'이 아니라 '손을 잡-'이라는 구의 시제를 나타내는 통사적 기능을 가지고 있다.

(20) 손을 잡았다.

변형 문법에서는 '-았-'이 '손을 잡-'이라는 VP를 하위범주화하는 중심어 T로 처리한다. 그래서 토의 '통사적 기능'에 대해 '통사적 구조'로 분석한 변형 문법의 설명은 토의 작용 영역과 순서에 관한 일반화를 잘 드러낼 수 있다.

그러나 '손을'과 '잡았다'가 이루는 구조와 '잡-'과 '-았-'이 이루는 구조는, 그 사이에 다른 요소가 들어갈 수 있느냐 없느냐, 그리고 순서가 정해져 있느냐 있지 않느냐 여부 등에서 구조적으로 다르다.[18] 뿐만 아니라 어떤 토는 간결하고 분명하게 설명되지만, 나머지 토는 좀더 복잡한 설명이 필요하다거나, 일반적인 설명을 위해 가상의 성분을 설정해야 한다면 문법 전체 틀의 측면에서는― 최소한 우리말의 경우에는― 그것이

---

18) Kim(1998)에서는 변형 문법적인 통사적 분석의 문제점에 대해 지적한 바 있다.

얼마나 유용한가에 대한 검토가 필요하다.

알려져 있다시피 토는 나타나는 위치가 정해져 있으며 다른 토와 동시에 나타날 때는 일정한 차례가 있다. 그리고 (15)~(19)의 예를 통해 토와 줄기의 구조가 통사적 구조와는 다른 점을 확인한 바 있다. 그래서 이 글에서는 '토'와 '줄기'와의 결합을 통사적 구조로 분석하는 것을 비판적으로 검토하려 한다.[19]

만약 이러한 관점이 타당성을 획득해서 '줄기'와 '토'의 결합을 형태적 구조로 분석한다면, '토'의 통사적 기능은 어떻게 설명할 것인가의 문제가 해결되어야 한다. 이 연구에서는 토를 음운, 형태, 통사, 의미의 언어 정보를 가진 독립된 언어 단위로 설정하고, '토'가 '줄기'와의 결합을 통해 토의 통사적 기능이 '어절'에 반영되고, 그에 따라 토의 통사적 기능이 설명될 수 있음을 보일 것이다.

④ 줄기의 형태적 특성과 어휘 규칙

이 연구에서 주로 논의될 것 중의 하나는 '줄기'와 '토'가 형태적 구조로 이루어져 있음을 밝히는 것이다. 그리고 토는 실현될 때 고정된 위치가 있으며 엄격한 순서를 지키는데 그것은 줄기의 '형판'이나 '어휘 규칙'에 기초한다는 것을 설명할 것이다.

줄기의 '형판'을 설정하는 것은 '토'의 형태적 특성을 가장 간단하게 표현하기 위한 것이다. 그러나 결합하는 토의 수가 적거나 많은 예외가 발생한다면 형판 설정이 오히려 비효율적일 수 있다. 이를테면 명사토의

---

19) '토'와 '줄기'의 결합이 통사적 구조인가 형태적 구조인가의 문제는 논증이 더 필요하다. 3장 2절에서 다시 논의하도록 한다.

경우는 동사토에 비해서 결합하는 양상이 덜 고정적이고 덜 제약적이어서 명사의 형판을 설정하기보다는 명사토 사이의 제약으로 형태적 결합을 설명하는 것이 효율적이다. 서민정(2004)에서는 명사의 형판을 설정하였으나 예외가 많이 발생하여 명사토의 결합 양상을 일반화하는 데 부수적인 설명이 필요하였다. 그래서 이 연구에서는 서민정(2004)를 수정하여 명사의 경우는 형판을 설정하지 않고 명사토를 복합 자질에 따라 분류하고 명사토 자체의 정보로 제약 관계를 설명하려 한다.

그런데 토와 줄기의 결합을 형태적 구조로 분석했을 때는, 토의 통사적 기능을 토가 결합한 줄기에, 그리고 구에 어떻게 반영할 것인가의 문제가 있다. 즉 '줄기'와 '토'의 결합을 형태적 구조로 분석하여 형판 형태론으로 설명했을 때는 위치와 순서만으로는 설명할 수 없는 토의 통사적 기능을 어절과 구에 반영할 방법이 필요하기 때문이다.[20] 변형 문법에서는 '토'를 통사적 범주로 설정하고 그것을 중심어로 분석함으로써 구에 반영할 수 있었다.

이 글에서는 HPSG 등에서 주로 사용한 '구조 공유'와 '통합'의 정보 처리 방법을 통해 토의 통사적 기능을 설명하려고 한다. 즉 이것은 '줄기'의 언어 정보를 중심으로 토의 정보가 통합됨으로써 '토의 정보'가 어절에 반영되고 '어절'의 정보는 '중심어 자질 원리', '하위 범주화 원리'에 의해 구에 반영되는 방식이다.

---

20) Kim, J-B(1998)에서는 형판을 설정하게 되면 여러 개의 형판을 가정해야 한다는 점 때문에 형판으로 설명한 Yoon(1991)의 논의가 문제가 있음을 지적하였다.

5 토의 언어 정보

'토'는 이 연구에서 설정하고 있는 언어 단위의 하나이다. 따라서 당연히 음운, 형태, 통사, 의미, 화용의 언어 정보를 가지고 있음을 전제한다. 그래서 다른 언어 형식과 결합할 때 언어 정보 가운데서 어느 하나만 충돌되어도 결합하기 어렵다. 이를테면 (21)은 위치와 순서는 지키고 있지만 비문이다.

(21) *먹-었-겠-어라

그러나 (21)의 비문법성은 토나 줄기의 형태론적 특성의 문제가 아니라 각 토의 화용적 정보, 혹은 의미적 정보의 충돌에 의한 것이다. 따라서 형태론적 특성은 형판으로 설명하고, 이들 결합의 불가능은 각 토의 화용적 정보나 의미적 정보로 설명해야 한다. 이를 설명하기 위해 문법은 형태적·통사적 관계뿐만 아니라 의미적·화용적 관계도 기술할 수 있는 방법론을 가지고 있어야 한다. 특히 우리말과 같이 구조만 가지고 문법 기능을 정확하게 확인하기 어렵고 어순도 자유로운 언어를 대상으로 하는 문법이라면 더 그러할 것이다.

이 연구에서는 구, 어절 등과 같은 다른 언어 단위와 마찬가지로 음운, 형태, 통사, 의미, 화용 정보를 가지고 있는 '통사적 형태 단위'라는 언어 단위를 통해서 '토'의 형태적 구조와 통사적 기능은 물론이고 의미적·화용적 기능도 설명할 수 있음을 보일 것이다. 그렇게 함으로써 '토'를 N이나 P, 그리고 V의 굴절형 즉 어휘 범주의 하위 유형(HPSG방식으로는 XFORM)으로 설명되는 것이 아니라, 통사적 기능을 가지면서 N이나 V와 형태적 구조를 이루는 것으로 분석할 수 있다. 그리고 토의 통사적 기능을 포함한 토의 언어 정보는 HPSG에서 사용한 방식과 같이 정보의 '통합'을 통해 어휘 범주인 줄기에 통합되어 구에 반영된다.

3. 책의 구성

이 책은 다음과 같은 차례로 논의를 진행한다.

먼저 2장에서는 지금까지 우리말을 설명하기 위해 제안되었던 여러 '문법 체계'를 검토하고 그러한 문법 체계 속에서 '토'의 문법적 지위를 살피려고 한다. 이것은 '토'가 문법 체계에 따라 문법적 지위가 달라졌음을 확인하고자 하는 것이다. 이러한 검토를 통해 어떠한 처리 방식이 '토'를 좀더 잘 설명할 수 있는가가 분명해질 수 있을 것이다. 그리고 이러한 검토는 이 연구에서 제안하려는 문법 모형을 구성하기 위한 선행 작업이 될 것이다.

3장에서는 우리말의 특성 가운데 특히 문장 구조와 토를 중심으로 살펴보고 우리말의 특성을 잘 반영하는 문법 모형을 제안하고자 한다. 즉 3장에서는 자질과 제약에 기초한 문법 모형을 제안할 것인데 그 문법 모형의 특성과 문법 모형을 이루고 있는 원리와 도식 그리고 언어 단위의 자질 등에 대해 설명한다.

그리고 4장은 3장에서 제안한 문법 모형 안에서 동사의 구조와 특성을 살핀다. 그리고 그 논의를 바탕으로 동사의 형판과 어휘 규칙에 대해 설명하고자 한다. 또 동사토를 안맺음토와 맺음토로 분류하고 각 동사토와 다른 동사토와의 형태적 관계라든가 결합하는 구와의 통사적 관계, 그리고 뒤따르는 요소와의 관계 등에 대해 고찰한다. 그리고 각 동사토의 기능은 자질 구조를 이용하여 명시적으로 기술한다. 그리하여 이러한 고찰이 이 글에서 제안하는 문법 모형 안에서 설명할 수 있음을 보이기 위해 동사 줄기와 동사토가 통합된 모습을 문장 속에서 살핀다.

5장에서는 명사의 구조와 특성을 설명하고 그것을 바탕으로 명사의 어휘 규칙을 설명한다. 그리고 동사토와 마찬가지로 명사토를 중심으로 다른 명사토와의 형태적 관계, 결합하는 구와의 통사적 관계, 뒤따르는 요소와의 관계 등에 대해 고찰한다. 특히 명사의 경우는 '형판'을 설정하지 않으므로, 명사토의 위치와 순서의 제약은 명사토를 분류하여 그 분류의 자질을 통해 설명할 것이다. 그리고 그러한 고찰을 통해 명사토의 특성을 이 글에서 가정하는 문법에서 기술할 수 있음을 보이고 명사토 실현의 일반화를 시도한다. 그리고 각 명사토의 정보를 자질 구조로 기술하여 명시적으로 나타낸다.

제 2 장
앞선 연구의 검토

1. 문법 체계 속에서 '토'의 논의

우리말 '토'는 전통 문법부터 지금까지 낱말로서의 자격 여부, 통사적 기능과 의미 등 다양한 시각과 방법으로 논의되어 왔다. 어떤 관점에서의 연구든지 우리말 토의 특성을 인식하였고, 그것을 문법에서 설명하려고 하였다. 단지 토가 각각의 다른 문법 체계 속에서 설명되기 때문에 관점과 설명 방법에서 차이가 날 수밖에 없었다.

전통 문법1)이나 구조 문법2)에서는 주로 분류론적 체계를 수립하기 위한 논의에 집중함에 따라 토의 통사적 기능에 대해서는 적극적으로 다루지 못했다.3)

---

1) 대표적으로 최현배(1937)의 품사 분류를 여기에 제시한다.

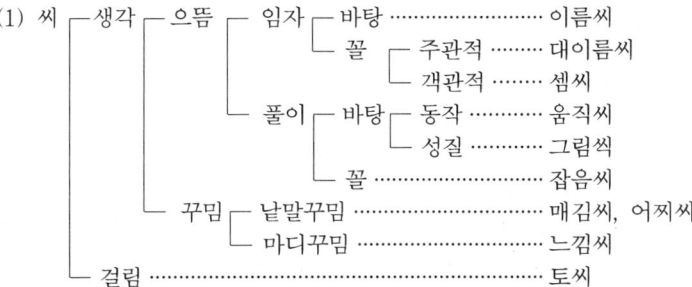

2) 구조 문법의 하나인 허웅(1995)의 품사 분류를 제시하면 다음과 같다.

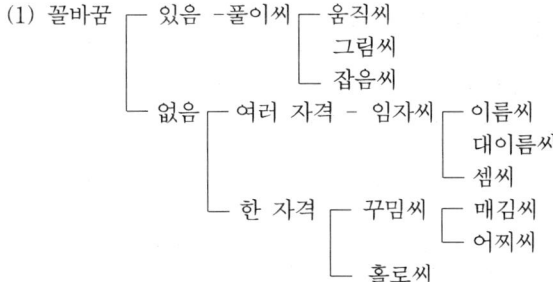

전통 문법이나 구조 문법에서 부각되지 못한 토의 '통사적 기능'은 변형 문법이 도입되면서 본격적으로 논의되었다.[4] 변형 문법은 통사론 중심의 문법 이론이다.[5] 그래서 문법의 체계를 세우기 위해서는 통사적 기능이 있는 토를 당연히 통사론으로 끌어 들어와서 설명해야 했다. 그리고 그와 같이 통사 구조 속에서 토를 설명함으로써 문법이나 토가 간단한 방식으로 처리될 수 있다고 보았다. 특히 동사토의 경우는 다른 통사적 원리와 같은 방식으로 설명될 수 있어 동사토의 통사 기능이 분명해지기도 했다. 그러나 우리말의 경우 동사토 하나하나를 핵(중심어) 범주라고 했을 때 핵 범주는 다시 구 범주를 가정해야 하기 때문에 비록 동사토를 중심어로 처리하는 것은 간단하다고 하더라도 그 동사토 하나를 설명하기 위해 가정해야 하는 구조는 지나치게 커진다. 뿐만 아니라 이러한 처리 방식에서는 동사토와 동사 줄기와의 형태적 결합에 대해서는 충분히 고려되지 않았다. 여기서 변형 문법의 수용 양상에 대한 비판적 검토를 권재일(1994/2006: 300~310)의 논의를 통해 정리하고자 한다.

(1) 한국어 문법 연구에서는 문법 형태소를 확인하고 그 기능을 밝히는 것이 가장 기본적인 과제가 된다. 그럼에도 불구하고, 이러한 형태론적인 연구 즉 형태론에 대한 정확하고도 철저한 분석과 기술이 채 이루어지도 전에

---

3) 이를테면, 구조 문법은 형태론 다음에 통사론을 설명한다. 즉 설명하려는 대상을 형태론에서 분석하고 그 분석 결과가 통사론에 입력이 되지만, 통사론의 분석 결과는 형태론에 입력이 되지 못하기 때문에 통사론의 분석 내용을 형태론에 반영할 방법이 없다. 그래서 구조 문법에서 설명하는 토에는 통사 기능에 대한 설명이 충분하지 않다.

4) 이와 관련된 내용은 김승곤(2007: 8)의 '변형 생성 문법 이론 수용과 그 이후의 연구 방향'에서도 지적된 바 있다.

5) 변형 문법이 통사론 중심이라는 것은 많은 연구에서 논의된 바 있다. 최근의 논의에서는 권재일(1994/2006: 301), 김용진(2007: 5)을 참조할 수 있다.

통사론 중심의 이론이 수용되어 문법 연구가 행해졌다. 이러한 문법 연구는 문법 현상을 제대로 포착할 수가 없을 뿐만 아니라 문법 현상을 오히려 왜곡시킬 염려마저 있다. 예를 들어 영어의 명사화 연구를 염두에 두고 한국어의 '-음, -기'와 '것'을 평면에 두고 연구하는 것은 한국어 문법 현상을 왜곡시키는 결과가 되며, '가-시-었-습니다'를 형태 분석하지 말고 기술하자고 하는 주장도 한국어의 문법 특징을 지나치게 무시한 처사라고 본다.(309쪽)

이외에도 고창수(1992), 임홍빈(1989/1998), 시정곤(1994, 1998, 2002) 등에서는 Fabb(1984)의 논의를 도입하여, 명사토와 동사토 혹은 '-답-', '-이-'와 같은 것들이 형태론적 단위로 볼 때는 설명할 수 없기 때문에 통사론적 차원에서 설명하기 위해 이들을 '통사적 접사'라 하고 통사적 접사로 이루어지는 것을 '통사적 파생'이라고 하였다.6) 이러한 설명은 토의 통사적 특성과 형태적 특성의 양면성을 포착하기 위한 시도이다. 그러나 토와 '답-', '이-'를 같은 범주에 포함시키는 것은 토와 파생 접사 각각이 가지고 있는 고유의 특성이 희석되지는 않았는지 더 검토되어야 한다.

한편 우리말이 '굴절어'인 인구어와는 다르다는 점을 부각시키고 우리말의 '교착어'적인 특성을 설명하기 위해 임홍빈(1997)에서 '교착소'라는 개념이 제안되었다. '교착소'의 설정은 교착어인 우리말을 굴절어의 문법 이론으로 설명하려는 기존 연구의 반성이며 우리말의 문법적 특성을 포착하기 위한 시도라는 측면에서 의의가 있다. 그러나 형태적 특성에 따른 언어 유형상 '교착어'라는 것과 단어의 형성에서 '교착'을 설정하는 것은

---

6) 이러한 연구에서 명사토와 동사토를 같은 범주에 두고 토의 통사적·형태적 특성을 설명하는 것은 이 연구의 논의 방향과도 어느 정도 일치한다.

구분되어야 한다.7) 즉 임홍빈(1997)의 논의가 받아들여지기 위해서는 '교착소'가 문법 체계에서 어떤 지위를 차지하는가가 분명해야 한다. 이를 테면 단어 형성은 일반적으로 파생과 굴절로 나뉘는데, 이 형성 과정에 추가로 '교착'을 설정하여 파생과 굴절 그리고 교착으로 해야 하는가, 아니면 통사론적 단위로서 '교착소'를 설정한 것인지 등이 설명되어야 한다.8)

그리고 어절은 어휘부에서 생성된다는 것을 전제하고 있는 HPSG9)를 도입한 논의들은 변형 생성 문법적 논의와는 달리 토는 어절의 한 부분이며, 토를 포함한 어절은 그 어절의 줄기의 한 유형이라는 설명을 하고 있다. 그러나 기본적인 가정은 그러하지만 동사토와 명사토를 각각 다른

---

7) 임홍빈(1997)의 논의에 대해 송철의(2006: 119~120)에서 다음과 같이 지적한 바 있다.

   (1) … 국어에 과연 굴절이라는 것이 존재하는가라는 근원적인 물음을 던지고서 교착어인 국어에 대해서는 교착소, 교착법과 같은 개념(혹은 용어)를 설정해야 한다고 제안한 임홍빈(1997)은 의미 있는 업적이라고 할 수 있다…… 그러나 여기에도 적지 않은 문제가 가로놓여 있음을 부인할 수 없다. 우선 국어가 교착어라고 하는 것은 형태론적 유형론의 관점에서이다. 어간에 조사나 어미가 결합하여 어형변화를 한다는 전제 아래 교착어라고 했던 것이다. 그런데 조사나 어미가 어간에 결합하여 어형변화를 하는 것이 아니라면 그것은 적어도 형태론 적으로는 교착어일 수 없다. 형태론적으로는 어형변화를 하지 않으므로 형태론 적 관점에서 본다면 국어는 고립어와 같은 성격의 언어가 되는 셈이 된다….

8) '교착소' 설정의 문제점과 의의에 대해서는 박동근(2000), 최동주(2002), 이홍식 (2003), 황화상(2005: 269~294), 송철의(2006: 119~120) 등에서 주로 논의되었다.

9) HPSG에서는 문법 부문의 자율성을 인정하고 있다. 그래서 어떤 문법 부문의 결과가 반드시 다음 문법 부문의 입력이 되어야 하는 방식도 아니고, 특정 문법 부문이 중심이 되어 설명하는 방식도 아니다. 형태론, 또는 통사론 각각은 자율적 으로 작용해서 문법 현상은 각 부문에서 설명된다. 즉 구조가 형태적 구조라는 것과 기능이 통사적 기능이 있다는 것과는 별개의 문제라는 것이다. 이와 관련하여 구조와 기능이 일치하지 않는 선험적 증거들에 대한 논의는 J.M.Sadock(1991)에 서도 찾아볼 수 있다.

방식으로 처리한다. 즉 대부분의 HPSG 방식의 논의에서는 동사토는 동사 줄기의 한 유형으로, 명사토는 독립된 통사 범주로 처리하고 있어 HPSG의 기본 가정에 비추어 봤을 때 동사토는 HPSG의 가정에 따르고 있으나, 명사토는 그렇지 않아 각각 구분된다. 그리고 이것이 변형 문법적 설명과 다른 점이다. 이를테면 장석진(1995), 서태길(1997)에서는 '동사+동사토'를 더 이상 분석하지 않고 동사의 활용형에 따라 VFORM의 하위 부류로 설정하였다. 그리고 Kim(1998)에서는 HPSG의 '부류' 개념에 따라 동사와 동사토를 하위 분류하고 유형과 자질 제약으로 설명하였다.[10] 그러나 명사토의 경우는 'Marker, 후치사' 등과 같은 통사 범주로 설명하였다. 최소한 동사토의 경우에는 HPSG의 이러한 분석은 동사를 중심어로 할 수 있으면서 분석 결과가 단순해진다는 이점이 있다. 그러나 '-었-'과 '-겠-'의 차이, 그리고 '-시-, -었-, -겠-'과 '-은', '-음'의 차이를 드러내는 데는 한계가 있을 수밖에 없다.

지금까지 살펴 본 바와 같이 각 문법 이론에서는 토의 형태적 특성과 통사적 구조의 양면성을 파악하고 있었다는 공통점이 있다. 그러나 그것을 설명하는 방식은 문법 이론에 따라 달랐다. 그러다 보니 강조되는 토의 특성도 달라질 수밖에 없었다. 그래서 토와 선행 요소와의 결합을 통사적 구조로 분석한 논의에서는 토의 통사적 특성이 분명해진 반면 어휘 범주와의 형태적 결합을 설명하기 어려우며, 형태적 구조로 분석한 논의에서는 토의 다양성과 통사적 특성이 충분히 반영되기가 어렵다.

---

10) 동사토의 앞선 연구 가운데 HPSG의 처리 방식에 대한 자세한 것은 4.2에서 볼 수 있다.

2. '토'와 '줄기'의 구조에 대한 논의

앞에서 살핀 바와 같이, 전통 문법과 구조 문법에서는 토와 어휘 범주와의 결합을 형태론에서 설명한다. 그리고 HPSG도 방법적으로는 차이가 있지만 토와 줄기와의 결합을 형태론에서 다루려는 시도라는 점에서는 전통 문법이나 구조 문법과 비슷하다. 그러나 변형 문법은 주로 통사적 구조로 분석한다는 점에서 구별된다.

이제 토와 줄기의 구조에 대한 앞선 연구의 관점을 좀더 구체적으로 살펴보자. 대부분의 앞선 연구에서는 '토'와 '줄기'가 결합한 구조에 대해 각 토마다 다르게 처리하고 있다. 즉 명사토와 동사토가 다르고, 명사토의 경우도 '-이/가, -을/를'과 그 외의 명사토에 따라서도 다르다. 먼저 전통 문법에서의 처리를 보자.

    (2)ㄱ. 영이/가 책/을 집/에서 읽/었/다.
        ㄴ. 영이/가 책/을 집/에서 읽었다.
        ㄷ. 영이가 책을 집에서 읽었다.

(2ㄱ)은 명사토나 동사토 각각을 하나의 낱말, 즉 통사 범주로 분석한 분석적 체계의 견해를 반영한 분석이다. 주시경(1910), 김윤경(1948)이 여기에 해당된다. 주시경(1910)이나 김윤경(1932: 27~39, 1948: 35~153)에서는 '토'를 '겻', '꽂' 혹은 '맺', '잇'이라고 하고 명사, 동사 등에 해당하는 어휘 범주인 '임', '움', '언', '억' 등과 대등하게 분석하였다. 그래서 (2ㄱ)의 '가', '을', '에서'는 '겻'에, '었, 다'는 '꽂' 혹은 '맺'에 해당한다.

(2ㄴ)은 명사토는 낱말로 보고 동사토는 낱말로 보지 않는 절충적 체계의 분석인데, 최현배(1937) 등의 견해이다. 최현배(1937: 165)에서 분류한 씨의 큰 갈래에는 명사토는 걸림씨(토씨)라고 하여 씨로 분류했으나, 동사토는 생각씨 가운데서 으뜸씨인 풀이씨 안에 넣어 하나의 낱말로 보지 않았다. 즉 (2ㄴ)의 '가, 을'은 '토씨'로 하나의 낱말로 분류하지만, '-었-, -다'는 낱말의 범주에 포함하지 않았다. '-었-, -다'는 각각 풀이씨의 한 부분인 도움줄기와 씨끝에 해당한다. 구조 문법적 연구인 허웅(1983, 1995)도 비슷한 입장이다.

(2ㄷ)은 명사토와 동사토를 낱말로 보지 않는 종합적 체계의 분석이다. 정렬모(1946) 등이 여기에 해당된다. 정렬모(1946)에서는 (1ㄷ)의 '-가, -을'은 따로 낱말로 인정하지 않고 명사의 빛이라 하여 명사에 종속되는 것으로 보고 각각 임자빛, 휘두를빛이라고 하였다. 그리고 '읽었다'의 경우도 동사의 때꼴로는 '과거'이고 동사의 빛으로는 마침빛이라 하고 '-었-', '-다'를 독립된 낱말로 분석하지 않았다.

전통 문법이나 구조 문법에서도 토의 통사론적 특성은 파악하고 있었지만, 통사론에 토의 기능을 충분히 반영하지 못했다. 이를테면 전통 문법의 분석적 체계에서는 맺음토는 통사적 구조의 분석에 반영했으나, '-었고', '-었던', '-었다' 등을 맺음토의 하나로 분석함으로 해서 안맺음토의 통사적 기능은 반영되지 못했다. 그리고 전통 문법의 절충적 체계나 종합적 체계와 구조 문법은 통사 분석에서 토의 통사론적 특성을 반영할 방법이 없었다. 그것은 그러한 문법 체계에서는 통사론의 최소 단위를 '어절'로 간주했기 때문이다.

변형 문법 이전의 토에 대한 연구는 주로 토 하나하나의 의미와 형태적・통사적 특성을 밝히는 데 초점이 있었다. 따라서 개별적인 토의 특성은 설명했다 하더라도 형태론과 통사론의 체계와 관련하여 '토'가 어떤 지위를 가지는가에 대해서는 충분히 논의되지 못했다.

다음으로 토를 통사론적 단위로 분석하고 통사 범주를 부여한 변형 문법의 논의를 살펴보자. 변형 문법적 연구에서는 동사토와 명사토 '-이/가', '-을/를'과 '-이/가', '-을/를' 이외의 명사토를 구분하고, 각각의 통사론적 지위도 다르게 부여하였다.

먼저 동사토의 경우를 보면 동사토는 통사적 구조의 중심어로 분석하여 통사 범주의 자격을 주었다. 그리고 동사토는 다른 통사론적 단위를 보충어로 취하여 최대 투사를 형성하는 중심어로 분석하였다. 그리하여 안맺음토 '-시-, -었-, -겠-'과의 결합은 중심어 이동으로 설명하였다. 유동석(1995)에서는 '가-시-었-겠-다'를 '가(V), 시(A), 었(T), 겠(M), 다(C)'로 분석하였는데, 이것은 동사토 각각을 통사 범주로 인정한 것이다. 그리고 명사토의 경우 '-이/가, -을/를'은, 변형 문법이 가정하고 있는 문장의 형상적 구조를 바탕으로 하는 구조에 의해 '주어', '목적어'가 주어지는 것이기 때문에 통사 범주로 인정하지 않았다. 반면 '-이/가, -을/를' 이외의 명사토는 'P'라고 하여 통사 범주로 인정하였다.

HPSG는 위와 같은 토의 특성을 형태론에서 설명한다. 그래서 HPSG 이론 안에서의 설명이라면 토가 결합된 형태는 어휘 범주의 한 유형, 즉 XFORM(X: N, V, P)으로 설명된다. 이것은 형태적 중심어가 다르더라도 그것의 유형 즉 XFORM이 같은 유형에 속하면 같은 통사적 기능을 가진다는 설명이다. 예를 들면 '갔다'와 '먹었다'가 동사의 '과거형'이라는 '유형'이라면, '과거형'에 속하는 '갔다'와 '먹었다'는 똑같이 '과거'라는 통사적 기능을 가지고 있다는 것이다. 이러한 설명을 간단히 자질 구조로 나타내면 다음과 같이 기술된다.

(3) 갔다

$$\begin{bmatrix} \text{음운} & & \text{갔다} \\ \text{통사} & \begin{bmatrix} \text{중심어} & \text{동사} \\ \text{VFORM} & \text{과거} \\ \text{하위범주화} & \text{NP2이/가} \end{bmatrix} \end{bmatrix}$$

(4) 먹었다

$$\begin{bmatrix} \text{음운} & & \text{보았다} \\ \text{통사} & \begin{bmatrix} \text{중심어} & \text{동사} \\ \text{VFORM} & \text{과거} \\ \text{하위범주화} & \text{NP1이/가 NP2을/를} \end{bmatrix} \end{bmatrix}$$

(3)과 (4)는 중심어 자질이 동사이고 VFORM 자질이 과거라는 점에서 동일한 값을 가진다.

HPSG를 우리말에 적용시킨 연구로는 신효필(1994), 장석진(1995), 서태길(1997), Jong-Bok Kim(1998), Chan Chung · J-B Kim(2002), 김종복(2004) 등이 있다. HPSG에서는 변형 문법의 통사적 분석을 비판하면서 적어도 동사토의 경우는 형태론적 관점에서 분석해야 한다고 보았다. 그렇게 했을 때 동사와 동사토의 결합에서 공기 제약과 결합 제약을 더 이상의 잉여성이나 별도의 문법적 장치 없이 다룰 수 있다고 했다. 그리고 동사토를 포함한 동사를 여러 기준에 의해 교차 분류하였다. 그러한 교차 분류에서 나온 동사형은 그것이 속한 유형의 제약을 받는 것으로 설명한다.

그러나 HPSG의 논의에서도 명사토에 대해서는 주로 통사적 구조로 분석하였다. 이를테면 장석진(1995), 서태길(1997)에서 '-이/가, -을/를'에 대해서는 표지어(M)로 설정하고 이들과 명사의 결합은 중심어(N)-표

지어(M) 구조(NP)로 분석하였다. 그리고 '-이/가, -을/를' 이외의 명사
토에 대해서는 후치사(P)로 설정하고 이들 명사토와 명사의 결합은 중심
어(P)-보충어(C) 구조(PP)로 분석하였다.

동사토에 한정된 경우이기는 하지만 토와 줄기의 결합형에 대해 형태
적으로 분석한 HPSG의 설명은 형태론에서 통사 정보를 줄 수 있는
가능성을 주고 있다. 그리고 토의 형태적 구조와 통사적 기능을 간단하게
설명하고 어절을 통사적으로는 더 이상 분석하지 않아 문법이 간단하게
기술될 수도 있음을 어느 정도 보여 주었다.

그러나 토가 결합한 어절을 어휘 범주의 하위 유형, 즉 일종의 굴절로
처리하는 것은 다양한 토의 결합을 모두 다 고려했을 때 이론적으로는
가능하다 하더라도 문법이 많은 부담을 가질 수밖에 없다. 영어와 같이
'foot, feet', 'go, went, gone, going, goes' 정도로 굴절형이 많지 않은
언어라면 가능할 수도 있겠지만, 우리말은 토의 종류11)도 많은데다가
토들끼리의 결합형까지 다 고려한다면, 유형 자체가 너무 복잡해지기
때문에 굴절형으로 처리할 수 없다. 그리고 Kim(1998)에서처럼 유형
분류를 위해 분석을 하고 다시 분석된 것을 결합해서 하위 유형으로
설정하는 것은 효율성에서도 유리하지 않은 처리방식이다. 이러한 문제
점은ㅡ설령 문제점을 인식하고 있다고 하더라도ㅡHPSG에서 설정하고
있는 언어 기호의 범위 안에서는 극복되기 어렵다.

---

11) 여기서 참고로 표준국어대사전(1999)의 표제어를 바탕으로 토와 명사, 동사의
   수를 제시하면 다음과 같다.
   (1) 동사: 21,573 항목
   (2) 명사: 335,012 항목
   (3) 동사토(어미): 2,523 항목
   (4) 명사토(조사): 356 항목

HPSG는 자율적인 문법 부문의 관계, 언어 정보를 통합하는 어휘부의 운용 방식 등 문법 설명에서 분명히 유리한 점이 있다. 그러나 우리말 토에 관한 설명을 위해서는 '구'와 '어절'이라는 언어 단위의 설정과 그러한 한정된 언어 단위 속에서 토를 줄기의 하위 유형으로 설명하는 곧, 하위 유형이 가진 한계를 극복해야 한다. 그러기 위해서는 HPSG에서 분류한 언어 기호 즉 언어 단위를 우리말의 특성에 맞도록 수정해야 한다.

지금까지 전통 문법의 분석적 체계에서 HPSG에 이르기까지 토와 줄기의 결합에 대한 각 문법 체계에서의 처리 방식과 관점에 대해 살펴보았다. '소가 부산에 있오'를 예를 들어 각 문법 체계의 분석의 차이점을 비교해 보면 다음과 같다. (각 논의의 용어로 나타내었다.)

(5)

	소가	부산에	있오
주시경(1910)	임+겻	임+겻	+끗
최현배(1937)	임자씨+토씨	임자씨+토씨	그림씨
정렬모(1946)	명사	명사	동사
허웅(1983)	임자씨+토씨	임자씨+토씨	그림씨
변형 문법	명사	명사+후치사	V+(AGR)+(T)+(M)+C
HPSG	명사+Marker	명사+후치사	동사

이제 '토'의 문법적 지위에 초점을 맞추어 통사 범주 설정의 유무에 따라 앞선 연구의 설명을 정리해 보면 다음과 같다. (통사 범주로 처리했으면 ○로, 처리하지 않았으면 ×로 나타내었다.)

(6)

	분석적 체계	절충적 체계	종합적 체계	구조 문법	변형 문법	HPSG
이/가, 을/를	○	○	×	○	×	○
그 외 명사토	○	○	×	○	○	○
동사토	○	×	×	×	○	×

이 글은 '토'를 독립된 통사 범주로 설정하지 않고 처리한다는 점에서는 전통 문법의 '종합 체계'(정렬모: 1946)의 처리 방식과, 문법적 기능을 하는 '토'를 언어 단위의 한 유형으로 분석한다는 점에서는 '분석 체계'(주시경: 1910)의 처리 방식과 비슷하다.[12]

---

12) 분석 체계와 종합 체계에 대한 구체적 설명과 검토는 서정수(1989), 최규수(2005) 참조.

3. 국어 정보학에서 '토'의 처리

국어 정보학에서도 '토'는 중요한 의미를 가지고 있는데, 토와 관련된 논의를 검토함으로써 이 연구의 논의 방향에 도움을 얻을 수 있을 것이다.

지금까지의 우리말 전산 처리를 보면 형태소 분석은 어느 정도까지 진행되었지만, 통사 분석은 쉽게 해결되지 못하고 있다. 통사 분석은 형태 분석을 위한 기반 정보와 함께 동사나 명사 등 어휘 범주들의 통사적 정보, 문장의 통사적 구조 등 좀더 복잡한 정보를 기반으로 해야 한다. 그래서 통사 분석을 위해 동사·명사와 같은 주요 어휘 범주에 대한 통합적 정보를 담은 사전을 구축하는 데 많은 노력을 들이고 있다.[13] 이와 함께 통사 분석의 기초가 되는 토와 같은 문법 범주의 적절한 처리를 위한 많은 논의들이 있다.

김영길 외(2001: 175~177)의 논의는 한영 번역 시스템이 실용화 단계에 이르지 못하는 근본적인 원인을 우리말 분석 자체에 있음을 설명한 것이다. 즉 시스템 구축이 어려운 것은 우리말 통사 분석의 어려움 때문이며, 통사 분석이 어려운 것은 형태소 해석 결과 생성되는 형태소 열이 통사 분석을 수행하기에는 적절하지 않은 통사 단위로 구성되어 있는 경우가 많은데 이로 인해 구문 분석기가 불필요한 연산을 수행하여 과도한 구문 트리를 생성하기 때문이라고 밝혔다.

그리고 (7)의 정천영 외(2001: 380~387)의 논의를 통해 우리말의 전산 처리를 고려한 문법이 필요하다는 것을 짐작할 수 있다.

---

13) 전자 사전 구축의 필요성이나 구체적인 설명은 김홍규 외(2001), 한영균(1999) 등 참조.

(7) 부분 자유 어순 특성을 가지는 한국어를 문맥 자유 문법 형태의 문법으로 기술할 경우 문법이 방대해지고, 대화체의 특징으로 나타나는 불필요한 성분을 처리해야 하므로 파서의 부담이 커진다. 또한 기존의 개념 기반 기법은 불필요한 개념으로 인한 파싱의 오버헤드와 한국어 부분 자유 어순 특성을 고려하지 않아 문법이 방대해지는 문제점이 있고 한국어의 조사를 고려하지 않고 문법을 기술하기 때문에 정확한 생성 결과를 얻기 어려우며, 예제나 패턴을 이용한 기법은 문법수가 방대해지고 문법이 존재하지 않으면 실패하는 문제점이 있다.

이러한 문제점을 어느 정도 해결하기 위해 제한된 범위의 토와 어휘 범주를 중심으로 부분적인 통사 분석을 시도한 논의도 있다. 최명석 외 (1999: 336~338)에서는 자연적으로 발생 가능한 모든 문장에 대한 문법을 기술하는 것은 매우 어려우므로, (8)과 같이 부분적인 통사 분석을 시도하였다.

(8) ㄹ/ㄴ(매김법토) + 것(형식 명사) + jp(명사토)

위와 비슷한 방법에서 대상을 좀더 확대한 논의가 황이규 외(2000: 784~793)이다. 황이규 외(2000)에서는 통사 해석을 어렵게 하는 대표적인 원인은 형태소 해석의 과생성에 있다고 하면서 (9)와 같은 것을 '구문 단위 형태소'라고 하는 새로운 단위로 설정하여 구문 해석에서 발생하는 문제점을 부분적으로 해결하려 하였다.

(9) -고 있-, -기 위해-, -에 대하-, -ㄹ 것 으로-,
    -ㄴ 것 이-, -에 대하 어서 는-, 등

　그런데 부분적인 통사 분석은 아주 제한된 것이기 때문에 우리말을
전산 처리하기 위한 문법 모형을 설계한 것이라기보다는 현재 상황에서
조금 개선된 시스템을 구축하기 위한 처리 방법이다.

　이와 같이 비록 문법 모형의 설계까지는 아닌 단지 현재 상황에서
조금 개선된 정도의 시스템만을 목표로 하더라도 '토'가 포함된 구조의
처리가 중요하다는 점에 주목할 필요가 있다. 즉 (8), (9)에서 제시된
'구문 단위 형태소'라고 하는 것도 '맺음토 ＋ 형식명사/형식 동사 ＋
명사토/동사토'로 '토'와 관련되어 있는 단위이다. 결국 이러한 시도들은
국어 정보학을 위해 국어학에서 어떤 점을 시급히 해결해 주어야 하는지
를 시사한다고 하겠다.14)

　한편 국어 정보학에서는 좀더 정확한 통사 분석15)이나, 의미·화용적
분석까지 목표로 한다면, 언어 형식의 통사 정보는 물론이고 형태 정보와
함께 의미, 화용 정보도 필요하다. 그래서 현재 전자 사전의 구축을 위해
동사의 하위범주화, 워드넷(Wordnet)을 바탕으로 하는 명사의 의미 분
류(박동인: 1997, 최기선 외: 2000)와 같은 작업들도 활발히 이루어지고
있다.16) 그렇다고 하더라도 언어 구조의 분석은 형태·통사 분석을 기반
으로 하고 있다. 따라서 사전에서 수록되어야 할 정보 가운데서 형태

---

14) 국어학 관점에서 국어 정보화에 대한 논의는 서상규(2002), 서상규 편(1999),
　　서상규·한영균(1999), 홍윤표(1999) 참조.
15) 전산 처리에서 효율적인 통사 분석을 위한 다양한 시도가 있는데, 박인철(1998),
　　이공주(1998), 최운호(1999) 참조.
16) 전자 사전에는 국어학의 연구 성과를 바탕으로 음운(음성), 형태, 통사, 의미 정보
　　와 같은 언어 정보들이 각 어휘 목록의 어휘부에 실려야 한다. 이 글이 가정하는
　　문법 모형 또한 언어 정보들을 체계적으로 기술해서 전산 처리에서 활용할 수
　　있는 것이다. 어휘부에 대해 비교적 체계적으로 논의를 해 온 문법 이론 중의
　　하나가 HPSG이다.

분석이나 통사 분석의 바탕이 되는 '토'의 문법적 정보의 정확성과 효율성
이 가장 중요하다고 할 수 있다.

'토'를 처리할 때 토의 기능은 제외하고 구조만을 고려한다면 형태적
구조로 분석하는 것이 유리하다. 박동인(1997: 146)에서는 형태소 분석
이 끝난 상태에서 어절을 구성하고 있는 형태소들 사이의 의존 관계를
다시 고려하는 것은 전산 처리에서는 무의미하다고 하였다. 예를 들어
'오랜 시간을'의 경우, 만약 이들을 먼저 [오랜 시간]+[을]로 분석하고
이것을 다시 '-을'의 의존성을 생각해서 '시간'과 결합하도록 하는 것은
크게 의미가 없다는 것이다. 이것은 최소한 지금의 전산 처리에서는 어절
이 분석의 기본 단위의 하나로 설정되어야 한다는 것이다.

이렇게 언어 처리를 염두에 두고 개발된 문법 이론 가운데 하나가
HPSG이다. 물론 영어를 기반으로 하는 문법 이론이기는 하지만, 전산
처리의 활용까지도 고려한 우리말 문법을 구축하려는 이 연구의 입장에서
는 시사하는 바가 있다. HPSG의 설명을 국어 정보 처리에 도입한 논의로
김정해(1987), 양재형(1990), 서영훈(1991) 등이 있다. 이들은 HPSG의
통사 정보와 의미 정보를 동시에 다루는 방식을 이용해서 좀더 정확한
언어 분석 결과를 보이기도 했다.

그러나 임홍빈(1999ㄱ: 310~311)[17]에서 HPSG를 이용한 언어 처리
의 문제점에 대해 지적하고 있는 것과 같이, 이들 연구들은 HPSG의
설명 방법을 그대로 도입해서 명사토는 NFORM(PFORM)으로 동사토
는 VFORM으로 처리했기 때문에 우리말 토의 문법적 성격을 제대로

---

17) 임홍빈(1999ㄱ: 310~311)의 지적은 HPSG와 같은 설명은 토가 하나 정도 쓰인
　　것은 다룰 수 있다고 하더라도 대부분의 우리말 자료에서 다양하게 나타나는
　　복잡한 구성을 다루기는 어렵다는 것이다.

나타내지는 못했다. 즉 앞의 논의들은 주로 동사를 기준으로 앞의 NP와
의 관계에 있어 통사와 의미 정보를 동시에 고려하였을 때 언어 처리가
효율적이라는 것은 보여 주었지만, 실제로 우리말 처리에서 문제가 되고
있는 토의 문제는 직접적으로 다루지 못했던 것이다. 다시 말해서 정보의
활용에서는 HPSG적인 접근이 유리하다고 하더라도 우리말의 특성에
맞도록 이론 수정이 이루어지지 않아 HPSG의 정보 처리 방법이 언어
처리에서 긍정적인 면이 있음을 시사해 주는 정도에서 더 확장되지
못했다.

　따라서 우리말 정보 처리를 위한 문법 모형을 구성하기 위해서는 각
품사의 다차원적 기준에 의한 분류, 연어, 문법 형태소의 처리 등 여러
분야의 연구가 선행되어야 한다.

4. 이 연구의 방향

앞선 연구들을 보면 토는 우리말의 문법 기능을 담당하는 문법 범주이기 때문에 문법 체계와 깊은 관련을 가지면서 설명되어 왔다. 그래서 토의 특성에 대해서는 인식하고 있다 하더라도 문법의 체계상 그 특성을 다 기술하기 어려운 경우도 있었다. 예를 들어 허웅(1983)에서 '임자씨+토씨'를 준굴곡법으로 처리한 것은 임자씨와 토씨의 특성은 이해했다고 하더라도 문법 체계에서 그것을 설명하기 위한 방법을 찾기가 어려웠을 것이며, '준굴곡법'의 설정은 그러한 고민이 반영된 것이다.

지금까지의 검토를 통해서 변형 문법이나 HPSG의 논의가 문법 이론적으로는 체계적이고 설명적 타당성을 가진다고 하더라도 역시 우리말 토의 문법적 기능을 드러내는 데는 한계를 가지고 있다는 것은 부인할 수 없다. 거시적인 측면에서의 이론의 큰 틀은 계속 바뀌어 왔지만 그와 비교해서 언어 현상 자체를 넓고 깊게 관찰하고 치밀하게 기술하는 것은 상대적으로 소홀히 해 왔다. 따라서 개별 단위 각각의 쓰임에 대해 그 자체의 분류나 다른 단위와의 관계 등에서 정교화할 필요가 있다.

그러므로 이들 이론이 가진 장점을 받아들이되 우리말에 맞도록 수정하는 것이 필요하다. 먼저 토의 통사적 기능을 드러내기 위해서는 동사나 명사의 소위 굴절형으로 처리하는 것보다는 전통 문법의 분석 체계에서 하고 있는 분석 방식이 유리할 것이다(목정수: 2003). 그리고 언어 처리의 관점에서는 HPSG의 정보 처리 방식이 유리하다는 것을 알 수 있었다. 그래서 이 글에서는 HPSG의 정보 처리 방식을 도입하되, 분석 체계에서 취하고 있는 분석 방법을 반영할 것이다.

지금까지의 논의를 통해 '토'에 대해서 접근해야 할 방향은 다음과 같이 정리할 수 있다.

첫째, '토'가 통사 기능을 가지고는 있지만, 형태적 중심어인 어휘 범주와 형태적으로 결합하여 어절을 이루는 형태적인 특성을 문법에서 설명해야 한다. 바꾸어 말해서 '토'가 어휘부에서 줄기와 결합한다고 보기 위해서는 '토'의 문법적 기능이 통사 구성에서 어떻게 실현되는지를 설명할 수 있어야 한다.[18] 황화상(2005: 272~290)에서는 이러한 것을 Chomsky(1986)의 허가 원리를 바탕으로 설명하였다. 이를테면 명사토가 결합하여 만들어진 통사적 단어는 구조격이 할당되고 난 후 구조격과의 자질 일치를 통해 허가된다고 설명한다. 이 연구에서는 '토'의 어휘 정보가 그것이 결합하는 '줄기'에 통합되어 '토'의 통사 정보가 실현되는 방식으로 설명한다.

둘째, 우리말은 어휘 범주인 줄기의 활용형의 수가 아주 많은데, 이들 어휘 범주의 패러다임을 어떻게 제시할 것인가의 문제가 있다.

셋째, 토의 통사 기능을 설명해야 하고 설명된 토의 기능이 구에 반영되어야 하는데, 그것이 가능한 방법론을 모색해야 한다.

---

18) 송철의(2006: 124)에서도 형태론과 통사론의 경계가 문제가 되는 것은 명사 줄기와 명사토, 동사 줄기와 동사토의 결합체를 어떻게 규정할 것인가 하는 것이며, 형태론을 위해서는 체언 어간과 조사, 용언 어간과 어미의 결합체를 하나의 단위로 포착해 주는 장치가 필요하다고 지적하고 있다.

제 3 장
자질과 제약에 기초한 문법 모형

1. 우리말의 통사적 특성과 문법[1]

1.1. 문장 구조

많은 앞선 연구[2]에서 언급된 우리말 어순의 특성은 대략 (1)과 같이 정리할 수 있다.[3] 이 때 (1)의 특성은 (2)의 비문과 정문을 설명하는 근거가 된다.

(1)ㄱ. 풀이말을 제외한 다른 문장 성분의 어순이 비교적 자유로운 언어이다.
　　ㄴ. 수식하는 말이 수식받는 말에 앞선다.
　　ㄷ. 주요 문장 성분이 생략될 수 있다.

(2)ㄱ. 영이가 옛 친구를 금방 만났다.
　　ㄴ. 옛 친구를 영이가 금방 만났다.
　　ㄷ. *만났다 금방 영이가 옛 친구를.
　　ㄹ. *영이가 친구를 옛 금방 만났다.

(2ㄱ, ㄴ)은 우리말 문장이 최소한 (1)을 지킨다면 정문이 되는 것임을

---

1) 이 장에서는 우리말의 문장 구조에 대한 이 글의 입장을 밝히고, 우리말의 문법적 특성을 반영하는 토의 기본적 특성을 살핀다. 그러한 논의를 바탕으로 이 글의 이론적 바탕이 될 문법 모형을 제시한다.
2) 문장 구조에 대한 것은 우리말의 통사적 특징을 언급한 남기심·고영근(1985/ 1993), 허웅(1999), 양정석(2005) 등을 참조할 수 있다.
3) Hale(1982: 92)에서는 형상적 언어와 비형상적 언어를 구분하고 비형상적 언어의 특징들을 제시하고 있는데 정리하면 다음과 같다.
　(1) 자유 어순, 불연속적 표현의 사용, '대명사 탈락'의 자유로움과 빈번함, 명사구 이동 변형의 결여, 허형식 명사구의 결여, 풍부한 격체계 사용, 합성 동사로 된 낱말 또는 '동사+형식동사' 체계

보여준다. 이를테면 (2ㄷ)은 (1ㄱ)을 어겼고, (2ㄹ)은 (1ㄴ)을 어겼기 때문에 비문이 되었다. 이러한 어순과 문장의 기본 구조를 명시적으로 나타내면 (3)과 같다.

(3)ㄱ. S → (NP$_{(1)}$) (NP$_{(2)}$) ... (NP$_{(n)}$) VP[4]

ㄴ. NP → (MOD) N

ㄷ. VP → (MOD) V

(3ㄱ)은 VP는 항상 문장 제일 뒤에 위치하며, NP는 순서가 자유롭고 생략이 가능하다는 것을 나타낸다. 이것은 (1ㄱ, 1ㄷ)과 관련된다. 그리고 (3ㄴ, 3ㄷ)은 수식어가 실현된다면 그 수식어는 수식받는 말 즉 중심어 앞에 위치해야 함을 나타내는데 (1ㄴ)과 관련된다.

1.2. 형상성에 대한 논의[5]

문장의 기본 구조와 수식어의 위치에 대해서는 앞선 연구에서도 대체로 (1)이나 (3)에서 설명하는 것과 크게 다르지 않다. 그러나 (3ㄱ)의 NP와 VP의 문법 지위에 대해서는 문법 이론에 따라 다르게 설명된다.

---

4) (3)에서 NP의 n은 V의 어휘 자질에 의해 정해진다. 예를 들어 V가 '먹다'라면 n은 '2'가 될 것이다.

5) 이 글의 논의를 위해서는 우리말 문장을 형상적 구조로 분석하는가 비형상적 구조로 분석하는가는 밀접한 관련이 있는 것은 아니다. 문장의 형상성에 대한 논의는 변형 문법에서 이론내적으로 전제하고 있는 개념에 대한 논의이다. 이를테면 HPSG와 같은 문법 이론은 문장의 형상성이나 비형상성을 전제로 하고 있지 않기 때문에 형상성에 대한 논의 자체가 없다.

  이 연구도 형상성을 전제로 하는 논의가 아니기 때문에 형상성에 대한 언급이 이것은 VP와 NP를 동일한 지위를 줄 것인가 아닌가, 그리고 NP 모두는 동일한 지위인가 아니면 위치에 따라 지위가 달라지는가와 관련되는 것이다. 변형 문법에서 구조적으로 전제하고 있는 이러한 형상성과 관련하여 변형 문법이 도입된 이후 우리말의 문장 구조가 형상적(configurational) 구조인가, 아니면 비형상적(non-configurational) 구조인가의 문제가 중요하게 부각되었다.

알려져 있다시피, 형상적 구조의 언어는 어떤 문장의 구조를 수형도로 그렸을 경우 그 구조가 뚜렷한 형상을 가지고 그 형상이 구조적 문법 관계를 설명하는 중요한 역할을 할 수 있는 언어이다. 그래서 형상적 구조의 언어에서는 D구조에서 VP 절점이 존재하는 반면, 비형상적 구조의 언어는 D구조에서 VP 절점을 설정하지 않는다. 형상적 구조와 비형상적 구조를 간단하게 나타내면 각각 (4), (5)와 같다.

(4)

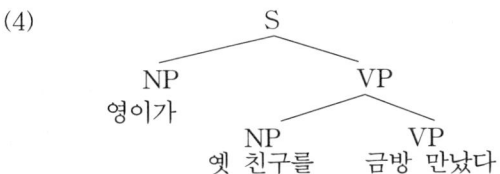

(5)

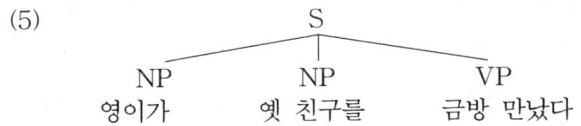

사실은 필요없다. 그러나 토의 통사적 기능은 문장(또는 구)과 관련되어 있기 때문에 토와 관련된 앞선 연구들에서 문장의 형상성에 대해서 심도 있게 논의되었다. 특히 구조격과 어휘격이라는 구분은 명사토의 처리에 직접적으로 관련되어 있기 때문에 이 절에서는 형상성과 관련해서 깊이 있는 논의는 아니더라도 이 글의 입장을 제시하는 정도에서 논의를 진행한다.

(4)는 우리말이 형상적 구조라는 가정에서 나온 분석인데, 임홍빈 (1987), 이관규(1992), 유동석(1995) 등과 같은 주로 변형 문법적 연구들 가운데 이런 입장의 논의가 많다. Chomsky(1965)에서는 주어, 목적어 그리고 소유 관계와 같은 문법적 기능을 기본적인 것으로 보지 않고 그것이 나무 그림에서 차지하는 위치에 따라서 파생적으로 결정되는 것이 라고 하였다. 변형 문법이 이론 내적으로 변화가 있었음에도 불구하고 이러한 생각은 유지되었다.

우리말이 형상적 언어라고 보는 논의에서는 주로 위와 같은 입장에 따라 나무 그림에서의 지배 관계에 의해 명사토가 결정된다고 보았다. 명사의 통사 기능에 대한 많은 연구들이 변형 문법의 틀에 입각해서 구조가 격을 보장한다고 보고 있으며, 형상적 구조에 의해 짜여진 격 배당 원리를 통해서 명사의 통사 기능을 해명하려고 하였다.

한편 변형 문법적 입장에서라도 양동휘(1992)에서는 대용 현상을 근거 로 들어 우리말이 형상적 구조가 아님을 논의하였다.

이 외에도 우순조(1994: 51~71)의 논의와, 신효필(1994), Chan C. (1996: 51~125), 서태길(1997: 59~67), Kim(1998: 177~233)과 같은 HPSG의 연구, 그리고 최규수(2000: 97~101)의 논의는 우리말이 비형 상적 구조라는 관점의 논의인데, (5)는 그러한 관점이 반영된 분석이다.

우순조(1994)에서는 변형 문법의 형상성을 비판하였다. 그리고 '형상' 이라는 용어의 개념을 수학적으로 다시 수립하여 우리말은 '모빌적 형상' 을 가진 언어라고 설명하고 다음과 같은 구조를 제시한 바 있다.

(6)

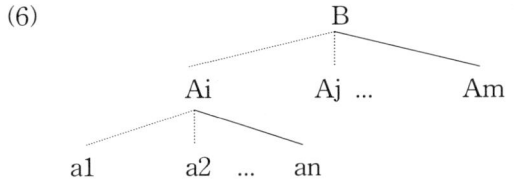

(6)에서 실선은 어순이 고정된 성분과 지배 범주를 연결한 것이고, 점선은 고정되지 않은 성분들과 지배 범주를 연결한 것이다. 이와 같은 우순조(1994)의 '형상'의 개념은 변형 문법의 형상과는 다른 개념으로 오히려 변형 문법의 논의로 말하면 비형상적 관점이다.

HPSG에서는 변형 문법적인 형상성을 전제로 하지 않고 언어의 특성에 따라 혹은 구의 특성에 따라 어떤 구조를 선택할 수 있음을 <직접 관할 도식>을 통해 설명하고 있다. HPSG 관점의 형상성에 대한 논의를 이해하기 위해 HPSG에서 설정하고 있는 문장의 구조와 도식에 대해 먼저 살피고자 한다.

HPSG에서는 언어 기호(sign)를 구(phrase)와 어절(word)로 나누고, 구는 다시 중심어 구조와 등위 구조로 나누었다. 여기서 '중심어 구조'는 '중심어-보충어 구조, 중심어-표지어 구조, 중심어-부가어 구조, 중심어-충족어 구조'의 하위 유형이 있다. 이 구조들은 직접 관할 도식에 의해서 적격한 문장 구조를 형성한다. 이 중에서 '중심어-보충어 구조'의 중심어인 동사와 그 보충어들 간의 정형성을 보장하기 위하여 세 개의 직접 관할 도식을 설정하고 있다. 이것은 문법 이론 안에서 문장의 구조를 어떻게 설정하고 있는가와 관련된다.

먼저 (7)과 같이 분석하는 것은 HPSG의 <직접 관할 도식 1>과 <직접 관할 도식 2>와 관련된다. <직접 관할 도식 1>은 '중심어-보충어 구조'

에서 중심어딸이 구이고, 보충어딸이 하나이며 그 부모의 하위 범주가
충족된 구조를 나타낸 것이다. 이것을 나무 그림으로 나타내면 (7)과
같고, 자질 구조로 보인 것이 (8)이다.

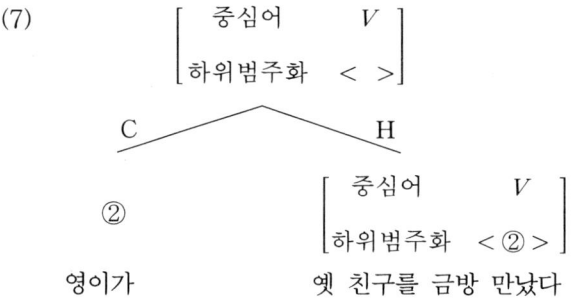

(7)

$$\begin{bmatrix} 중심어 & V \\ 하위범주화 & < \ > \end{bmatrix}$$

C ⟍ ╱ H

②

$$\begin{bmatrix} 중심어 & V \\ 하위범주화 & < ② > \end{bmatrix}$$

영이가   옛 친구를 금방 만났다

(8) <직접 관할 도식 1>[6]

$$\begin{bmatrix} SYNSEM \mid LOC \mid SUBCAT & < \ > \\ DTRS & \begin{bmatrix} H-DTR \mid SYNSEM \mid LOC \mid LEX & - \\ C-DTRS & <[\ \ ]> \end{bmatrix} \end{bmatrix}$$

그리고 <직접 관할 도식 2>는 '중심어-보충어 구조'에서 그 부모의
하위범주화 목록에 충족되지 않은 보충어가 하나 있는 구조이다. 나무
그림으로 보이면 (9)와 같고, 자질 구조로 나타낸 것은 (10)이다.

---

6) 이 도식의 자질 구조는 HPSG(1994)의 논의에 따라 제시한 것이다. 'LEX' 자질은
HPSG에서 구와 어절을 구분하는 기준이 되는데, 'LEX'가 '+'이면 '어절'이고
'-'이면 '구'이다.

(9)
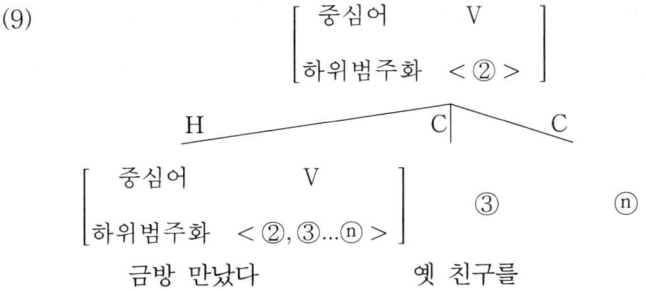

(10) <직접 관할 도식 2>

$$
\begin{bmatrix}
\text{SYNSEM | LOC | SUBCAT} & \quad < [\quad] > \\[2mm]
\text{DTRS | H−DTR | SYNSEM | LOC} & \begin{bmatrix} \text{HEAD} & \text{V} \\ \text{LEX} & + \end{bmatrix}
\end{bmatrix}
$$

그래서 '영이가 옛 친구를 금방 만났다'를 위의 두 도식에 따라 나타내면 (11)과 같다.

(11)
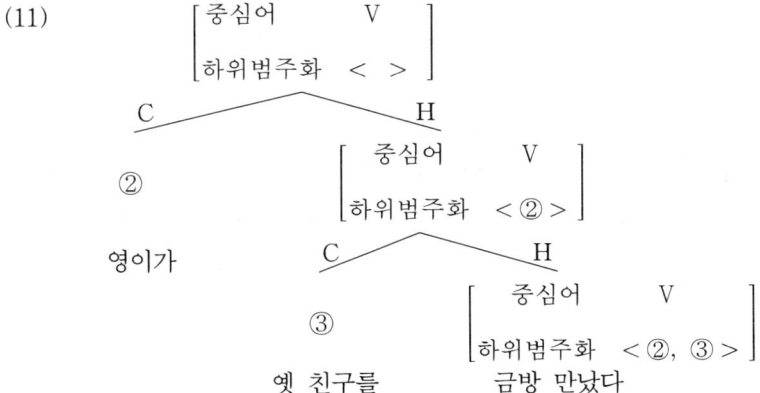

<직접 관할 도식 3>은 '중심어-보충어 구조'에서 중심어딸이 어절이 며, 그 부모의 하위 범주화가 충족된 구조를 나타낸다. HPSG에서는 영어의 도치된 구조에 적용하기 위해 설정한 도식이다.

(12)

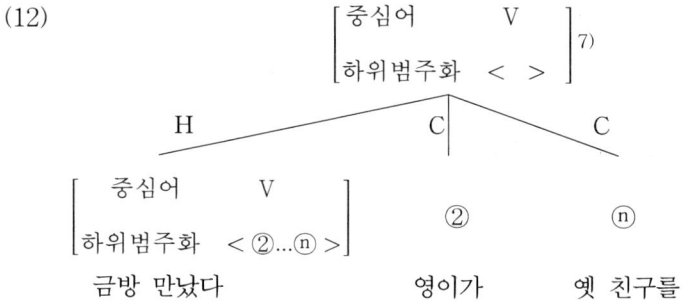

(13) 직접 관할 도식 3

$$
\begin{bmatrix}
\text{SYNSEM | LOC | SUBCAT} & \quad < \ > \\
& \\
\text{DTRS | H−DTR | SYNSEM | LOC} &
\begin{bmatrix}
\text{HEAD} & \text{V} \\
\text{LEX} & + \\
\text{INV} & +
\end{bmatrix}
\end{bmatrix}
$$

<직접 관할 도식 3>을 우리말에 적용시키면 '영이가 옛 친구를 금방 만났다'는 (14)와 같이 나타낼 수 있다. HPSG(1994: 40)에서는 <직접 관할 도식 3>이 일본어, 독일어의 일부 성분에 적용될 것이라고 한 바 있다.

---

7) HPSG에서는 '도치' 자질로 'INV' 자질이 도입되었으나, 우리말에서는 도치 자질 과 직접적 관련이 없어서 'INV' 자질을 포함시키지 않았다.

(14)

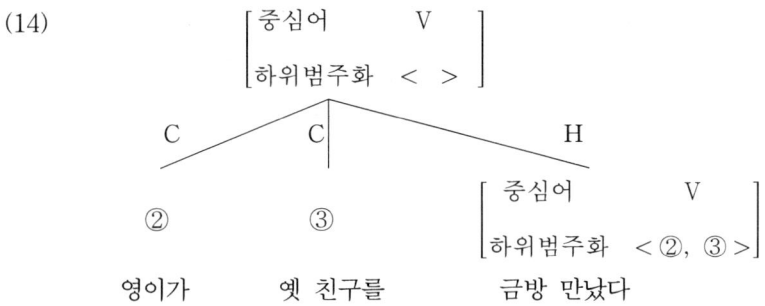

문장 구조를 (11)로 설명할 것인가 (14)로 설명할 것인가는 우리말의 구조가 형상적 구조인가 비형상적 구조인가의 문제와 관련되어 있다.

우리말을 HPSG 방식으로 설명한 신효필(1994), Chan C.(1996: 51~125), 서태길(1997: 59~67), Kim(1998: 177~233) 등에서는 우리말이 비형상적 구조를 가진 언어임을 주장하였다.

최규수(2000: 97~101)에서는 우리말이 형상적 언어라고 주장하는 논의에서 논거의 하나로 제시하는 타동사 문장의 VP의 존재에 대해 영어의 VP와 비교해서 반론을 제기하였다. 최규수(2000)의 논의에 의하면, 우리말의 타동사와 목적어의 관계는 영어의 타동사와 목적어의 관계처럼 단단하지 않으며 주어인지 목적어인지를 직관적으로 구분하는 것은 위치보다는 그것이 결합한 자리토를 통한 것이라고 하였다. 그리고 우리말에서 영어의 목적어 문장과 비슷한 형상적 구조를 가진 예를 다음과 같이 제시하였다.

(15)ㄱ. 영이가 의사가 되었다.
　　ㄴ. 영이가 의사가 아니다.

(15)는 '영이가'와 '의사가'의 순서가 바뀌면 비문이 되거나 의미가 완전히 달라진다. (15)의 '되다, 아니다'와 같은 동사들은 선행하는 두 '-이/가' 성분의 순서가 중요한데, 그것은 표지만으로 구별하기 어렵기 때문에 순서가 그 구별을 보충한다고 설명하였다. 이러한 논의들을 통해 우리말의 어순과 구조의 특성을 (16)과 같이 정리하였다.

(16) 이름씨의 다양한 격 표지의 존재와 고정된 어순 또는 형상적인 구조는 서로 상보적인 관계에 있다. 따라서 비형상적인 언어는 격 표지가 다양하게 발달하고, 형상적인 언어는 고정된 어순을 가진다.

이 연구에서도 최규수(2000)의 논의를 받아들여 우리말의 어순적 특성을 바탕으로 '비형상적 구조'라는 입장에서 논의를 진행한다.

1.3. 우리말의 비형상성과 통사적 특징

지금까지의 논의를 정리하면 우리말 문장은 다음과 같이 나타낼 수 있다.

(17) S $\Rightarrow$ (NP$_{(1)}$) (NP$_{(2)}$)...NP$_{(n)}$ VP[SUBCAT NP$_{(1)}$... NP$_{(n)}$]

(17)의 구조는 언뜻 보기에도 느슨한 구조이다. 그렇다면 (17)과 같이 '느슨한' 구조는 무엇으로 보완할 수 있는가. 앞선 연구에서 지적된 바와 같이 우리말에서는 명사토와 동사토와 같은 문법적 표지들이 (17)과 같은

느슨한 구조를 보완한다고 할 수 있다.

　이와 같이 어순이 고정적이지 않은 언어는 구조에 기초한 설명이 더 효율적일 것인가, 언어 단위의 어휘 정보에 기초한 설명이 더 효율적일 것인가. 어순이 고정적이지 않고 구조도 비교적 느슨한 언어를 설명하는 데 있어서 그 문법이 고정화된 구조에 지나치게 의존하면 많은 예외가 발생하거나, 구조 자체를 여러 개를 설정해야 할 수도 있다.

　따라서 우리말과 같이 자유 어순이면서 이른바 비형상적 구조의 언어는 문법에서 어휘부의 역할이 강조될 수밖에 없다. 즉 문법에서는 어휘부에 등재할 어휘 목록을 어떻게 설정할 것이며, 그 어휘 목록의 언어 정보를 어떻게 구성하여 치밀하게 작성할 것인지를 설명해야 한다. 거기다가 어순과 구조의 제약이 약하기 때문에 N이나 V와 결합한 '토'의 문법적 기능에 의존할 수밖에 없다.

　따라서 우리말을 설명하는 문법이라면 구조적 제약 관계의 치밀한 설정보다는 각 언어 단위의 언어 정보의 구성과 구조를 대신해서 각 어절이나 구의 문법 기능을 나타내는 토에 대한 정확한 이해와 설명이 필수적이라고 할 수 있다.

2. 자질과 제약에 기초한 한국어 문법

2.1. 언어 정보와 문법 부문

2.1.1. 형태소, 어절, 구, 문장 등과 같은 언어 형식은 음성, 음운, 형태, 통사, 의미, 화용의 정보를 가지고 있는데, 이들을 묶어 언어 형식의 '언어 정보'[8]라고 한다면, 예를 들어 '하늘'이라는 언어 형식이 가지고 있는 언어 정보는 다음과 같이 나타낼 수 있다. (18)의 '하늘'은 '어휘부'에 등재된 정보를, (19)는 실제 발화에서 쓰인 '하늘'의 정보를 대략적으로 나타낸 것이다.

(18) 하늘
　　　[음운 정보　　　[하늘]]
　　　[품사 정보　　　명사]
　　　[의미 정보　　<하늘>]
　　　[형태 정보　　　명사토가 형태적으로 결합할 수 있다]
　　　[통사 정보　　　문장에서 다양하게 기능한다]

---

8) 이 글에서는 언어학에서 일반적으로 사용하는 '기능(function)'이라는 용어와 함께 '정보(information)'라는 용어를 사용한다.
　　'기능'은 다른 언어 형식과의 관계 속에서 정의된다. 그래서 '형태적 기능', '통사적 기능', '화용적 기능'은 성립하지만, '음성적 기능', '의미적 기능'이라고 했을 때는 다른 언어 형식과 관계 속에서 생각하게 된다. 따라서 '기능'이 지시하는 것을 포함하면서 언어 형식 그 자체에 대해 설명하는 용어가 필요하다. 그래서 이 글에서는 기존에 언어학에서 사용하고 있었던 '정보'라는 용어를 '기능'을 포함해서 언어 형식 자체가 가지고 있는 여러 가지 규칙이나 의미까지를 포괄하는 개념으로 사용한다.

(19) 가: 뭘 보고 있너?

　　나: 하늘

　　[음운 정보　　　　[하늘]]

　　[품사 정보　　　　　명사]

　　[의미 정보　　　　＜하늘＞]

　　[형태 정보　　명사토가 형태적으로 결합할 수 있다]

　　[통사 정보　　　　목적어]

　　[화용 정보　　　　[FOCUS　＋]]

　(18), (19)의 '하늘'은 정보의 양에서 분명히 다르다. 즉 (19)의 '하늘'은 문장에서 쓰인 요소이기 때문에 (18)의 '하늘'과는 특히 통사 정보나 화용 정보에서 차이가 있다. 이것은 어찌 보면 당연한 결과이다. 단지 지금까지는 이런 정보를 명시적으로 드러내지 않았을 뿐이다.

　이와 같이 문법 기술에서 어떤 정보를 명시적으로 나타낼 필요가 있는데 이런 점에서 위의 (18), (19)에서 보인 문법의 기술 방식인 '자질 구조'가 의미를 가진다. 자질 구조9)는 이론에 따라 형식적으로 조금씩 차이는 있지만, HPSG, LFG, GPSG 등과 같은 통합 문법에서 주로 사용되는 설명 방법이다. 통합 문법에서 자질 구조를 사용하는 것은 자질 구조가 각 자질들이 함유하고 있는 양립 가능성과 특수성을 규정하기 쉬운 구조로 되어 있기 때문이다.

　HPSG에서 자질 구조10)는 자질 집합의 명세로 구성되는데, 자질들

---

9) 자질 구조에 대한 것은 HPSG의 설명, 즉 Pollard & Sag(1987)과 Pollard & Sag(1994), 신수송·류수린(1995) 등에 자세하게 기술되어 있다.

10) 자질 구조는 자연 언어의 현상을 설명하기 위해 제안된 형식적 도구이다. P&S(1994: 6~14)에서는 언어학 이론도 자연 과학에 관한 이론들과 방법적으로 다르면 안 된다는 것을 설명하고 따라서 자연 언어의 현상들을 설명하는 데에

각각은 특별한 값으로 짝지어져 있다. 그리고 그것의 표시는 (20)과 같은 대괄호 표시법으로, 내용은 속성과 값의 행렬인 AVM(attribute-value matrice)으로 제시한다.11)

(20) 자질 구조

$$
\begin{bmatrix}
FEATURE1 & VALUE1 \\
FEATURE2 & VALUE2 \\
...... & ..... \\
FEATUREn & VALUEn
\end{bmatrix}
$$

(20)에서 자질(FEATURE)이 취할 수 있는 값(VALUE)으로는 원자, 집합({ }), 목록(< >)12), 자질 구조([ ])가 있다. 다음은 '나'를 자질 구조로 나타낸 예이다.

(21) 나

$$
\begin{bmatrix}
품사 & 명사 \\
유정성 & +
\end{bmatrix}
$$

형식적인 도구들을 사용해야 한다고 하였다.

그래서 문법 이론에는 사람들이 생성하고 이해하는 단어나 문장과 같은 언어학적 단위에 해당하는 분야와 형식 언어와 같이 언어 현상을 체계적으로 표상하려는 분야, 그리고 이 표상된 것이 제대로 해석되도록 하는 수학적인 모형 등의 분야가 각기 존재하고 있는데, 그 중에서 자연 언어를 표상하려는 형식 언어는 실제 자연 언어의 구성 성분들을 나타낸다고 보았다. 그리고 수학적인 모형은 이런 것을 만족시키고 자연 언어의 단위들을 형식화하는데, 형식 언어는 정문을 비문으로부터 구별하기 위해 그 자신의 조건들을 가지고 있어야 한다고 하였다.

11) 이러한 자질 구조를 이용한 기술은 언어 정보의 연산에서도 좀더 편리하게 이용될 수 있을 것이다. 이 연구에서 자질 구조는 HPSG의 자질 구조의 설명 방식을 도입한 것이다.

12) 집합과 목록은 성분들이 순서가 있느냐 없느냐에 따라 구별된다. '집합'은 순서 없는 나열이고, '목록'은 순서를 가진 나열이다.

(22)

$$\begin{bmatrix} 음운 & 나 \\ \\ 통사의미 & \begin{bmatrix} 통사 & [중심어 \quad 명사] \\ 의미 & [인칭 \quad 1인칭] \\ 화용 & [담화역할 \quad 말할이] \end{bmatrix} \end{bmatrix}$$

(22)'   [통사의미 [통사 [중심어   명사]]]

(21)은 품사(POS)는 명사(N)이고, 유정성이 '+'인 '나'라는 언어 형식을 자질 구조로 나타낸 것이다. (21)에서 '품사', '유정성'은 자질이고, '명사', '+'는 각 자질의 값이 된다. 그리고 (21)에서 자질의 값인 '명사', '+'는 '원자'의 형태이다.

한편 자질의 값이 '자질 구조'로 되어 있는 경우도 있는데 (22)에서 확인할 수 있다.13) (22)에서 '인칭' 자질의 값은 원자 형태인 '1인칭'이고, '통사의미'의 값은 자질 구조 형태이다. 한편 이러한 자질 구조는 필요에 따라 (22)'와 같이 부분적으로 기술하는 것도 가능하다.

자질 구조는 기술이 더 특수할수록 그리고 명시적이고 정보적일수록 그것을 만족시키는 자질 구조의 수는 더 적어진다. 이러한 언어 정보들은 '음운부, 형태부, 통사부, 의미부, 화용부'와 같은 문법의 각 모듈에서 음운 정보, 형태 정보, 통사 정보, 의미 정보, 화용 정보로 각각 설명된다. 그리고 이들은 어느 하나가 입력이 되고 다른 것이 출력이 되는 것이 아닌 각각 문법 모듈 안에서 독립적으로 움직인다. 그렇다면 이들 언어 정보는 어떤 방식으로 처리되는 것일까.

---

13) 각 자질에 대한 설명은 3장 2절에서 한다.

2.1.2. 문법의 부문(component)을 음운부, 형태부, 통사부, 의미부로 나누었을 때, 구조 문법에서는 문법 부문들 간에 선조적인 순서가 주어진다는 것을 전제하고 있다. 변형 문법에서는 부문 간의 선조적인 순서를 부정하고 통사부를 중심에 두고 문법을 설명하였다.

문법 부문 사이에 어떤 순서나 우열이 있는 것일까. 그리고 그와 같은 부문 사이의 관계 설정이 전제되어야만 문법 현상이 더 잘 설명되는 것인가. 그렇지는 않은 듯하다. 이를 테면 구조 문법에서 전제하고 있는 부문 간의 순서 매김도 형태소-단어(어절)-구와 같이 언어 단위의 크기에 따른 설명 방식이고, 변형 문법에서 설정하고 있는 통사부 중심의 구조도 통사부와 같은 특정 문법 부문에 설명의 중심을 두었기 때문에 생긴 구분이다.

실제 언어에서는 이런 문법 부문들이 선조적 순서가 있다거나 특정 부문이 중심에 있다기보다는 각 문법 부문이 독립적으로 존재하면서 또 서로 동시에 작용하는 방식일 것이다. 예를 들어 문법 부문의 하나인 '음운부'를 보면 음소의 음운론 뿐만 아니라 형태소, 단어, 문장의 음운론이 있다. 그리고 언어 단위 가운데 하나인 '구'를 중심으로 보면, 구의 통사론 뿐만 아니라 구의 음운론, 구의 의미론이 가능하다. 그래서 각 단위를 중심으로 보면 단위마다 음운론, 형태론, 통사론, 의미론이 다 존재하며, 각 부문을 중심으로 보면 각 부문에서 형태소, 낱말, 구, 문장에 대해 설명할 수 있다.

이 글에서는 문법의 각 모듈 즉, 음운부, 형태부, 통사부, 의미부는 각각 독립적인 모듈이기 때문에 이들 간에 단계가 있는 것이 아니라, 자율적으로 동시에 존재한다고 본다.[14] 그리고 문법 부문들은 독립적으로 존재하지만 서로 관련되어 있는데, 이들 모듈 간의 상관 관계를 나타내는 장치 즉 중개장치(interface)가 '어휘부'이다.15) 따라서 '어휘부'는 그 것이 문법을 보조해 주는 수단이라거나 불규칙한 단어의 목록이 아니라, 문법에 음운부, 형태부, 통사부, 의미부, 화용부가 있다면 이들의 정보가 다 수록되어 있는 문법의 공유 영역이면서 문법의 한 부문이라는 관점에 서 접근해야 한다.

'어휘부'는 '어휘 목록'의 집합이라고도 할 수 있는데, '어휘부'가 문법에 서 차지하는 위치에 대한 입장은 문법 이론에 따라서 상당히 다른 모습을 보인다. 변형 문법에서는 규칙과 원리로 설명이 되지 않는 것들의 목록으 로 인식하고 있고,16) 통합 문법 관점의 연구인 LFG17), GPSG, HPSG 등의 문법들은 '어휘주의'라는 말을 쓸 정도로 '어휘부'에 많은 역할을 부여하고 언어 설명을 위해 어휘부의 중요성을 피력하고 있다.

언어 이론은 기술하려는 목적이나 대상 언어에 따라 중요하게 다루는 것이 다른데, 우리말과 같이 어순이 비교적 자유로운 언어들은 어절들 간의 상관 관계를 구조에서 규칙화하기 어렵기 때문에 어휘부에 무게를 두는 것이 더 효율적일 가능성이 높다. 그리고 형태론과 통사론의 불일치 를 보이는 '토'를 통해 문법 기능의 대부분을 보이는 우리말은 문법 부문의 독립성을 보장해야 '토'의 특성을 잘 설명할 수 있다.18) 이러한 관점에

---

14) 문법 부문들을 계층화했을 때의 문제점에 대한 것은 J.M.Sadock(1991) 참조. J.M.Sadock(1991)에서는 문법의 각 부문들이 자율적으로 움직이며 그러한 문법 부문들의 중개장치로서 '어휘부'의 역할을 강조하였다.

15) 이러한 문법 부문에 대한 인식은 구조와 기능이 불일치한 우리말의 명사토와 동사토의 처리에 적절히 작용할 것이다. 그리고 어휘부의 효과적인 기술이 바탕이 될 때 문법이 간단하면서도 분명해질 수 있다. 통사부의 역할을 강조했던 촘스키 문법 이론에서도 어휘 중심의 문법론을 개발함으로써 가장 경제적이면서도 효율 적인 문법 이론을 구축할 수 있음을 강조한 적이 있다(양동휘, 1989: 83).

16) 최근의 최소주의에서는 어휘부를 강조하는 경향이 있다.

17) 어휘 기능 문법의 '어휘부'에 대한 설명은 신수송·류수린(1995) 참조.

따라 문법 부문의 관계를 나타내면 (23)과 같다.

(23) 문법 부문19)

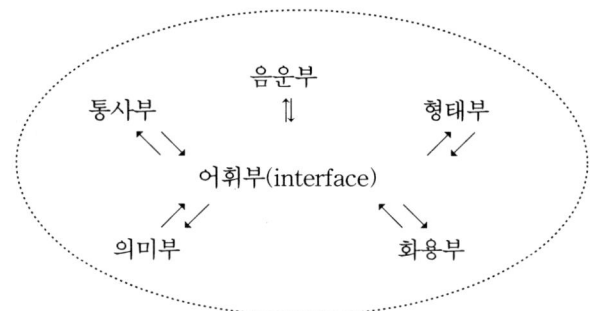

어휘부가 문법 부문에서 차지하는 위치가 (23)과 같다면 어휘부20)의
각 어휘 목록은 (24)와 같은 언어 정보를 가지고 있다.21)

---

18) 문법에서 불일치한 언어 현상을 설명하기 위해 J.M.Sadock(1991)에서도 형태론
   과 통사론의 독립성을 전제하고 있다.
19) (21)에서 ⇅ 는 문법의 각 부문의 정보가 어휘부에 반영되거나, 어휘부의 정보가
   문법 부문의 기술에서 이용될 수 있음을 나타내는 것이다. 따라서 어휘부는 문법
   부문의 중개장치이자 공유 영역(interface)이 된다.
20) 한편, 문법에서 어휘부에 중심을 두고 언어 기호의 정보를 중심으로 문법을 기술했
   을 때 고려해야 하는 것 중의 하나는 정보의 잉여성이다. P&S(1987, 1994)에서는
   어절(word) 형성에서 발생하는 과도한 잉여성을 제거하기 위하여 부류 계층과
   어휘 규칙을 개발했다. 이 글에서도 어휘 범주의 분류에서는 '부류' 개념을 도입하
   여 각 언어 기호 단위마다 부류에 따른 제약과 상위 유형이 가지는 정보를 하위
   유형에서 상속하는 것을 통해 이러한 잉여성을 제거할 수 있을 것이다. 우리말의
   경우는 더 많은 잉여성이 발생될 것이므로 어절의 형성과 관련해서 이 글에서는
   '통사적 형태 단위'라는 유형을 설정하여 '토'를 처리하려고 하는 것이다.
21) (24)는 HPSG에서 언어 기호들에 대해 언어 정보의 구조화된 복합체로 설명하는
   것과 유사하다.

(24)
$$\begin{bmatrix} 음운 \ 정보 \\ 형태 \ 정보 \\ 통사 \ 정보 \\ 의미 \ 정보 \\ 화용 \ 정보 \end{bmatrix}$$

2.2. 언어 단위

2.2.1. HPSG에서는 모든 언어 표현은 기호(sign)의 하나로 보고, 그것을 다시 하위 유형[22]으로 계층화한다. HPSG(P&S, 1987: 43)에서는 기호를 (25)와 같이 하위 유형으로 나눈다.[23]

(25) $_{sign}$[　] = $_{lexical-sign}$[　] $\lor$ $_{phrasal-sign}$[　]

(25)에 따르면 모든 언어 형식 즉 기호는 '어휘적 기호'의 언어 형식과 '구적 기호'의 언어 형식이 있는데 이를 간단하게 나타내면 (26)과 같다.

(26)

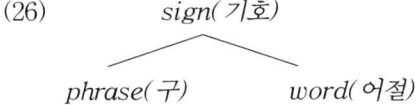

$sign($ 기호$)$

$phrase($ 구$)$　　　　$word($ 어절$)$

---

22) 일반적으로 기호는 '언어적 기호'와 '비언어적 기호'를 다 포함하는데 여기서 '기호'는 주로 언어적 기호에 한정해서 논의한다.

23) HPSG(P&S, 1987: 43)에서는 언어 기호$(sign)$를 $phrasal\ sign$과 $lexical\ sign$으로 분류하였다. 그리고 $phrasal\ sign($이후 $phrase)$과 $lexical\ sign($이후 $word)$은 $sign$의 속성을 그대로 상속받으면서 각각 자신의 속성을 새로 가진다고 설명한다.

(27) 영이가 [표지가 예쁜 책을] 샀다.

(27)에서 '표지가 예쁜 책(을)'은 명사구로 'phrase(구)'에 해당하고, '책(을)'은 'word(어절)'에 해당한다.[24] 여기서 '책을'이 언어 단위인 '어절'이라고 한다면, 통사 기능을 가진 '토'가 어절의 한 성분이 되기 때문에 '통사론적 특성'을 살피기 위해서는 '어절'의 내부 구조를 분석해야 한다.

따라서 우리말을 설명하기 위해서는, HPSG를 도입한다면 HPSG의 기호(sign)의 하위 유형으로 '줄기'와 '토'를 포괄하는 단위가 필요하며, 변형 문법을 도입한다면 I, C, T, AGR 등과 같은 굴절 범주와 어휘 범주인 N, V 등의 형태적 결합에 대한 설명이 추가되어야 한다.

2.2.2. 이 연구에서는 우리말의 '줄기'와 '토'를 설명하기 위해 '통사적 형태 단위(morphological unit)'를 설정하려고 한다.[25] 이것은 문법 부문을 '형태론'과 '통사론'으로 나누고 '형태론'은 다시 '파생 형태론'과 '굴

---

24) HPSG에서는 어절(word)을 통사론의 최소 단위로 본다. 그래서 우리말의 '예쁜, 예뻤다, 예쁘게' 등과 같은 것들이 '예쁘다'라는 동사의 한 유형으로 설명된다. 그런데 교착적 방식으로 실현되더라도 유형이 몇 가지로 제한되어 있다면 이렇게 설명하는 것이 간편하게 처리할 수 있는 한 가지 방법이 될 수도 있다. 그러나 앞에서 언급된 바와 같이, 우리말 '토'는 종류도 많고 결합형도 다양해서, 이론적으로는 가능하다 하더라도 유형 분류를 위해 여러 기준이 동시에 제시되어야 하고 다양한 종류가 나타나 무척 복잡해진다. 우리말 토는 영어와 같이 형태적 중심어와 융합되어 나타나지 않고, 언어 형식도 일정하고, 위치나 순서가 정해져 있으면서 교착적 방식으로 실현되기 때문에 이들을 하나의 언어 기호로 설정하고 도식과 원리 아래에서 결합되는 방식으로 처리하는 것이 더 합리적으로 설명될 수 있다. 우리말보다 굴절형이 훨씬 적은 영어를 대상으로 하는 HPSG에서도 잉여성의 문제를 우려해서 부류 개념으로 설명한 것이다.

25) 형태론의 분석 단위인 형태소(morpheme)가 '유의미한 최소 단위'라고 정의한다면, '통사적 형태 단위(morphological unit)'는 통사적 기능을 하는 최소 단위라고 할 수 있을 것이다. (1)에서 형태소와 통사적 형태 단위는 (2)와 같다.

절 형태론'으로 나누는 전통적인 분류의 설명과 거의 같다. 그러한 분류에서 '굴절 형태론'의 대상이 이 글의 '통사적 형태 단위'와 비슷하다.

이러한 논의에 따라 앞의 HPSG의 기호 분류를 수정하면 (28)과 같고, 이것을 바탕으로 이 연구의 언어 단위를 설정하면 1장 2절에서 살핀 바와 같이 (29)와 같다.

(28)
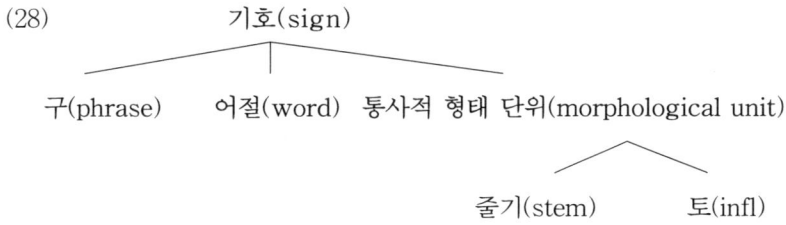

(29) 언어 단위

ㄱ. 구

ㄴ. 어절

ㄷ. 통사적 형태 단위: 줄기, 토

(28)에서 '어절'이 '구'를 이루는 것은 어절의 통사적 구조에 의한 것이기 때문에 통사적 원리와 도식으로 설명한다. 그러나 '통사적 형태 단위'가 '어절'을 이루는 것은 형태적 구조에 의한 것이기 때문에 형태론적 원리가 필요하다.

HPSG를 우리말에 적용시킨 앞선 논의들에서는 '통사적 형태 단위'를

---

(1) 새빨간 사과

(2) 형태소 : 새-빨갛-ㄴ

통사적 형태 단위 : 새빨갛-ㄴ

설정하지 않고 '줄기(stem)'만을 분석하여 '어절'의 하위 유형으로 설정하고 '토(infl)'에 해당하는 것은 '줄기'의 굴절로 처리하였다. 이를테면 장석진(1995: 87)에서는 '먹었다'와 같은 동사와 동사토의 경우는 이들을 더 이상 분석하지 않고 굴절(VFORM)로 처리한다.

(30) [VFORM   [TNS   PST]]

그러나 그렇게 처리하면 문법이 간단해지기는 하지만 부가적으로 어휘 분류의 확장이 필요하다. 영어의 굴절과 같이 굴절형이 몇 가지 안 된다면 가능할 수도 있을 것 같다. 그러나 우리말의 경우 명사나 동사와 토의 결합형을 명사나 동사의 굴절 형태라고 하면 굴절 형태의 수는 너무 많다. 명사나 동사와 토의 결합형을 굴절(HPSG의 자질로는 VFORM)로 처리한다는 것은 그 결합형 모두가 어휘부에서 생성된다는 것을 전제하고 있는 것인데, 그러한 처리는 문법에서 설명할 수 있는 범위를 넘어서는 것이다.26) 뿐만 아니라 이들을 굴절형으로 처리하게 되면 토27)의

---

26) 서정수(1996)에 의하면 맺음토가 230개라고 하는데, 그것을 기준으로 했을 때 맺음토와 안맺음토 '-시-, -었-, -겠/었-, -더-'와의 결합형은 27,600여 개나 되어 동사 하나마다 27,600여 개의 굴절형이 있다는 설명이 된다. 그리고 우리말 동사의 수는 국립국어원의 ≪표준국어대사전≫(1999)을 기준으로 한다면 21,573 개(동사 15,135 개, 형용사 6,438 개)인데 그것을 다시 27,600여 개의 동사토의 결합형으로 결합시킨다면 595,414,800 개가 되어 그 굴절형은 문법 이론에서 설명할 수 있는 범위를 넘어선다. 물론 산술적으로 계산된 것이기 때문에 그 중에 받아들이기 어렵거나 잘 쓰이지 않는 유형도 있겠지만, 굴절로 처리하기에는 설명하기 힘든 수라는 정도는 이해할 수 있다.

27) 한편 박동근(2000: 159)에서 지적하고 있는 바와 같이, 명사토가 선행 범주에 대한 제약이 거의 없는 데 반해, 맺음토는 줄기나 다른 안맺음토와 같은 비자립 형식에만 제한적으로 결합하며, 명사토가 생략이 가능한 데 반해 동사토는 생략이 불가능하다는 다른 점이 있다. 이러한 다른 점은 '토'를 '동사토'와 '명사토'로

통사적 기능이나 의미가 분명히 드러나지 않는다.[28]

2.2.3. 이 연구에서 '줄기'와 '토'를 언어 단위로 인정한다는 것은 토(infl)가 줄기(stem)의 활용형이 아니라, 줄기와 마찬가지로 음운·형태·통사·의미 정보를 가진다는 것을 의미하고 따라서 어휘부에 등록되어야 한다는 것을 의미한다. 그래서 (31)에서 어휘부에 등록되어 있는 어휘 목록은 (32)가 될 것이다.[29]

(31) 영이가 밥을 먹었다.

(32) 영이, 가, 밥, 을, 먹, 었, 다

한편 '줄기'는 파생가지가 포함된 것도 있어서 하위 유형으로 더 나눌 수도 있다. '토'를 제외한 나머지 부분을 '줄기'라고 한다면 '줄기'를 분석하면 일단 다음과 같은 종류의 줄기가 있을 것이다.

(33) ㄱ. 줄기
    ㄴ. 줄기 + 줄기
    ㄷ. 줄기 + 파생가지
    ㄹ. 파생가지 + 줄기

하위분류함으로써 충분히 구별할 수 있다.
28) 이러한 처리 방식은 전통 문법의 절충적 체계에서의 동사의 활용과 비슷하다. 이 글에서 HPSG의 처리 방식에 문제를 제기하는 것은 서정수(1996: 148~153)에서 최현배(1937)의 동사 처리 방식의 문제를 비판한 것과 같은 맥락이다.
29) 최규수(2001)에서도 (32)와 같은 형태가 어휘부에서 다룰 어휘 범주임을 설명한 적이 있다.

　그런데 (33)과 같은 분석은 이 글의 언어 단위로 설정한 줄기, 토, 어절, 구 등이 가지는 통사적 기능과는 다른 어휘 내부의 문제이다. 예를 들어 '먹이다'의 경우를 보자. '먹이다'를 '먹-'과 '-이-'로 분석했을 때 사동의 '-이-'와의 결합을 통해 '먹-'은 결합가가 증가하는 등 통사적인 변화가 있다. 그래서 이런 과정을 어휘 형성 과정으로 설명하기도 한다. 그러나 우형식(1998: 21)에서 지적하고 있는 바와 같이, '-이-, -히-, -리-, -기-, -우-, -구-, -추-' 등과 같은 사동 접미사의 여러 목록이 있어 동사가 결합하는 사동 접미사가 달라 그 결합 관계를 예측하기 힘들 뿐만 아니라 결합한 후의 동사의 통사적 특징도 자동사에서 타동사가 된다거나, 결합가가 늘어난다는 등 사동 접미사와의 결합 후의 양상도 규칙적이지 않아 보편성을 획득하기 어렵다. 따라서 이와 같이 파생이나 합성에 의해 형성된 언어 형식은 '줄기'로 분석하고 어휘부에 독립된 어휘 항목으로 설정하고자 한다. 따라서 '줄기'를 더 이상 형태론적 단위로 분석하는 것은 이 글에서는 의미를 가지지 못하기 때문에 줄기에 대한 깊이 있는 연구는 다음 기회로 미룬다.[30]

　따라서 이 글에서 설정하는 언어 단위는 줄기(stem), 토(infl), 어절(word), 구(phrase)이며 이들을 일반화해서 나타내면 Xstem, Xword, Xphrase와 Xinfl이 된다. 그리고 각 언어 단위의 'X'는 전통적으로 분류해 온 품사 분류와 유사하다. 앞선 연구에서 의미, 통사, 형태상의 특징 등을 기준으로 다양한 방식으로 분류해 왔는데, 이 연구에서는 '통사'적 기능의 차이를 중심으로 '명사, 동사, 부사, 관형사, 감탄사'로 분류한다.

　따라서 언어 단위는 다음과 같이 나타낼 수 있다.

---

30) 이것은 고영근(1993)에서 '토'와 '토 아닌 것'의 구분이나 서정수(1996:127)의 논의, 최규수(2000: 89)의 논의와 비슷한 것이다.

(34)ㄱ. 명사(N) - Nstem, Nword, Nphrase(NP)

　　ㄴ. 동사(V) - Vstem, Vword, Vphrase(VP, S)

　　ㄷ. 부사(ADV) - ADVstem, ADVword, ADVphrase(ADVP)

　　ㄹ. 관형사(ADN) - ADNstem, ADNword, ADNphrase(ADNP)

　　ㅁ. 감탄사(INT) - INTstem, INTword, INTphrase(INTP)

(35) 토 ┌ 명사토(N-infl)
　　　　└ 동사토(V-infl)[31]

2.2.4. 지금까지의 논의를 정리해 보면 '어절'의 굴절형이 가지는 한계를 극복하기 위해, 이 연구에서는 언어 단위를 '구, 어절, 줄기, 토'로 설정한다. 여기서 '구'와 '어절'은 통사론적 단위이고, '줄기'와 '토'는 통사적 형태 단위이다. 예를 들어 설명하면 (36)에서 분석할 수 있는 언어 단위는 (37)과 같다.

(36) 쇠바퀴가 구르는 소리만 들려오고 있었다.

(37)ㄱ. 구　 : 쇠바퀴가, 구르는 소리만, 들려오고 있었다.
　　　　　　쇠바퀴가 구르는, 쇠바퀴가 구르는 소리만, 들려오고 있었다

　　ㄴ. 어절 : 쇠바퀴가, 구르는, 소리만, 들려오고, 있었다

　　ㄷ. 줄기 : 쇠바퀴, 구르, 소리, 들려오, 있

　　ㄹ. 토　 : 가, 는, 만, 고, 었, 다

---

31) (33)의 토(infl)에서 동사토는 4장에서, 명사토는 5장에서 다시 더 하위 분류할 것이다.

2.3. 언어 단위의 자질과 자질 구조

① 기본 자질

언어 단위들은 기본적으로 '음운, 형태, 통사, 의미, 화용'의 정보를 가지고 있음을 살폈는데,[32] 각 정보에 대해 자질과 관련하여 좀더 구체적으로 살펴보겠다. 언어 정보 가운데서 '통사, 의미, 화용' 정보는 주로 문장 내에서 해석이 가능하지만, 문장 성분 생략이나 대명사 해석, 관형절

---

[32] 이 연구의 자질은 HPSG의 자질 설정과 많이 닮아 있다. HPSG에서도 기호(sign)는 PHONOLOGY(PHON)와 SYNTAX- SEMANTAX(SYNSEM)의 자질을 가지는데 이것을 자질 구조로 나타내면 다음과 같다.

$$(1) \quad \begin{bmatrix} \text{PHON} & \text{값} \\ \text{SYNSEM} & \text{값} \end{bmatrix}$$

HPSG에서 설정하고 있는 문법의 층위는 기호(sign)의 속성들에 대한 설명을 통해 알 수 있는데, 기호의 (최소한) 속성은 PHONOLOGY (PHON), SYNTAX - SEMANTAX(SYNSEM)을 가지는 것으로 가정된다. 그리고 SYNSEM 속성은 LOCAL(LOC)와 NONLOCAL(NONLOC)라는 속성을 가지고 LOC는 다시 CATEGORY(CAT), CONTENT(CNT)와 CONTEXT(CXT)라는 세 속성을 가진다. 자질 구조로 보이면 다음과 같다.

$$(2) \quad \begin{bmatrix} \text{PHON} & & \\ \text{SYNSEM} & \begin{bmatrix} \text{LOCAL} & \begin{bmatrix} \text{CATEGORY} & \text{값} \\ \text{CONTENT} & \text{값} \\ \text{CONTEXT} & \text{값} \end{bmatrix} \\ \text{NONLOCAL} & \end{bmatrix} \\ \text{DTRS} & & \end{bmatrix}$$

이것을 변형 문법과 비교해 보면, PHON과 DTRS는 대략 GB의 층위 PF(음성 형식)와 S 구조와 비슷한 것으로 간주될 수 있다. 그리고 CAT는 GB의 D 구조와 유사한 기능을 한다. 반면에 CNT는 원리적으로 의미 해석에 직접적으로 관계가 있는 언어 정보와 관련되어 있다. 따라서 GB의 LF(논리 형식) 층위와 가장 유사하다. 문장만이 PF, LF, S 구조, D 구조 표시의 층위를 가지는 것으로 가정되는 GB에서의 상황과 달리, HPSG에서는 모든 기호가, 문장이거나 구 또는 어절(이 글에서는 줄기와 토)이거나 상관없이, 속성 PHON과 SYNSEM을 가지며, 또 모든 구는 속성 DTRS를 가진다.

과 같이 문장의 범위를 벗어나야 해석이 가능한 경우도 있다. 이것은 어떤 언어 형식이 더 큰 언어 단위로 통합되어 가는 과정에서 국지적 정보의 통사, 의미, 화용 정보 이외에 비국지적 정보의 통사, 의미, 화용 정보를 획득함을 의미하는 것이다. 그런데 음운 정보와 형태 정보는 비국지적 정보와 직접적으로 관련이 없다. 따라서 통사, 의미, 화용 정보와 음운, 형태 정보를 구분해서 국지적, 비국지적 정보를 처리해야 한다.

이 연구에서는 '통사, 의미, 화용' 정보를 [통사의미] 자질로 묶고, '통사의미' 자질은 그것의 값으로 '국지적 정보'와 '비국지적 정보'를 값으로 가진다. 그리고 국지적 정보는 '통사 정보', '의미 정보', '화용 정보'를 그 값으로 가진다. 그래서 언어 단위 즉, '구, 어절, 줄기, 토' 모두는 기본적으로 다음과 같은 자질을 가지게 된다.[33]

(38)
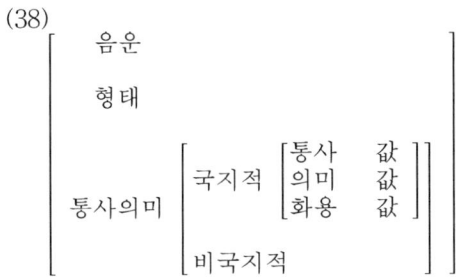

---

33) 여기서 설명하는 자질도 아주 제한되어 있다. 언어 정보가 방대하기 때문에 그것을 기술하는 자질이 많은 것은 당연한 것이다. 이 글에서 제시하는 것은 기본이 되는 자질이고 필요에 따라서 정의에 의해 도입할 수 있다. 이를테면, SLASH를 값으로 가지는 승계(INH)와 결속(TO-BIND)을 포함하는 비국지적(Nonlocal) 자질은 관계 관형 구문이나 담화문 분석에서 생략 등의 설명에서 도입될 수 있는 데, 우리말 동사토 '-는'이 관계 관형 구문과 관련되어 있어 그때 간단하게 언급될 것이다.

(38)의 각 자질은 다시 더 구체적인 자질과 값을 그 값으로 가진다. (38)의 각 자질을 좀더 구체적으로 살펴보자. '통사' 자질은 언어 기호의 통사 정보를 값으로 하는 자질이다. 그래서 '중심어' 자질과 '하위범주화' 자질을 포함하는데, 이것은 (39)와 같이 나타낼 수 있다.

(39) 통사

$$\left[통사 \quad \begin{bmatrix} 중심어 & 값 \\ 하위범주화 & 값 \end{bmatrix} \right]$$

(39)에서 중심어(HEAD) 자질은 언어 단위의 통사적 중심이 되는 정보로 품사(POS), 필요하다면 SPEC, MARK, MOD와 같은 기능 표시를 그것의 값으로 가진다. 하위범주화(SUBCAT) 자질은 보충어의 통사 의미(SYNSEM) 목록이 그 값이 된다.

그리고 (38)의 '의미' 자질은 언어 단위의 의미 자질을 값으로 하는 자질로, 보통 의미 정보에서 포함되는 '개체 지표' 자질과 '의미 제약' 자질을 값으로 가진다.

(40) 의미

$$\left[의미 \quad \begin{bmatrix} 개체\ 지표 & 값 \\ 의미\ 제약 & 값 \end{bmatrix} \right]$$

언어 단위의 화용 정보를 나타내는 '화용' 자질은, '화맥 지표', '발화 배경', '담화 기능'을 포함하는 자질 구조를 값으로 가진다.

(41) 화용

$$
\left[\quad \text{화용} \quad \left[\begin{array}{ll} \text{화맥 지표} & \text{값} \\ \text{발화 배경} & \text{값} \\ \text{담화 기능} & \text{값} \end{array} \right] \right]
$$

(41)에서 '화맥 지표' 자질은 화행을 나타내며 말할이, 들을이, 발화시 등을 값으로 가지며, '발화 배경' 자질은 '시간', '공간' 등을 나타낸다. 그리고 '담화 기능' 자질은 전제, 초점 등이 값이 된다.

② 구의 자질

언어 단위 가운데서 구는 어절이 직접 구성 성분[34]이 되는데 어절들은 (42)와 같은 구조에 따라 그 가운데 어떤 하나의 구를 이룬다.

(42)ㄱ. 중심어 – 보충어 구조
　　ㄴ. 중심어 – 충족어 구조
　　ㄷ. 중심어 – 부가어 구조
　　ㄹ. 중심어 – 표지어 구조

그리고 '중심어, 보충어, 충족어, 부가어, 표지어'와 같은 구성 성분 각각은 '구'의 딸이 된다. 그래서 언어 단위가 '구'이면 구의 자질 구조에는

---

34) 직접 성분 구조는 '중심어 구조'와 '등위 구조'가 있는데, 이 글에서는 중심어 구조를 중심으로 살핀다. 아래의 (1)이 중심어 구조이고 (2)는 등위 구조이다.
　(1) 영이가 학교를 간다.
　(2) 영이가 학교를 가고, 철수도 학교를 간다.

'딸'의 정보가 포함되어야 한다. 따라서 (38)이 모든 언어 단위의 기본 자질 구조라면 '구'의 자질 구조는 (38)에 자질 DAUGHTERS(DTRS)가 추가된다. 그리고 자질 DTRS를 통해 언어 단위가 구임을 확인할 수 있고 DTRS를 통해 구의 구성 성분을 알 수 있다. 딸은 (42)의 구조에 나타나는 딸들의 종류에 따라 (43)과 같이 하위 분류할 수 있다.

(43)ㄱ. 중심어-딸 (HEAD-DTR)
　　ㄴ. 보충어-딸 (COMP-DTRS)
　　ㄷ. 부가어-딸 (ADJ-DTR)
　　ㄹ. 충족어-딸 (FILLER-DTR)
　　ㅁ. 표지어-딸 (MARKER-DTR)

따라서 중심어 구조의 전체적인 모습은 (44)와 같다.

(44)
$$
\begin{bmatrix}
\text{음운} & & \\
\text{통사의미} & \begin{bmatrix} \text{국지적} & \begin{bmatrix} \text{통사} & \text{값} \\ \text{의미} & \text{값} \\ \text{화용} & \text{값} \end{bmatrix} \\ \text{비국지적} & \end{bmatrix} \\
\text{딸들} & &
\end{bmatrix}
$$

모든 중심어 구조는 중심어 딸은 하나지만, 보충어 딸들은 많이 있을 수 있거나 또는 하나도 없을 수도 있다. 그래서 '중심어-보충어' 구조는 (45)와 같이 나타낼 수 있다.

(45)

$$\text{중심어-보충어 구조} \begin{bmatrix} \text{중심어 딸} & & (a\ sign) \\ \text{보충어 딸} & < (a\ listof\ sign) > \end{bmatrix}$$

그런데 우리말은 보충어 딸이 순서가 정해지지 않은 자유 어순이기 때문에 <list>가 아니라 {set}으로 설정해야 한다. 그래서 (45)를 수정하면 (46)과 같다.

(46) 중심어－보충어 구조(수정)

$$\begin{bmatrix} \text{중심어 딸} & (a\ sign) \\ \text{보충어 딸} & (a\ listof\ sign) \end{bmatrix}$$

딸의 값이 중심어-보충어인 아주 간단한 구조를 예를 통해 보자. (47)에서 중심어딸은 '웃는다'이고 '영이가'는 보충어딸이다. 이 문장의 구조를 간단하게 나타내면 (48)과 같다.

(47) 영이가 웃는다.

(48)
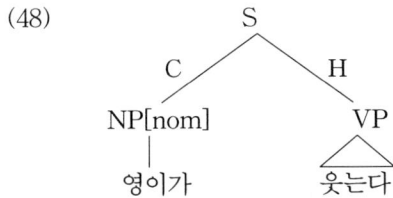

그리고 (47)을 자질 구조를 통해서 보면 (49)와 같다.

(49)
$$\begin{bmatrix} \text{음운} & \text{영이가 웃는다} \\ \text{통사의미} & [\text{중심어} \quad [\text{품사} \quad \text{V}]] \\ \text{딸들} & \begin{bmatrix} \text{중심어 딸} \begin{bmatrix} \text{음운} & <\text{웃는다}> \\ \text{통사의미} & \text{V} \end{bmatrix} \\ \text{보충어 딸} \begin{bmatrix} \text{음운} & <\text{영이가}> \\ \text{통사의미} & \text{NP[nom]} \end{bmatrix} \end{bmatrix} \end{bmatrix}$$

③ 어절의 자질

어절은 모든 언어 단위가 공통적으로 가지는 기본 자질인 (38)의 자질에 '형태' 자질이 그것의 값으로 '줄기'와 '토'의 정보를 가지고 있어 다른 언어 단위와 구별된다.[35] '구'의 자질에 비교하자면 '줄기'와 '토'는 구의 자질 '딸'에 해당한다. 그러나 '딸' 자질을 그대로 쓰지 않는 것은 통사적 구성과 형태적 구성을 구분하기 위한 것이다. 그 외의 다른 자질에 대한 설명은 앞에서 언급된 내용과 같다.

(50)
$$\begin{bmatrix} \text{음운} & \text{값} \\ \text{형태} & \begin{bmatrix} \text{줄기} & \text{값} \\ \text{토} & \text{값} \end{bmatrix} \\ \text{통사의미} & \begin{bmatrix} \text{국지적} \begin{bmatrix} \text{통사} & \text{값} \\ \text{의미} & \text{값} \\ \text{화용} & \text{값} \end{bmatrix} \\ \text{비국지적} & \text{값} \end{bmatrix} \end{bmatrix}$$

---

35) HPSG에서는 '형태' 자질에 대한 구체적인 언급이 없었다.

‘줄기’와 ‘토’의 통합에 따라 어절의 자질이 정해지는데, 어절은 최소한 줄기는 있어야 비문이 되지 않는다.

④ 줄기의 자질

줄기는 (38)의 기본 자질에 형태 정보가 ‘줄기’와 그것의 값을 값으로 가진다. 자질 ‘줄기’의 값 가운데 ‘MOR: 0’이면 그 줄기는 ‘동사’이다. 다른 줄기는 형판이 없어서 형판의 위치 정보가 없기 때문이다. 그리고 줄기의 자질은 줄기의 어휘 규칙과도 관련되는데, 그것은 줄기의 어휘 규칙이 국지적 정보를 자세히 설명한 것이라고도 할 수 있기 때문이다.

(51)
$$\begin{bmatrix} 음운 & & & 값 \\ 형태 & [줄기 & 값] & \\ 통사의미 & \begin{bmatrix} 국지적 & \begin{bmatrix} 통사 & 값 \\ 의미 & 값 \\ 화용 & 값 \end{bmatrix} \\ 비국지적 & 값 \end{bmatrix} \end{bmatrix}$$

⑤ 토의 자질

토는 형태 자질의 값을 가진다는 공통점이 있다. 그러나 (52)에서 ‘동사 토’는 ‘형태’ 자질의 값으로 ‘MOR: 1’ ~ ‘MOR: 5’를 가지며, ‘명사토’는 ‘형태’ 자질의 값으로 [FIN +] 혹은 [FIN −]를 가져서 두 토가 구분된다.[36]

(52)

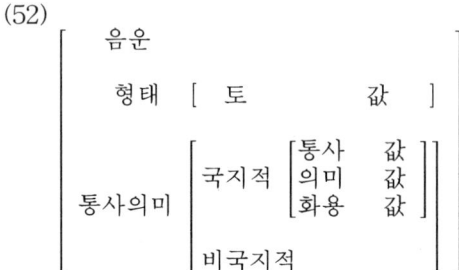

2.4. 기본 원리와 규약

1 통합

자질 구조를 통해 설명된 언어적 정보는 조건이 맞으면 결합할 수 있는데 그것의 표준적인 방법이 **통합**이다. 이 때, 통합은 두 개의 양립 가능한 기술들이 포함하는 정보를 하나의 (일반적으로 더 큰) 기술에 합병하는 일반적인 방법이다. 통합이란 통합되는 자질 구조들의 모든 정보를 포함하되, 그 이상의 정보를 포함하지 않는 자질 구조를 생성하는 연산이다. 그래서 동일한 자질에 대해 양립 불가능한 값을 가지는 자질 구조들은 통합에 실패한다.

(53) ㄱ.
$$\begin{bmatrix} \text{POS} & \text{V} \\ \text{HOR} & + \end{bmatrix}$$

---

36) 이것은 동사의 형판과 명사토의 복합 분류에 기초한 값으로 4장, 5장에서 자세히 살핀다.

$$
\begin{align}
\text{ㄴ.} \begin{bmatrix} \text{POS} & \text{V} \\ \text{TENSE} & \text{PAST} \end{bmatrix}
\end{align}
$$

$$
\begin{align}
\text{ㄷ.} \begin{bmatrix} \text{POS} & \text{V} \\ \text{TENSE} & \text{PRESENT} \end{bmatrix}
\end{align}
$$

예를 들어 (53ㄱ)과 (53ㄴ)은 통합 가능하며 (54)와 같은 모습으로 된다. 그리고 (53ㄱ)과 (53ㄷ)도 통합이 가능하다. 그러나 (53ㄴ)과 (53ㄷ)은 통합할 수 없다. 왜냐하면 (53ㄴ)과 (53ㄷ)은 'TENSE' 자질의 값으로 각각 'PAST'와 'PRESENT'로 상치되기 때문이다.

(53ㄱ)과 (53ㄴ)이 통합된 모습은 (54)와 같다.

(54) (53ㄱ)과 (53ㄴ)의 통합

$$
\begin{bmatrix} \text{POS} & \text{V} \\ \text{HOR} & + \\ \text{TENSE} & \text{PAST} \end{bmatrix}
$$

② 구조 공유

어떤 언어 단위와 다른 언어 단위가 공통적으로 어떤 '자질 구조'를 포함하고 있을 때, 언어 단위 각각에서 공통적인 자질 구조를 반복적으로 나타내는 것보다는 지표를 이용해서 어떤 자질 구조를 가리키는 것이 문법 기술에서 더 효율적이다. 이렇게 언어 단위의 기술에서 이미 제시되었거나, 공통적인 어떤 자질 구조를 동일한 지표를 이용하여 가리키는 것을 '구조 공유'라 한다. 이 구조 공유는 기술의 편의성 뿐만 아니라 두 정보간의 관계를 보일 수도 있어서 문법 기술에 아주 유용한 방법이다. 이를테면 구조 공유는 자질의 상속 관계를 나타내는 중심어 자질 원리 등에서도 효율적으로 사용될 수 있다.

(55)의 정보를 (56ㄱ)과 (56ㄴ)에서 모두 가지고 있다면, (56)에서 (55)를 반복해서 설명하거나 제시하면 번거로울 수 있다. 그 때 구조 공유를 이용하면 편리하게 기술할 수 있는데 자질 구조로 기술했을 때의 이점은 구조 공유나 통합을 통한 정보의 흐름을 파악하기 쉽고 정보의 축적과 구조화가 가능하다는 것이다.

(55)　$① \begin{bmatrix} \text{POS} & \text{V} \\ \text{HOR} & + \\ \text{PAST} & + \end{bmatrix}$

(56)

ㄱ.　$\begin{bmatrix} \text{음운} & \text{가셨} \\ \text{통사} & \begin{bmatrix} \text{중심어} & ① \begin{bmatrix} \text{POS} & \text{V} \\ \text{HOR} & + \\ \text{PAST} & + \end{bmatrix} \\ \text{하위범주화} & <\text{NP가}>, <\text{NP에}> \end{bmatrix} \end{bmatrix}$

ㄴ.　$\begin{bmatrix} \text{음운} & \text{만나셨} \\ \text{통사} & \begin{bmatrix} \text{중심어} & ① \\ \text{하위범주화} & <\text{NP가}>, <\text{NP를}> \end{bmatrix} \end{bmatrix}$

(55)의 구조를 ①이라고 했을 때 (56ㄱ)이나 (56ㄴ)과 같이 표시할

수 있다. 이런 표시를 통해 문법 기술이 간편해지기도 하지만 (56ㄱ)과 (56ㄴ)의 관계를 파악하기 쉽다. 즉 (56)을 보면 (56ㄱ)과 (56ㄴ)의 자질의 값에서 '중심어' 자질의 값은 같다는 것을 알 수 있다. 따라서 '가셨다'와 '만나셨다'는 '하위범주화'나 '의미 자질'의 다름으로 구분되는 어휘임을 쉽게 파악할 수 있는 것이다.

③ 원리

가. 구 구성 원리

구의 구조와 관련해서 HPSG에서 중요한 두 가지 원리인 '하위범주화 원리'와 '중심어 자질 원리'에 대해 살펴보겠다.[37]

먼저 '하위범주화 원리'를 보자.

(57) 아버지께서 약수를 마시셨다.

예를 들어 (57)에서 중심어는 '마시셨다'이다. 그리고 보충어 딸은 '아버지께서'와 '약수를'이다. 그래서 (57)은 중심어(H), 주어(C1), 목적어(C2)의 세 딸을 가진다. (57)을 앞의 '직접 관할 도식 3'에 따라 나타내면 (58)과 같다.

---

37) '중심어 자질 원리, 하위범주화 원리, 의미 원리' 이외에 비국지적 자질 원리 등의 몇 가지 원리가 더 있다. 이 글에서 논의하는 범위에서 필요한 원리만을 이 장에서 설명하고 그 이외의 원리는 관련된 부분에서 필요한 경우 제시하고 설명한다.

(58)

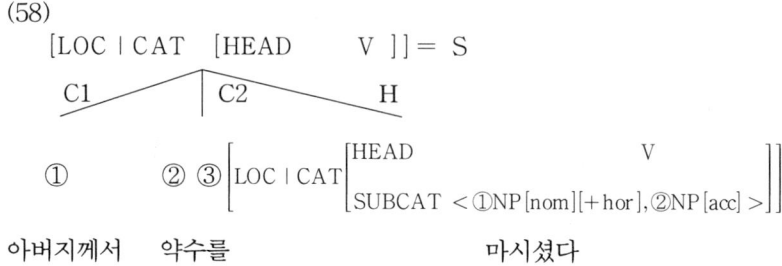

아버지께서   약수를   마시셨다

(58)에서 ①과 ②에 의해 지시된 보충어딸들은 그것의 통사의미 값을 가지는데, 그것은 중심어 딸의 하위범주화 목록에 있는 요소들의 하나와 표상적으로 동일하다. 이것은 하위범주화 원리를 예증하는 것이다. 그래서 HPSG의 하위범주화 원리는 (59)와 같이 나타낼 수 있다.

(59) 하위범주화 원리

중심어 구 (곧, 그 DTRS 값이 부류 head-struc인 구 기호)에서, 중심어 딸의 하위범주화 값은 구의 하위범주화 목록과 보어 딸들의 '통사의미' 값의 목록의 연쇄이다.

HPSG에서 문장 구성과 관련한 중요한 통사 정보는 (59)의 하위범주화 정보로 조직된다. 하위범주화는 중심어가 상위 범주로 투사되기 위해 선택하게 되는 보충어에 대한 정보를 명시화하는 것이다. 여기에서의 상위 범주는 궁극적으로는 언어 기호가 완결된 표현을 이루는 것을 말한다.

중심어의 구적 투사에서 중심어의 하위범주화에서 필요한 것들이 보충어 딸들에 의하여 충족되기 시작할 때, (59)의 원리를 점검할 수 있다. 이 때 하위범주화 요소들 자체는 대응되는 보충어들의 '통사의미' 값들과 표상적으로 동일하다. 그리하여 하위범주화 원리는 범주 문법의 삭제

연산과 거의 같은 방식으로 작용한다. 하위범주화되는 성분들에 대한 표시 방법이 이론마다 차이를 보이는데, HPSG에서도 이론의 발전과 함께 주어와 목적어의 지위가 달라졌다. 즉, P&S(87)에서는 주어와 목적어의 지위를 동등하게 보충어로 인정하였는데, P&S(94)에서는 목적어와 달리 주어는 대부분의 문장에서 요구되므로 주어의 지위를 목적어와 구별하여 P&S(87)의 보충어를 주어와 보충어로 구분하였다.[38]

그런데 이 주어와 목적어의 지위에 대해서는 좀더 검증이 필요하다. 이를테면 관형 구문에서 필요한 '보충어 추출 규칙' 등에서는 주어와 목적어를 구별하는 것이 최소한 우리말의 경우는 설명하기가 더 힘들기 때문이다. 이 글에서 논의하려는 '토'의 기능과 주어와 목적어의 지위의 구별 여부는 직접적인 관련이 없기 때문에 여기서는 구별하지 않고 P&S(87)의 '하위범주화' 자질로 설명한다.

한편 (58)과 관련해서 알 수 있는 것은 S의 ③으로 지시된 중심어(HEAD) 값이 '마시셨다'의 중심어(HEAD)의 값과 표상적으로 동일하다는 것이다. 이것은 중심어 자질 원리를 예증하는데, HPSG의 중심어 자질 원리를 보이면 (60)과 같다.

(60) 중심어 자질 원리(HFP)
　　모든 중심어 구의 중심어(HEAD) 값은 중심어 딸의 중심어 값과 구조
　　공유된다.

HFP의 효과는 중심어 구가 실제로 그것의 딸의 '투사'라는 것을 보증한다. 그리고 전체 구의 중심어(HEAD) 값은 중심어 딸의 중심어

---

38) 이것을 바탕으로 P&S(1994)에서는 하위범주화 원리 대신에 항가 원리를 채택했다.

(HEAD) 값과 표상적으로 동일하다.[39]

HPSG는 엄격하게 복합적으로 존재하는 언어 정보에 의존하는데, 그러한 언어 정보는 하위범주화 원리와 HFP와 같은 일반적 원리에 따라, 구 표현들의 본질적인 문법적 속성들을 결정한다. 그런데 HPSG에서 복합적인 언어 정보를 가진 어휘 항목과 그들 사이의 관계에서 발생하는 잉여성은 다중적 상속 계층과 어휘 (잉여) 규칙들에 따라 간결하고 원리화된 방식으로 표현될 수 있다.[40]

'중심어 자질 원리'와 '하위 범주화 원리'와 같은 원리 이외에 중심어 구조의 딸들이 결합하는 것을 보증하기 위한 도식들이 있다. 중심어-보충어 구조(직할도식 1, 2, 3)에 대해서는 이 장의 1.2절 형상성에 대한 논의에서 살핀 바 있다. 그래서 여기서는 '중심어-표지어 구조'와 '중심어-부가어 구조'를 위한 도식을 살핀다.[41]

먼저 중심어-표지어 구조를 위한 <직접 관할 도식 4>를 보자.

(61) 직접 관할 도식 4
    부류 head-marker-structure의 딸 값을 가진 구인데, 그것의 표지 딸은 어미의 MARKING 값과 표상적으로 동일한 MARKING 값을 가진 표지이다.

---

39) 여기서 하위범주화 원리와 중심어 자질 원리가 결합된 효과는 변형 문법의 투사 원리와 조금 비슷한 것으로 보이는데, 그 까닭은 투사 원리가 어휘적 중심어의 '통사' 자질 안에 있는 정보가 어떤 의미에서 문장 그 자체에 반영되어 있다는 것을 보증하기 때문이다. 그러나 변형 문법과는 달리 HPSG는 모든 어절이 포화된 투사를 가진다는 가설을 채택하지는 않는다.

40) P&S(1987)의 8장 참조.

41) 이외에도 '비국지적' 자질과 관련된 중심어-충족어 구조가 있다. 그러나 이 글에서는 '국지적' 자질에 한정해서 논의하기 때문에 논의의 범위에서 벗어나므로 중심어-충족어 구조에 대해서는 여기서 다루지 않는다.

도식 4는 영어의 관계대명사 'that' 등을 설명하기 위해 도입된 것이다. 이 글에서는 이 도식을 도입하지 않았는데, 서태길(1997)에서와 같이 명사토 '-이/가, -을/를'을 'marker'로 분석하여 '중심어-표지어' 구조를 설정한 논의가 있다.

그리고 하나의 부가어와 그것이 선택하는 하나의 중심어는 <직접 관할 도식 5>에 따라 결합한다.

(62) 직접 관할 도식 5

부류 head-adjunct-structure(head-adj-struc)의 DTRS 값을 가진 구인데, 부가어 딸의 MOD 값이 중심어 딸의 SYNSEM 값과 표상적으로 동일하다.

여기서 중심어-부가어 구조는 부가어 딸 값이 〈 〉로 명세화되고 부가적인 속성 부가어 딸을 포함하는 중심어 구조의 하위 부류이다. 예를 들어 도식 5는 부가어 딸 '새'와 중심어 딸 '책'을 가진 '새 책'을 허가한다.

그리고 이 때 중심어가 부가어를 선택하는 것이 아니라 부가어가 중심어를 선택하게 되는데,[42] 부가어가 그 중심어를 선택하게 하기 위하여 중심어 자질에 MODIFIER(MOD)를 도입한다.

나. 어절 구성 원리

'통사적 형태 단위'인 '토'와 '줄기'가 결합하여 어절을 이루는 '형태적 구조'[43]는 어절과 어절이 결합하여 구를 이루는 '중심어 구조'와 다르다.

---

42) 이것은 부가어가 수의적이기 때문에 중심어가 부가어를 선택하는 것보다 부가어가 중심어를 선택하는 것이 더 효율적이기 때문이다.

43) 형태적 구조는 최소한 하나 이상의 줄기(stem)가 있기 때문에 결국은 줄기와

언어 이론을 위해서는 가능하다면 하나의 원리로 많은 문법 현상을 설명한다면 좋겠지만 그렇게 하기 위해서 도입되는 추상적 구조나 필요 이상의 하위 분류로 문법이 복잡해지는 것보다 구분해서 더 많은 것을 설명할 수 있다면 그것을 선택해야 한다.

같은 통사적 기능을 가지고는 있지만, 어절이 구를 이루는 구조와, 줄기와 토가 결합하여 어절을 이루는 것은 분명히 다른 점이 있다. 어절이 구를 이룰 때는 그 순서가 자유롭고 그 사이에 다른 성분이 끼어 들어갈 수 있다거나 생략될 수 있는 반면, 통사적 형태 단위가 어절을 이룰 때는 순서가 자유롭지 않고, 그 사이에 다른 성분이 끼어 들 수 없으며(분리 불가능), 생략이 된다고 하더라도 그것은 어절의 생략과는 분명히 다른 개념의 생략이다.

한편 어절은 최소한 하나 이상의 줄기를 가진다. 그리고 이 줄기는 토와 결합하는데 맺음토를 제외하고는 토는 나타나는 경우도 있고 나타나지 않는 경우도 있다. 그래서 줄기와 토의 결합은 엄밀하게 하위 분류해서 공통적인 결합 정보는 상속하고, 개별적인 결합 정보에 대해서는 토의 자질 구조에서 나타낸다.

그래서 이 글에서는 어절을 이루는 통사적 형태 단위의 결합을 설명하기 위해서 동사의 경우는 형판을 도입한다. '형판'은 결합하는 토가 여러 개인 동사에서 유용하게 작용할 것이다. 그리고 '형판'은 '통사적 형태 단위'들이 결합되기 위한 기초적인 결합 정보를 나타낸다. 줄기는 형판에서 '0'의 위치 정보를 가지고 토는 형판에서 '0'이 아닌 다른 위치의 정보를 각각 가진다. 그리고 명사토는 명사토 사이의 제약에 의해 통합 여부가

토(infl)의 결합이다. 그래서 줄기 구조(stem strucrure)라고도 할 수 있을 것이다.

결정되므로 명사의 형판은 설정할 필요가 없다. 그래서 통사적 형태 단위들, 즉 줄기와 토는 다음과 같은 '어절 구성 원리'에 의해 결합 여부가 정해진다.

(63) 어절 구성 원리
줄기(stem)와 토(infl)는 제약 정보나 형판 정보에서 그 위치를 확인하고, 그 위치에서 다른 통사적 형태 단위와 정보의 충돌이 없으면 통합될 수 있다.

언어 단위들은 상호 제약에 의해서 결합의 여부가 결정되는데, 값이 상충되면 통합할 수 없다. 예를 들어, 매김법토 '-는'은 '-었-'과 통합할 수 없는데, 그것은 '-는'이 '[시제 현재]'이고, '-었-'은 '[시제 과거]'로 '시제' 자질의 값이 상충되기 때문이다.

3. 토의 제약 관계

3.1. 앞에서 언급된 바와 같이, 우리말 토는 어휘 범주와 결합하여 어절을 형성하는 형태론적인 특성이 있는가 하면, 독립적인 문법 기능을 가지고 구와 결합한다는 통사적인 특성도 있다. 이러한 토의 특성 때문에 토는 문법에 따라서 통사적으로 분석하기도 하고, 형태적으로 분석하기도 한다. 어떤 측면에서 분석하더라도 다음과 같은 토의 여러 양상들은 문법 체계에서 설명할 수 있어야 한다.

3.2. 먼저 토는 그 종류도 다양하지만, 교착적 방식으로 실현되기 때문에 토의 결합형까지 고려한다면 그 유형이 아주 많고 복잡한데, 그러한 내용이 문법 체계에 반영되어야 하고 설명되어야 한다. 서정수(1996: 151)에서는 동사토 중에서 맺음토만 해도 230여 개이고, 맺음토 앞에 나타나는 안맺음토가 20여 가지가 나타날 수 있어 맺음토와 안맺음토가 어울린 수가 아주 많음을 지적한 바 있다.44) 동사토를 '시-었-겠-더-다'에만 한정하더라도 문법적 의미가 있는 동사토가 다섯 가지나 되며, 이들은 교착적 방식으로 실현되기도 하고 실현되지 않기도 해서 실제로 나타나는 형태의 경우의 수는 27,600 가지나 된다. 다음은 아주 일부분만을 보인 것인데, 그 다양성과 복잡성을 짐작할 수 있다.

(64) 가-시-었-겠-다 / 가-시-겠-다 / 가-겠-다 / 가-시-었-다 / 가-았-

---

44) 서정수(1996: 151)의 안맺음 형태에는 파생가지, '-지 않-'까지 포함하였다. 이런 형태는 이 글의 논의에 포함되지 않는데, 그런 것을 제외하더라도 조합되어 나타나는 수는 아주 많다.

다 / 가-시-었-겠-더-다 / 가-더-다 / 가-았-더-다 / 가-겠-더-다
/ 가-시-더-다 / 가-시-었-더-다 / 가-았-겠-다 / 가-시-었-더-다
/ 가-시-겠-다 / 가-시-었-다 / 가-았-겠-더-다 등.

(65)ㄱ. 자꾸 권해서 조금만 마셨<u>다</u>.

    ㄴ. 이제 그만 울고 이거나 마셔<u>라</u>.

    ㄷ. 우리 술이나 한 잔 마실<u>까</u>?

(66)ㄱ. 내가 사과를 주<u>면</u>, 너는 뭘 줄래?

    ㄴ. 네가 그렇게 말하<u>니까</u>, 나는 할 말이 없다.

    ㄷ. 영이가 학교에 가<u>서</u> 친구들에게 물었다.

(67)ㄱ. 의리를 잘 지키<u>는</u> 개로는 진돗개와 삽살개가 있습니다.

    ㄴ. 아버지와 나는 일어나<u>기</u> 싫다는 누나를 깨워 억지로 공원에 갔다.

(64)는 맺음토 '-다'와 안맺음토와 결합한 양상의 일부를 보인 것이다. 그런데 맺음토는 '-다' 이외에도 (65)의 마침토, (66)의 '-면, -니까, -서'와 같은 이음토, (67)의 '-는, -기'와 같은 이름법토와 매김법토까지 있기 때문에, 이들을 모두 포함해서 동사토를 결합시켜 동사형으로 설정한다면 그 종류는 계산하기 힘들 정도로 아주 많아질 것이다.

3.3. 그리고 토를 중심으로 논의하기 위해서는 최소한 다음의 제약 관계가 고려되어야 한다.

먼저 토들 사이의 결합에서는 엄격한 순서가 있어서, 그 순서를 지키지 않으면 비문이 된다. 그리고 순서를 지키더라도 자질이 충돌하면 비문이 된다. 동사토는 동사 줄기, 그리고 다른 동사토와 형태론적으로 결합하고

있다. 그리고 '-(으)시-, -었-, -겠-, -다'와 같은 동사토들 사이의 결합에
서는 엄격한 순서가 있어서, 그 순서를 지키지 않으면 비문이 된다. 그리고
순서를 지키더라도 자질이 충돌하면 비문이 된다.

(68)ㄱ. 할머니께서 손을 잡-으시-었-겠-다.
　　ㄴ. *할머니께서 손을 잡-었-으시-겠-다.
　　ㄷ. *할머니께서 손을 잡-으시-겠-었-다.

(69)ㄱ. 학교에 가라.
　　ㄴ. *학교에 가-았-라
　　ㄷ. *학교에 가-겠-라

(68)에서 (68ㄴ, ㄷ)의 '-으시-', '-었-', '-겠-', '-다'는 순서를 지키지
않아 비문이 되었다. 그리고 (69ㄴ, ㄷ)은 '-었-'과 '-라', 그리고 '-겠-'과
'-라'가 순서는 지켰으나, 동사토 사이의 결합 제약에 의해 비문이 되었다.
(69ㄴ, ㄷ)이 비문이 되는 것은 동사토 '-어라'가 시킴의 의미를 가지고
있기 때문에 당연히 과거라든가 추측과는 어울리지 않는다는 정도는 예측
할 수 있다. 그러나 그러한 사실을 문법에서 좀더 명백히 설명할 필요가
있다.
　'-라'는 말할이는 1인칭이고 들을이는 동사 줄기의 하위범주화에서
주어와 같은 지시대상을 가진다. 이것을 자질 구조로 나타내면 (70)과
같다.

(70)

ㄱ.
$$\begin{bmatrix} 음운 & 라 \\ 통사의미 & 화용 \begin{bmatrix} 말할이 & 1인칭 \\ 들을이 & NPnom[높임 -] \end{bmatrix} \end{bmatrix}$$

ㄴ.
$$\begin{bmatrix} 음운 & 라 \\ 통사의미 & \begin{matrix} 의미 & | & E-TIME & ① \\ 화용 & | & U-TIME & ① \end{matrix} \end{bmatrix}$$

(70)에서 보면 사건시(E-TIME)와 발화시(U-TIME)가 ①로 표시된 것과 같이 같은 현재 시제이다. 그러므로 '-라'는 '-었-'이나 '-겠-'과 함께 쓰일 수 없다.

그리고 명사토가 다른 명사토와 같이 실현되는 경우가 있는데 동사토처럼 종류가 다양한 것은 아니지만, 이 때도 (71)과 같은 결합 제약과 (72)와 같은 순서를 고려해야 한다.

(71) 영이는(*영이가는/*영이는가) 철수도(*철수를도/*철수도를) 사랑해.

(72) 철수는 학교에서도(*학교도에서) 공부만 해요.

그리고 동사토와는 달리 명사토는 명사토가 결합하는 성분에 대해서도 검토해야 한다. 명사토는 명사 이외에도 결합하기 때문이다. (73)은 명사토 '-도'가 부사 '빨리'와 결합한 예이다.

(73) 빨리도 간다.

다음으로 토는 문장의 다른 성분과 통사적 관계를 형성하기도 한다. (74ㄱ)에서 동사토 '-으시-, -었-, -겠-, -다'는 형태론적으로는 동사 '잡-'과 결합하고 있지만, 통사적으로는 '할머니께서 손을 잡-'과 결합하고 있어 동사토의 통사적 특성을 표현한다면 (74ㄴ)과 같다.

(74)ㄱ. 할머니께서 손을 [잡-으시-었-겠-다].
　　ㄴ. [[[[[할머니께서 손을 잡]-으시]-었]-겠]-다].

그리고 동사토가 나타나지 않는다고 해서 그것의 통사적 기능이 없다고 할 수 없다. 이를테면 (75ㄱ)이 비문이 되는 것은, (75ㄴ)을 보면 '과거'를 나타내는 시간부사와 '-겠-'이 결합할 수 없기 때문이 아니라, '-었-'이 실현되지 않았기 때문이다. 따라서 (75ㄱ)의 '먹겠다'는 '먹었겠다'의 '-었-'에 대비되는 어떤 기능이 있는 것이다. 그렇다면 '먹겠다'는 '먹-ø-겠-다'로 분석해야 한다.

(75)ㄱ. *어제 먹겠다.
　　ㄴ. 어제 먹었겠다.

그리고 특히 '-라, -자' 등과 같은 동사토들은 주어와의 관계에서도 제약을 보인다. (76)의 '-어라'는 2인칭, 안높임의 주어와만 결합할 수 있어 그렇지 않으면 (77)과 같이 비문이 된다.

(76) 밥을 먹어라.

(77) *{나는/선생님께서는} 집에 가거라.

명사토는 통사적 관점에서 보면 명사가 아니라, (78)과 같이 명사구와 결합하고 있다고 설명해야 한다. (78)에서 '-를'은 형태적으로는 '친구'와 결합하고 있지만, 통사적으로는 '그 친구'와 결합한 것이다.

(78) 철수는 [그 친구]를 사랑해.

그리고 토는 후행하는 요소에 대해서도 제약을 가지고 있기 때문에 그 관계를 고려해야 한다. 이를테면 동사토는 (79)에서 '-지'나 '-은'을 중심으로 보면, (79ㄱ)의 '-지'는 '않다', '못하다', '말다'와 같은 동사가, (79ㄴ)의 '-은'은 '명사'가 반드시 뒤따라야 한다.

(79)ㄱ. 영이가 밥을 (먹지 않았다/*먹지 보았다/*먹어 않았다).
    ㄴ. 밥을 먹은 (영이/*매우/*보기)를 만났다.

그래서 (79ㄱ)의 경우라면, '않다'와 '보다'가 앞의 어떤 동사와 결합할 때, 그 동사는 각각 '-지'와 '-어' 형식이어야 한다.[45]
명사토도 뒤따르는 요소와의 관계를 생각해 볼 수 있다. (80ㄱ)에서 명사토 '가'와 '를'은 뒤의 동사 '보다'와 관련된다. 특히 자리토는 동사의 하위범주화와 관련되어 있어 (80ㄴ)과 같이 자리토가 생략되더라도 동사의 하위범주화 정보를 통해 예측할 수 있다.[46]

---

45) 이것은 (79ㄱ)의 '먹지'의 경우, '먹지'가 '않다'를 선택하는 방식이든, '않다'가 '먹지'를 하위범주화하는 방식이든, 후행 성분과 관련하여 '먹-'에 '-지'의 정보가 반영되어야 한다는 것을 의미한다. (79ㄴ)의 '먹은'의 경우도 '먹-'에 '-은'의 정보가 반영될 수 있어야 후행 성분과의 제약 관계를 살필 수 있다.
46) 주격의 경우는 문법 이론에 따라 하위범주화 정보와 관련이 없을 수도 있는데, 이 글에서는 동사의 하위범주화 정보에 주어도 포함시킨다. 그것은 주어와 안맺음

(80)ㄱ. <u>영이가</u> <u>철수를</u> 보았다.

ㄴ. 영이(가) 철수(를) 사랑해.

그리고 명사토 '-의'는 그 다음에 명사가 오지 않으면 비문이 되어
뒤따르는 성분에 대한 제약이 더 분명하다.

(81)ㄱ. 친구<u>의</u> 사진을 보았다.

ㄴ. *친구<u>의</u> 보았다.

지금까지 살핀 토의 결합 관계를 정리하면 (82)와 같다.

(82)

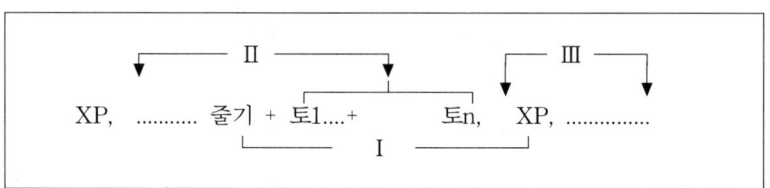

(82)에서 Ⅰ은 토의 형태론적 관계를, Ⅱ는 토와 선행 요소와의 통사적
관계를, Ⅲ은 토와 후행 요소와의 통사적 관계를 나타낸다.

마지막으로 동사토와 명사토가 결합한 형태에 대해서도 고려해야
한다.

토 '-시-'와의 관련이나, 명사의 선택 제약을 고려했기 때문이다. HPSG(1994)의
'항가원리'에서는 주어를 배제시키는데, 이 글은 HPSG(1987)의 '하위범주화' 원
리에 따라 논의할 것이다.

(83)ㄱ. 친구가 <u>보고도</u> 싶다.

　　　ㄴ. *친구가 <u>보고에서</u> 싶다.

(83ㄱ)에서 동사토 '-고'가 명사토 '-도'와는 결합할 수 있으나 '-에서' 와는 결합하면 (83ㄴ)과 같이 비문이 된다. 우리말 문법은 이러한 현상에 대해 설명하거나 설명할 수 있는 방법론을 가지고 있어야 한다.

제 4 장
동사의 구조와 동사토의 기능

1. 동사와 동사토

1.1. 우리말 '동사'[1]는 한편으로는 다른 문장 성분을 이끌어 하나의 문장을 이루는 통사적 기능이 있고, 다른 한편으로는 높임, 시제, 상, 서법 등의 기능이 있는 동사토[2]와 형태적으로 결합하여 문장 전체의 시제, 상, 서법 등을 나타낸다.

　(1) 영이가 책을 <u>보았다</u>.

　(1)에서 '보았다'는 동사이고 언어 단위는 어절이다. 그리고 '보-'는 동사 줄기이고, '-았-', '-다'는 각각 동사토이다. '보-'와 같은 동사 줄기는 그것의 어휘적 특징과 문장 구조의 관련성으로 구문 분석이나, 문형 연구 등에서 주된 연구 대상이었다.[3] 한 문장 안에서 동사가 중심이 된다는 논의는 전통 문법 뿐만 아니라 격 문법, 의존 문법, 변형 문법, 어휘 기능 문법 등에서도 전제하고 있는 사항이다.

　전통 문법이나 구조 문법에서는 주로 동사 줄기에 초점이 있었는데, 최현배(1937: 160~163)[4]과 허웅(1983: 218~219)에서 확인할 수 있다.

---

　1) 이 연구가 토를 중심으로 우리말 문법의 틀을 살펴보는 것이 목적이므로 동사의 어휘적 의미와 통사 구조에 대해서는 다음 기회로 미룬다. 동사의 어휘적 의미와 통사 구조에 대한 자세한 연구는 양정석(1995), 우형식(1996, 1998) 등 참조.
　2) 동사토의 이러한 기능이 동사 줄기만이 아니라 문장 전체와 관련되므로 동사토의 기능에 대한 통사적 접근이 설명력을 획득하기도 했다.
　3) 동사 '줄기'의 어휘적 특성은 줄기의 하위범주화의 특성을 바탕으로 하는 문형 연구, 어휘적 상에 대한 연구, 논항 연구 등과 관련된다.
　4) 최현배(1937: 174)에서는 동사의 내부 구조를 (1)과 같이 분석한다.

(2)가. 동사는 먼저 말한 명사와 함께 문장의 뼈다귀가 되는 것이니, 항상
　　　명사가 어떠하다든지, 또는 어찌한다든지를 풀이한다. 이 풀이하는
　　　것은 사람의 생각함의 통일작용을 들어내는 것이며, 또 일몬의 속성
　　　조차를 나타내느니라.

　　나. 동사가 일몬의 풀이를 함에는, 여러 가지의 법이 있다. 그리하여,
　　　그 쓰는 법을 따라, 동사의 끝-씨끝이 여러 가지로 바꿈을 일으키나
　　　니 : 이를 동사의 씨끝바꿈, 또는 줄이어서 끝바꿈이라 하느니라.
　　　이 끝바꿈이 있는 것이 또한 동사의 한 보람이니라.

(3)가. <통어 상의 특질> 동사는 주로 문장의 풀이말의 구실을 맡는 낱말들
　　　의 씨범주이다. 풀이말이란 어떠한 말거리에 대해서 풀이를 하는
　　　문장성분의 하나이다. 따라서 풀이말은 반드시 말거리인 임자말을
　　　이끌고서 하나의 통일된 짜임새인 문장을 만든다.

　　나. <형태 상의 특질> 동사는 줄기와 씨끝의 두 부분으로 이루어진다.
　　　동사 붉-다는 빛깔을 나타내는 줄기 '붉-'과 말본 상의 뜻을 나타내는
　　　씨끝 '-다'로 이루어진다. '-다'의 자리에는, 역시 말본 상의 뜻을
　　　나타내는 다른 여러 씨끝 '-고, -게, …' 따위가 붙어 그 꼴을 바꾸는
　　　데, 이러한 꼴바꿈을 '활용'이라 한다.

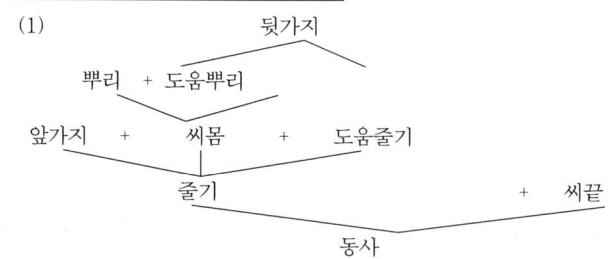

(1)

그래서 예를 들어 '신건방지겠다, 첫사랑하시다'에서 '신, 첫'은 앞가지, '건방,
사랑'은 뿌리, '지, 하'는 도움뿌리, '겠, 시'는 도움줄기, '지겠'과 '하시'는 뒷가지,
'다'는 씨끝이라고 하였다.
　최현배(1937)의 '앞가지+씨몸'은 이 글의 줄기(stem)에 해당되고, '도움줄기'와
'씨끝'은 동사토(infl)에 해당한다.

(2)의 최현배(1937)의 설명은 허웅(1983)에서는 (3)과 같이 '통어 상의 특질'과 '형태 상의 특질'로 명시적으로 구분되어 설명되기는 하지만 내용 상으로는 크게 다르지 않다.5)

그러나 변형 문법의 도입 이후 동사토의 통사적 특성은 단순히 동사 줄기에 딸린 존재로서가 아니라 동사 줄기를 하위범주화하는 독립된 통사 범주로 주목받았다.

즉 통사적 기능의 고찰이 문법에서 중요한 위치에 있게 되면서 동사토에 대한 관심도 동사토 개별 항목의 의미나 기능을 밝히는 정도에서 전체 문법 틀에서 동사토의 지위는 무엇이며 문법 이론 안에서 동사토의 기능을 어떻게 반영할 것인가의 문제로 심화, 확대되었다. 예를 들어 (1)의 '-았-, -다'와 같은 동사토는 단순히 그것의 문법적 의미가 각각 '과거', '서술'이라는 정도의 분석에서 벗어나, 이들 동사토는 통사 단위인 가 아니면 형태 단위인가, 그리고 선행하는 문장 성분 가운데서 어떤 요소와 호응하는가 등의 문제가 다루어졌다.

1.2. 동사토는 앞장에서 살핀 바와 같이 엄격한 순서에 따라 교착적 방식으로 실현되는데 순서를 지키지 않으면 비문이 되며, 그 사이에 다른 요소가 들어갈 수도 없다. 이렇게 엄격한 순서가 있고 분리가 불가능하다 는 점에서 어절이 결합하여 구를 이루는 '통사적 구조'와는 구분되므로, 이 연구에서는 동사토와 다른 언어 단위인 동사 줄기나 다른 토와의 결합을 '형태적 구조'로 분석한다.

그러나 형태적 구조로 분석한다고 해서 전통 문법의 동사의 굴절형,

---

5) 최현배(1937)와 허웅(1983)의 관점의 설명은 남기심·고영근(1985/1993: 115~161)에서도 확인할 수 있다.

혹은 HPSG의 동사의 하위 유형, 즉 동사형(VFORM)으로 처리해야
한다는 것은 아니다. 앞 장에서도 설명한 바와 같이, 그것은 동사토가
항목도 아주 많고 그에 따른 결합 양상도 다양하여 굴절형으로 처리했을
때는 굴절형 혹은 하위 유형 자체가 과도하게 많아지기 때문이기도 하고,
그러한 많은 유형 안에서 동사토의 통사적·의미적 기능을 나타내기에
한계가 있을 수밖에 없기 때문이다. 그래서 동사토를 '토'라는 언어 단위로
설정하여 '구', '어절', '줄기'와 같은 다른 언어 단위와 기능적으로는 같은
방식으로 처리하고자 한다.

한편 '-시-, -았/었었-, -겠-, -더, -다' 각각의 동사토를 '토'라는
언어 단위로 설정했을 때 이들이 실현되지 않았을 때는 어떻게 설명해야
하는가의 문제가 있다. 예를 들어, '-었-'이 실현되었을 때는 '과거'라는
시제의 의미를 나타내는 것이라고 한다면, 실현되지 않았을 때는 시제
자체의 의미가 아예 없다기보다는 시제가 '과거가 아님' 즉 현재나 미래를
나타낸다고 분석해야 할 가능성도 있기 때문이다.

(4)ㄱ. *어제 먹겠다.
　　ㄴ. 어제 먹었겠다.

(4ㄱ)이 비문이 되는 것은, '과거'를 나타내는 시간부사 '어제'와 '-겠-'
이 동시에 나타났기 때문이 아니라, '어제'와 호응하는 '-었-'이 실현되지
않았기 때문이다. 그것은 (4ㄴ)과 비교해 보면 알 수 있는데, (4ㄴ)도
(4ㄱ)과 같이 '과거'의 시간부사 '어제'와 '-겠-'이 같은 문장에 있으나
비문이 아니다. 그것은 '어제'와 호응하는 '-었-'이 실현되어 있기 때문이
다. 따라서 (4ㄱ)의 '먹겠다'는 '먹었겠다'의 '-었-'에 대비되는 어떤 기능

이 있는 것으로 보아야 하고, 그렇다면 '먹겠다'는 '먹-ø-겠-다'로 분석해야 한다.

이러한 것은 다른 동사토도 마찬가지여서 각 동사토는 그에 대응하는 'ø' 형태소를 가정해야 한다. 그래서 동사토 '-시-'가 [주어 높임 +]라는 값을 가진다면 '-시-'의 위치에 있는 'ø'는 [주어 높임 -]값을 가진다. 그리고 동사토 '-겠-'이 [추정 +]라는 값을 가진다면 '-겠-'의 위치에 있는 'ø'는 [추정 -] 값을 가지며, 동사토 '-더-'가 [확인 +]라는 값을 가진다면 '-더-'의 위치에 있는 'ø'는 [확인 -]값을 가진다. 이것은 '-었-'의 위치의 'ø'와 '-시-'의 위치의 'ø', 그리고 '-겠-'의 위치의 'ø', 그리고 '-시-'의 위치의 'ø'는 위치에 따라 각각 다른 자질과 다른 값을 가진다는 것을 의미한다.

그리고 앞의 (1)과 같은 문장에서 동사토 '-다'나 '-니?'는 실현가능하지만, '-라'와 '-자'는 실현될 수 없다. 이것은 동사토와 주어의 호응 관계에서 보이는 제약이다.

이 장에서는 이와 같이 동사 줄기와 동사토를 형태적 구조로 분석하면서 동사토의 제약 관계를 중심으로 동사토의 언어 정보를 확인하고 동사토의 문법적 기능이 문장에 반영하는 방식을 고찰하고자 한다.

2. 동사토의 형태적 특성과 동사 형판

2.1. 동사 줄기와 동사토의 통사적 분석

변형 문법적 연구에서는 다음 (5)의 '가-시-었-겠-다'에서 '가, -시-, -었-, -겠-, -다' 각각을 통사적 단위로 인정하여 통사 범주를 부여하였다. 그리고 그 분석은 나무 그림으로 (6)과 같이 나타내었다(임홍빈: 1987, 유동석: 1995 등). (6)에서 '가-, -시-, -었-, -겠-, -다' 각각은 각각의 최대투사범주의 중심어가 되고 다른 성분을 하위범주화함을 나타낸다. 그리고 각 범주들의 형태적 결합은 중심어의 이동을 통한 결과라고 설명한다.

(5) 선생님께서 학교에 가-시-었-겠-다.

(6)

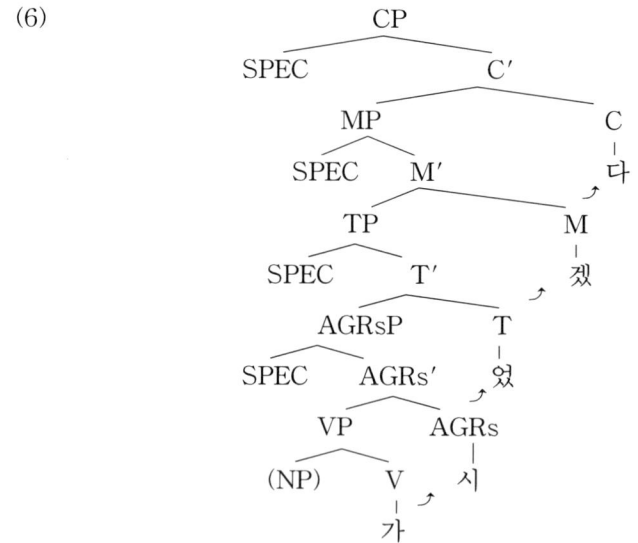

우리말에 변형 문법이 도입됨에 따라 동사토의 통사 기능6)이 부각되었다는 것은 부인할 수 없다. Chomsky(1986: 8~16)에서는 N, V, A, P와 같은 주요 어휘 범주 이외에 I(굴절소), C(보문소)와 같은 비어휘 범주에 대해서도 투사의 핵으로 인정하여 절 범주도 I, C의 최대 투사로 상정함으로써 핵계층 이론으로 설명할 수 있게 되었다. 여기서 I는 다시 시제소(T)와 일치소(AGR)로 나누고 이들 각각을 핵으로 상정하였다. 이와 같은 변형 문법의 핵계층 이론으로 우리말 동사토의 통사론적 특징을 설명했는데, 변형 문법적 연구에서는 우리말의 굴절소(I)들이 계층적으로 실현되고 실현된 굴절소 하나하나는 통사론적으로 독립된 범주라는 것에 대해 논의하였다.

위와 같은 변형 문법적 설명은 동사토의 통사 기능이 다른 통사적 원리와 같은 방식으로 설명될 수 있고, 그 기능이 상위 유형까지 상속될 수 있어 간단한 방식으로 동사토와 그것의 최대 투사를 설명할 수 있다는

---

6) 변형 문법적 연구 이외에도 동사토의 통사 기능이 강조된 논의가 있다.
  Fillmore의 격문법에서는 (1)과 같이 문장을 분석한다.
    (1) S → Proposition + Modality
  김일웅(1993:46)에서도 (2)와 같이 문장을 분석하고, 동사토가 서법의 기능을 담당한다고 하였다.
    (2) 명제 + 서법
  서정수(1996:191~207)에서는 동사토의 통사적 기능을 강조하여 문장을 (3)과 같이 분석한다.
    (3) 문장 → 명사구 + 동사구 + 서술 보조소
  (3)과 같이 동사구에서 '서술 보조소'를 구분한 것은 우리말의 동사토가 형태론적으로는 동사와 결합하고 있으나, 통사론적으로는 문장 전체와 관련된다는 통사적 기능을 강조하기 위해서이다.
    (4) 저 학생이 매우 빨리 달리었다.

    NP   VP   AUX
    저 학생이   매우 빨리 달리   었다

평가를 받기도 했다. 영어의 경우라면 I가 AGR과 T로 한정되어 있어서 이러한 설명이 가능하다고 할 수 있다. 그러나 우리말의 경우는 I의 하위 항목이, 유동석(1995)를 기준으로 하더라도 AGR, T, M, C 등이 있어 그러한 설명이 영어의 경우처럼 간단한 방식으로 적용되지 않는다. 더군다나 그러한 I의 하위 항목만 있는 것이 아니라 이들이 가정하는 각각의 최대 투사까지 고려한다면 이들을 동사 분석에 적용했을 때 모든 동사에 대해 그러한 구조를 가정해야 하는 것이 과연 타당한가에 대한 의문을 제기하지 않을 수 없다. 뿐만 아니라 우리말은 동사토가 실현되는 양상 또한 교착적이어서 영어와는 분명 다르다. 그리고 우리말에서 빈번히 나타나는 (7)의 밑줄과 같은 동사를 분석한 구조는 어떤 모습을 보일 것인가. 적어도 (6)보다 훨씬 복잡하고 거대한 구조를 가정해야 하거나 다른 문법 기제나 보충적 방법이 필요할 것이다.

(7)ㄱ. 집에 <u>가셨었겠더라</u>.
　　ㄴ. 학교에 <u>가기까지가</u> 문제이다.

한편 Kim(1998)에서는 변형 문법적 분석의 문제점을 지적하였는데, 특히 '-시-'의 'X'와 'XP'의 설정이 타당성이 있는가에 대해 문제를 제기하였다. Kim(1998)의 지적이 옳다면, 그래서 만약 '-시-'의 통사 범주와 최대 투사 범주의 타당성이 문제가 된다면 '-았-', '-겠-'의 분석도 그 이론적 기반이 약해질 것이다.

그리고 'SPEC'과 같은 성분은 (6)에서 볼 수 있는 바와 같이 하나만 있는 것이 아니라 각 통사 범주마다 가정해야 하는데 그렇다면 '가시었겠다' 하나를 설명하기 위해 가정해야 할 구조가 지나치게 커지며, 지시

대상도 분명하지 않은 SPEC을 모두 설정해야 하는가도 더 검토되어야
한다.[7]

2.2. 동사 줄기와 동사토의 형태적 분석

2.2.1. 동사의 굴절형

동사와 동사토의 결합을 형태적으로 분석하여 앞 절에서 다룬 '가시었
겠다'를 동사 '가다'의 굴절형의 하나로 보는 논의가 있다. 최현배(1937),
허웅(1983)과 HPSG를 도입한 대부분의 연구가 여기에 해당한다. 그러
나 HPSG를 도입한 논의에서는 전통 문법이나 구조 문법에 비해 동사토
의 통사적 기능을 적극적으로 고려했다는 점에서 구분된다.

장석진(1995: 87)에서는 '동사+동사토'를 더 이상 분석하지 않고 동사
의 활용형에 따라 VFORM의 하위 부류를 (8)과 같이 설정했다.

(8)VFORM {BSE, PREF, FIN}   (동사 활용형)
　　FIN　　{SE, NOMZ, ADNZ, ADVZ, CONJ, COMP}(어말어미)
　　SE　　　<SL, ST>   (종결어미)
　　SL　　　{FRM, POL, BLT, FML, PLN, ITM}   (문계)
　　ST　　　{DCL, INT, IMP, PRP}   (문형)
　　NOMZ　　{ㅁ, 기}   (명사화형)

---

7) 한편, 서영훈(1991)에서는 (6)과 같은 분석이 여러 구 층위를 가정해야 하기 때문
　에 전산 처리에서는 적절하지 못하다고 지적하였다. 이러한 지적은 만약 (6)이
　우리말 동사토의 통사적 기능을 잘 설명할 수 있다 하더라도, 그것이 우리말
　전체 구조에서도 적절한가에 대한 검토가 필요함을 보여 주는 것이다.

ADNZ	{는, 은, ㄹ, 던}	(관형화형)
ADVZ	{(으)면, (으)니까, 지만, …}	(부사화형)
CONJ	{고, 데, (으)며, 나, …}	(등위접속형)
PREF	<HON, TNS, MD>	(선어말어미)
HON	{+, −}	(공대어미)
TNS	{PRS, PST, PST2}	(시제어미)
MD	{INT, RET}	(서법어미)
BSE	{R, T/L, P/W, S/∅, LL, …}	(어간)

동사와 동사토의 결합에 대해 (8)과 같이 처리하는 것은 동사를 중심어로 분석하면서도 그 분석 결과가 단순해진다는 이점이 있다. 그러나 (8)과 같은 처리는 '먹었음, 가셨겠더라'에서 '-었-'과 '-음', '-시-', '-다' 등의 동사토의 통사적·의미적 차이를 드러내기가 어렵다.8) 특히 '-ㅁ, -기', '-는, -은' 등은 다른 동사토와는 문법적으로 구별되는 특징이 있는데도 불구하고 그러한 차이를 단순히 '명사형', '관형사형' 등으로 대등하게 제시하기에는 한계가 있을 수밖에 없다. 이와 관련해서 신효필(1994: 43~48)에서는 'V-+-은'을 동사의 굴절형 즉 동사형(VFORM)으로 설정하였는데 전체 논의를 위해 그렇게 처리면서도 그러한 처리 방식이 문제가 있음을 지적한 바 있다.

Kim(1998)에서는 HPSG의 '부류' 개념에 따라 동사와 동사토를 하위 분류하고 유형과 자질 제약으로 설명하였다. Kim(1998)의 논의에 따라 '가시었겠다'를 분석한다면 (9)와 같다.

---

8) 앞에서 지적한 변형 문법의 문제점과 비슷하다. 두 이론이 모두 영어에 기반을 두고 있기 때문에 영어와는 차이가 많은 우리말의 특성을 설명하기 힘든 상황 때문에 발생하는 문제이다.

(9)

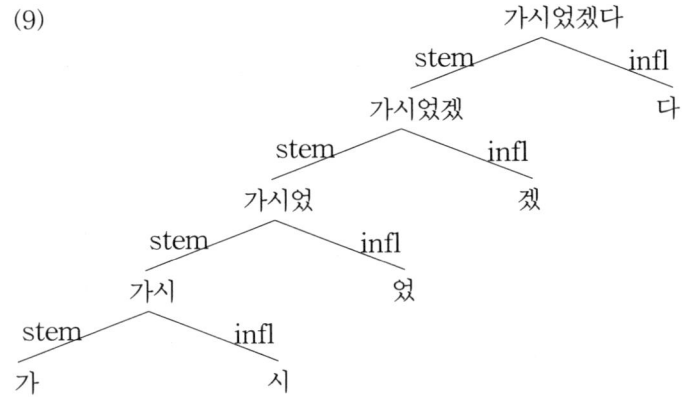

(9)에서 '가', '가시', '가시었', '가시었겠', '가시었겠다' 각각은 하나의 줄기이다. 그리고 '-시-', '-었-', '-겠-', '-다' 각각은 토이다. 따라서 '가', '가시', '가시었', '가시었겠', '가시었겠다'는 '가'의 하위 유형이 되는 것이다. 이러한 논의는 '가시었겠다'를 형태론적으로 분석하면서 토의 통사적 기능을 설명할 수 있다. 그러나 '가-', '-시-', '-었-', '-겠-', '-다'를 각각 분석하고 다시 또 그것들을 결합시킨 '가, 가시, 가시었, 가시었겠, 가시었겠다'와 같은 형태를 동사의 하위 유형으로 또 분류하는 것은 토의 형태·통사적인 특성을 문법에 반영하기 위해서는 어쩔 수 없었다고 하더라도 잉여성을 해결해야 하는 문제가 남아 있다.

위와 같은 HPSG 방식의 분석에서는 동사토와 동사 줄기의 구조에 대한 통사적 분석을 비판하면서, 형태적 구조로 설명해야 함을 강조하였다(Kim: 1998). 형태적 구조와 통사적 구조에는 차이가 있음을 설명하고 어휘적 완전성의 원리에 따라 '동사 줄기+동사토'를 통사적으로는 분석하지 않는다. 그러면서도 통사적 기능을 부여할 수 있는 가능성을 보였다. 이것은 전통 문법의 처리와는 다른 점인데 형태론적으로 분석하더라도

'상·하위 부류' 개념을 이용해서 통사 기능을 부여하는 것이다. 그래서 문장 분석에서는 이들은 더 이상 분석되지 않고 자질 '동사형(VFORM)' 의 '값'으로 표시된다.9) 예를 들어 '간다'는 '동사형'이 '현재형'이므로 (10)

---

9) 한편, HPSG는 기본적으로 형태론적 분석을 가정한 것이지만, 체계 내에서 통사론적 분석의 가능성이 없는 것은 아니다. 통사론적으로 분석하기 위해서는 HPSG의 중심어 구조 가운데서 '중심어-표지어'(Head-Marker) 구조를 도입해 분석할 수도 있다. 동사 줄기 '가-'와 동사토 '-었-'을 중심어-표지어 구조로 분석한다면 (1)과 같이, 그리고 동사 줄기 '예쁘-'와 서술의 마침법 '-다'를 역시 중심어-표지어 구조로 분석한다면 (2)와 같이 분석할 수 있을 것이다.

(1)

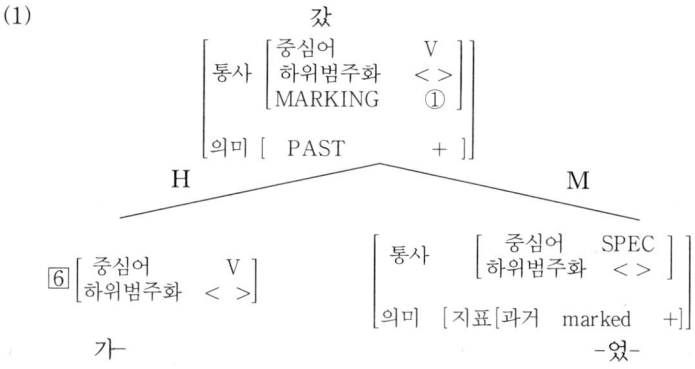

(2)

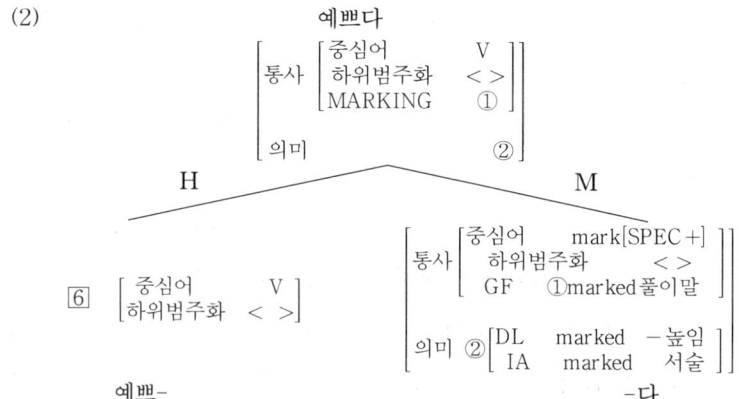

과 같이 나타낼 수 있다.

(10) [통사 | 중심어 [동사형 현재형]]

2.2.2. 동사의 형판 설정

'동사 줄기 + 동사토'를 형태적 구조로 분석하는 또 다른 방법은, '형
판[10]'을 가정하여 설명하는 것이다. Yoon(1991)에서는 우리말 동사토의
형판을 (11)과 같이 나타내었다.

(11) V-root + (Pass/caus) + (Hon) + (Tense) + Mood

(12) ㄱ. 가-시-었-다
     ㄴ. *가-었-시-다

(13) *가-시-었-라(명령)

그런데 (11)은 (12)와 같은 동사토의 엄격한 순서 제약에 대해서는
설명할 수 있지만, (13)과 같이 위치를 지켰음에도 불구하고 비문이 되는
이유는 설명할 수 없다. 이것은 (11)이 동사토의 형태적 특성은 반영할
수 있다 하더라도 통사적·의미적 특성을 모두 반영할 수는 없기 때문이다.

그러나 (1), (2)와 같이 처리한다면 '-았-'이나 '-다'의 언어 정보가 문장 전체에
반영되기 위해서는 새로운 통사 원리와 도식이 필요하다. 그리고 중심어 자질
원리는 중심어(HEAD)의 정보만 상속되기 때문에 동사토의 통사 정보가 상위
계층까지 상속될 수 있는 방법을 찾는 것이 쉽지는 않다.
10) 형판 형태론에 대한 것은 안상철(1998)을 참조할 수 있다.

Kim(1998)에서도 지적했듯이, Yoon(1991)에서 제시한 형판만을 이용해서 동사토를 설명하게 되면 여러 개의 형판을 가정해야 하는 문제가 있을 수 있다. 이러한 문제를 해결하기 위해 Kim(1998)에서는 보문소들이 안맺음토와 결합하는 것에 따라 형판을 4가지로 분류하였던 것이다.

그러나 형판으로 (13)을 설명할 수 없는 것은 '형판'이 포착하고 있는 동사의 형태론적 특징이 아니라 '형판' 자체가 동사토의 통사적 기능을 반영하기 어렵기 때문이다. 그렇다면 (11)은 형판만으로 동사토 결합의 모든 양상을 설명할 수 없는 한계는 있지만, 통사적·의미적 기능을 나타낼 수 있는 방법만 보충된다면 위치와 순서에 대한 특징은 좀더 명확하게 드러낼 수 있는 가능성은 가지고 있는 것이다. 다시 말해 동사토의 통사적 기능을 설명할 수 있는 방법만 있다면, 동사토의 고정된 위치와 엄격한 순서와 같은 형태론적 특성은 형판으로 설명했을 때 충분히 유리한 점이 있다. 조금 다른 경우를 살펴보자.

(14)ㄱ. 먹어라
　　ㄴ. *먹었어라

(14ㄴ)이 비문이 되는 것은 '-(어)라'의 위치가 잘못 되어서 그러한 것이 아니라, '-었-'과 '-어라'의 정보 중에서 '시제 정보'가 상충되기 때문이다. 즉, '-었-'은 자질 '시제'의 값이 '과거'라면 '-어라'는 자질 '시제'의 값이 '현재'여서 두 토의 '시제' 자질이 충돌되어 통합할 수 없는 것이다.

그래서 위치와 순서는 형판으로 나타내고, 그 외의 문제 이를테면 (13)과 (14ㄴ)과 같이 토의 자질이 충돌되는 경우는 동사토 각각의 정보를 통해 그 결합 여부를 설명할 수 있다.

이러한 설명은 동사와 동사토를 형태론적으로 분석해야 한다는 HPSG
의 논의와 비슷하다. 그러나 장석진(1995)나 Kim(1998)에서는 동사토
각각을 기호의 단위로 설정하지 않고 줄기의 한 유형으로 처리한 반면,
이 글은 각 동사토를 언어 단위로 설정해서 이들이 동사 줄기와 형태적
구조로 결합하는 것으로 분석하였는데 이것은 우리말의 교착적 특성을
반영하기 위한 것이다. 그리고 (13)과 (14ㄴ)은 3장에서 논의된 '어절
결합 원리'에 따라 정보의 충돌이 발생했기 때문에 비문이 되는 것이다.

2.3. 동사의 어휘 규칙과 형판

이제 동사 '줄기'의 입장에서 이러한 논의들을 정리해 보자. 동사 줄기
는 문장에 쓰일 때 주어 높임, 시제, 추정, 인식 등과 관련된 동사토와
결합하여 그러한 문장의 기능을 나타낸다. 이것은 우리말 동사 '줄기'의
형태적·통사적 특징이므로 동사의 어휘 규칙으로 나타낼 수 있다. 즉
'줄기'가 동사인 언어 형식이 '어절'로 기능할 때는 (15)와 같은 어휘 규칙
을 따라 다른 동사토와 결합하여 동사토의 통사적 기능을 통합한다.11)

---

11) (15)의 어휘 규칙은 서민정(2004ㄱ)에서 제안된 규칙을 수정한 것이다. 여기서
'⇒'는 ......를 나타낸다. 그리고 '값'은 boolean(+, -)이나 어떤 유형이 될 수도
있는데, '높임, 인식' 등은 boolean으로 값을 나타낸다. '+∨-'에서 '∨'는 '또는'에
해당하는 것으로 자질의 값으로 '+'나 '-'를 가진다는 뜻이다.

(15) 어절[통어 | 중심어 줄기[품사 동사]]

$$\Rightarrow 어절\left[통사 \middle| 중심어\left[\begin{array}{ll} 줄기[품사 & V] \\ 토[높임 & +\vee-] \\ 토[시제 & 과거\vee현재\vee미래] \\ 토[상 & 추정\vee확정] \\ 토[인식 & +\vee-] \\ 토[맺음 & 종결형\vee연결형\vee명사형\vee관형사형] \end{array}\right]\right]$$

그래서 이러한 논의에 따르면, '갔다'와 '가-'는 같은 동사(V)라고 해도 '갔다'는 어절(Vword)이고, '가-'는 줄기(Vstem)로 유형이 다르다. 따라서 (16)과 (17)에서 보는 바와 같이 자질 구조도 다르다. 그리고 동사토와의 통합 양상을 살피기 위해 동사토 '-었-'과 '-다'의 자질 구조를 간단히 보이면 (18)과 (19)와 같다.

(16) 갔다

$$어절\left[\begin{array}{l} 음운 \qquad\qquad 갔다 \\ 통사의미 | 통사\left[\begin{array}{ll} 중심어 & 동사 \\ 하위범주화 & <NP가>,<NP에> \end{array}\right] \\ 형태\left[\begin{array}{ll} 줄기 & ①가 \\ 토 & ②았 \\ 토 & ③다 \end{array}\right] \end{array}\right]$$

(17) 가

$$①줄기\left[\begin{array}{l} 음운 \qquad\qquad 가 \\ 통사의미 | 통사\left[\begin{array}{ll} 중심어 & 동사 \\ 하위범주화 & <NP가>,<NP에> \end{array}\right] \\ 형태 \qquad\qquad 줄기 \end{array}\right]$$

(18) 었

$$② _토 \begin{bmatrix} 음운 & 았 \\ 통사의미|통사 & \begin{bmatrix} 중심어 & \begin{bmatrix} 품사 & 동사 \\ 시제 & 과거 \end{bmatrix} \end{bmatrix} \\ 형태 & 토:2 \end{bmatrix}^{12)}$$

(19) 다

$$③ _토 \begin{bmatrix} 음운 & 다 \\ 통사의미|통사 & \begin{bmatrix} 중심어 & \begin{bmatrix} 품사 & 동사 \\ 맺음 & 종결형 \end{bmatrix} \end{bmatrix} \\ 형태 & 토:5 \end{bmatrix}$$

(15)의 동사의 어휘 규칙에 따라 동사토는 동사 줄기와 결합할 수 있다. 그러나 (15)의 어휘 규칙은 동사토의 엄격한 순서에 대해서는 나타내지 못하기 때문에 동사토의 위치 정보를 나타낼 수 있는 설명이 필요하다. 앞에서 형태적 단위들의 순서에 관한 것은 '형판'[13)으로 설명했을 때 좀 더 간단하게 설명할 수 있음을 살폈다.

동사 줄기를 '0'의 위치라고 했을 때, 동사토는 '-시-, -었-, -겠-/-었-, -다'의 순서로 나타난다. 그리고 앞에서 논의된 것과 같이 이들은 나타나지 않아도 대립적인 기능이 있는 것이므로 동사토가 실현되지 않았을 때도 문법적 기능이 있는 것이다. 그래서 각각의 위치에서 각 동사토와 함께 ∅ 형태를 가정해야 한다. 이러한 논의에 따라 동사의 형판을 설정하

---

12) (18)의 ':2'와 (19)의 ':5'는 동사 형판에서의 위치를 나타낸다.
13) 즉, '형판'은 '통사적 형태 단위'들이 결합되기 위한 기초적인 결합 정보를 나타낸 것이다. '형판 형태론'에 대한 것은 전상범 외(1994: 314~323)와 안상철(1998: 424~430) 참조.

면 (20)과 같다.14)

(20)15)

0	I	II	III	IV	V
줄기	시, ø	었, 었었, ø	겠, ø	더, ø	다, 라, 음, 기, 는...

(20)의 형판 위치는 (21)과 같이 자질 구조에서 '형태' 자질의 값으로 표시된다.

(21) [형태   토: 값]

그리고 형판이 정한 위치와 동사의 어휘 규칙에 따라 동사토가 결합되는데 그때는 '정보의 통합'에 의해 결합 여부가 정해진다. 3.2.4에서 살핀 '어절의 통합 원리'에 따라 통사적 형태 단위들의 상호 제약에 의해서 결합의 여부가 결정되는데, 값이 상치되면 통합할 수 없다. 그러한 원리에 따라 관형사형 '-는'과 '-었-'이 결합할 수 없는 것이 설명되는데, '-는'은 '[시제 현재]'이고, '-었-'은 '[시제 과거]'로 자질의 값이 상치되므로 이 동사토 둘은 결합할 수 없다.

---

14) 동사토의 형태적 결합 양상에 대하여는 김차균(1980)과 김일웅(1993)에서도 논의
되었다.
15) 동사토의 종류에 대해서는 다음 절에서 다시 논의한다.

2.4. 동사토의 종류

'동사토'는 여러 기준에 따라 분류되기도 했다. 앞선 연구에서 동사토를 분류한 다양한 논의가 있었는데, 여기서는 주로 '분포'를 기준으로 한 허웅(1983)과 '기능'을 기준으로 한 서정수(1996)의 논의를 대표적으로 살펴본다.

허웅(1983: 224~247)에서는 동사토를 한 말마디를 끝낼 수 있는 것은 '맺음씨끝', 그렇지 못한 것은 '안맺음씨끝'이라 하고 (22)와 같이 분류하였다. 이러한 관점은 남기심·고영근(1985: 151)에서도 비슷하게 설명되어 있다. 즉 남기심·고영근(1985: 151)에서는 '-시-', '-었-' 등과 같은 예를 들어 그 자체로 단어를 완성하지 못하는 형태소를 '개방형태소' 즉 '선어말어미'라고 하고, '-다'와 같이 그 자체로 단어를 완성시키는 형태소를 '폐쇄형태소', 즉 '어말어미'라고 하였다. 허웅(1983)의 안맺음 씨끝과 남기심·고영근(1985)의 개방형태소 혹은 선어말어미와 대응하고, 맺음씨끝과 폐쇄형태소 혹은 어말어미와 대응한다.

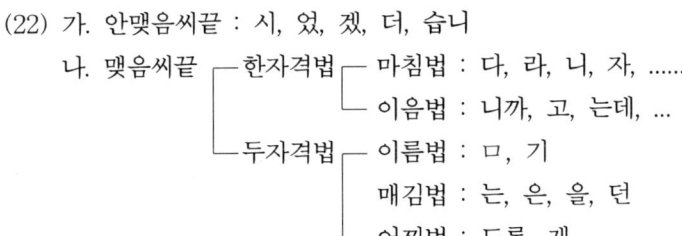

(22) 가. 안맺음씨끝 : 시, 었, 겠, 더, 습니
　　　나. 맺음씨끝 ┬ 한자격법 ┬ 마침법 : 다, 라, 니, 자, ……
　　　　　　　　　│　　　　　└ 이음법 : 니까, 고, 는데, …
　　　　　　　　　└ 두자격법 ┬ 이름법 : ㅁ, 기
　　　　　　　　　　　　　　　├ 매김법 : 는, 은, 을, 던
　　　　　　　　　　　　　　　└ 어찌법 : 도록, 게

허웅(1983)에서 맺음씨끝의 하위 분류로 '한자격', '두자격'이라고 하는 것은 동사토의 분류에 동사토 그 자체의 특성만을 살핀 것이 아니라 동사 줄기까지 고려된 것이다. 즉 동사 줄기의 문법적 특징이 반영되었기 때문에 서술어의 기능만을 하는 것은 '한자격법', 서술어의 기능에다가 다른 문장 성분의 기능까지 하면 '두자격법'이라고 한 것이다. 동사토의 특징만이 고려되었다면 '한자격, 두자격'이라는 용어는 설정되지 않았을 것이다.

그리고 허웅(1983: 238)에서는 이음법 가운데서 두 문장이 확실하게 이어진 것으로 보이는 것도 있지만, (23)과 같이 어떤 것은 부사(어찌씨)다운 성격이 짙은 것도 있는데, 그것을 위해 두자격법의 하위 부류로 '어찌법'을 설정하였다.

(23)ㄱ. 혀가 닳도록 타일렀다.
　　ㄴ. 우물을 깊게 파라.
　　ㄷ. 돈을 물 쓰듯 한다.

(24)ㄱ. 먹어 보다.
　　ㄴ. 고운 옷이 아니라도 좋아.

허웅(1983)의 지적처럼 이음법과 어찌법은 형태적·통사적으로 분명히 구분할 수 있는 것이 아니다. 예를 들어 (23)의 '-도록, -게, -듯' 같은 동사로는 이음법으로 처리하는데 (24)의 어찌법 '-어, -라도' 등과의 차이를 설명하기 어렵다. 그래서 허웅(1983)의 '어찌법'과 '이음법'은 같은 부류로 묶어야 한다.

한편, 서정수(1996: 127)에서는 기능 위주로 범주 구분을 했는데, 그에 따라 명사토와 동사토의 구별없이 토의 기능에 따라 '기능 표지, 기능 변환소, 의미 한정소, 접속소, 서술 보조소'로 구분하였다. 여기서는 동사토와 관련 있는 분류만을 보이면 (25)와 같다.

(25)가. 기능변환소 : -ㄴ(관형화소), -기(명사화소), -시-(주체존대 형태)16)
  나. 접속소 : -고, -어서, -도록, -따위(절 접속형)
  다. 서술보조소 : -었-, -었었(시제/상)-, -겠-, -더-, -는다, -습니다 등(서법 형태)

(25)의 분류는 토의 기능에 따른 분류이기 때문에 통사 기능은 분명히 드러날 수 있다. 그러나 실현되는 위치와 같은 형태적 특성은 고려되지 않았다. 뿐만 아니라 (25가)에서 '-시-'를 기능변환소로 본다는 것은 '가시다'를 '간', '가기'와의 '-ㄴ'과 '-기'와 같이 동사가 다른 기능의 동사로 바뀐다는 것을 의미하는데, '-시-'를 기능변환소로 본다면 '-었-', '-겠-', '-더-' 등도 기능변환소로 볼 수 있는 가능성이 있는 것은 아닌가. 그런데도 '-었-', '-겠-', '-더-' 등은 서술보조소로 '-시-'와 구분한다. '-시-'가 분포적으로나 기능적으로 '-ㄴ'과 '-기'와 같은 동사토와 같은 부류인지 '-었-', '-겠-', '-더-' 등과 같은 동사토와 같은 부류인지 더 검토되어야 하는 부분이다.

다른 언어 형식도 그러하겠지만, 동사토도 분포와 기능이 서로 관련되어 있다. 동사토가 형태적 구조 속에서 기능을 하기 때문에 동사토의 분류와 관련된 지금까지의 앞선 논의들도 대부분 분포에 따라 동사토를 분류하였다.

---

16) 서정수(1996: 128)에서는 피동/사동 형태도 기능 변환소에 포함시켰는데, 이 글에서는 이런 형태는 이 글의 범위인 '토'에 포함시키지 않았다. 토의 범위에 대한 것은 1.2.에서 설명하였다.

이 글에서도 동사토의 분류에서 먼저 형태적 특성에 따라 '분포'를 기준으로 동사토를 분류하고자 한다. 따라서 이 글에서는 '분포'를 중심으로 분류한 허웅(1983)의 논의를 바탕으로 하되, '한자격법', '두자격법'의 구분이나 용어는 제외하고, '어찌법'은 '이음법'과 묶어 '이음법'으로 분류한다.

그래서 먼저 어절(word)을 형성하는가 그렇지 않은가 즉, 뒤에 다른 동사토가 올 수 있느냐, 없느냐에 따라 '안맺음토'와 '맺음토'로 구분한다.[17] 이것은 앞의 형판 (20)을 바탕으로 분류한 것이다. 그리고 '맺음토'는 기능에 따라 선택적으로 실현되므로 기능에 따라 마침법토, 이음법토, 이름법토, 매김법토로 분류한다. 정리해 보면 다음과 같다.

(26) 가. 안맺음토(4.3): -시-, -었-, -겠/었-, -더-
　　 나. 맺음토(4.4)[18]
　　　　 ㄱ. 마침법토(4.4.1): -다, -습니다, -는다, -자, -라, -니 등
　　　　 ㄴ. 이음법토(4.4.2): -고, -지만, -니까, -어서, -게, -어, 등
　　　　 ㄷ. 매김법토(4.4.3): -는/은, -은, -을
　　　　 ㄹ. 이름법토(4.4.3): -음, -기

---

17) 신창순(1997)에서도 이 글의 동사토에 해당하는 것을 '용언토'라 하고 용언토를 필수적인 '종결자리토'와 자유로이 나타나기도 하고 나타나지 않기도 하는 '수의적인 토'로 구분한 바 있다. 이 연구에서는 신창순(1997)에서 '수의적인 토'로 분류한 안맺음토들이 나타나거나 나타나지 않는 수의적인 것이 아니라 나타나지 않더라도 각 위치의 문법적 의미는 가지는 것으로 해석하였다.
18) 이름법토와 매김법토를 묶어서 '바꿈토'라고 할 수도 있다.

3. 안맺음토의 정보와 자질 구조

3.1. 안맺음토의 종류와 제약 관계

3.1.1. 안맺음토는 높임, 시제, 서법, 상과 같은 여러 가지 문법 현상과 관련되어 있다.[19] 안맺음토의 종류나 기능에 대해서는 논자에 따라 조금씩 견해가 다르다. 이를테면 '-습니-'와 '-는-/-ㄴ-', '-더-'를 안맺음토로 분석할 것인가, 아니면 '-다', '-까', '-구나' 등과의 결합형인 '-습니다, -습니까, -는다/-ㄴ다, -더라, -더구나' 등을 맺음토로 처리할 것인가에 따라 안맺음토의 종류는 달라진다. 그리고 '-었-'과 관련되어 '먹었었다'의 첫 번째 '-었-'과 두 번째 '-었-'을 어떻게 처리할 것인가의 문제가 안맺음토의 종류와 관련해서 해결되어야 하는 문제이다.

3.1.2. 먼저 '-는-'과 '-습니-', '-더-'를 어떻게 처리할 것인가에 대해 살펴보자. 여기서 '처리'라는 말을 사용하는 것은 이들이 실제로 맺음토의 일부이든 안맺음토이든 두 가지 특징을 다 가지고 있으며 어느 쪽으로 처리하든지 장단점이 있기 때문이다. 따라서 연구의 목적이나 다른 동사토와의 관계를 통해 이들을 어떤 부류에 포함시키게 된다. '-는-'은 다른 동사토와는 여러 가지 면에서 다른데, 특히 분포가 아주 제한되어 있다.

(27) ㄱ. 철수가 빵을 잡-는-다./*잡-는-니?/*잡-는-어요
　　 ㄴ. 영이가 예쁘다/*예쁘-는-다

---

19) 안맺음토의 문법 기능에 대한 것은 서정수(1996), 김일웅(1993), 남기심·고영근 (1985), 김차균(1980) 등 참조.

(27)을 보면, '-는-'은 동사를 동작 동사와 그림 동사로 구분했을 때, '동작 동사[20], 들을이 안 높임 서술'의 경우에만 나타난다. '-시-'와는 결합할 수 있지만, '-었-, -겠/었-, -더-'와는 결합할 수 없다. 그래서 이들의 분포를 정리해 보면 다음과 같다.

(28)

(동작동사) 줄기	시	었	겠	더/습니	다
			는		

(28)을 보면 '-는-'의 분포가 다른 안맺음토에 비해서 아주 제약적이다. 그래서 '-는-'을 맺음토의 일부로 처리한다면, 안맺음토의 수가 적어져 형판의 크기나 동사의 어휘 규칙이 조금 간단해질 수는 있다. 그러나 '-는-'을 맺음토의 일부로 봄으로 해서 설명해야 할 토가 '-는-', '-다', '-구나'에서 '-다', '-구나', '-는다', '-는구나'로 토의 수가 늘어나는 문제 가 있다.

한편 '-는-'은 (29)와 같이 보통 '-었-'이나 '-겠-'과 같은 토와는 동시에 나타날 수 없다. 그러나 (30)과 같이 '-지'와 같은 맺음토와 결합할 때는 '-었-'과도 결합 가능하다.

(29)ㄱ. *학교에 갔는다.

ㄴ. *학교에 가겠는다.

---

20) 동사는 여러 기준에 따라 여러 가지로 분류할 수 있다. 여기서는 '-는-'의 분포를 살피기 위해 전통적으로 분류해 온 동사, 형용사 개념을 이 글의 논의의 방향에 따라 '동작 동사'와 '상태 동사'라고 하였다.

(30) 영이가 갔는지 모르겠다.

따라서 만약 '-는-'을 안맺음토라고 했을 때는 맺음토와 결합할 때마다 그것의 자질이 변한다는 규칙이 포함되어야 한다. 그러므로 '-는-'이 그것이 가진 형태적 단위로서의 가능성이 있다고 하더라도 절대적인 것이 아니라면 문법 기술의 편리성을 고려해서 맺음토의 일부로 처리하는 것이 효율적이지 않을까 한다. 뿐만 아니라 다른 동사토와의 관계에서 보면, 실제로 쓰임에서 '-는-'은 다른 맺음토와의 결합도 아주 제약적이다. 따라서 이 연구에서는 '-는-'을 맺음토의 일부로 처리했을 때의 문제는 받아들이면서 '-는-'이 안맺음토였을 때 발생하는 문법 기술의 복잡성을 더 고려하여 '-는-'을 맺음토의 일부로 처리하고자 한다.

3.1.3. '-습니-'의 경우는 '-는-'과는 조금 다른데, '-습니-'는 '-는-'에 비해서 다른 안맺음토와 결합 양상이 덜 제약적이어서 '-더-'를 제외하고는 결합 가능하다. '-더-'와의 결합도 (31ㄴ)에서 보듯이 '-습디-' 형태로는 가능하다.

(31) ㄱ. 가십니다/갔습니다/갔겠습니다/*가겠습니더다/*가겠더습니다
     ㄴ. 갑디다/먹습디다/예쁩디다

그러나 '-습니-'가 결합하는 맺음토가 '-다', '-까'로 아주 한정되어 있어서 '-습니다', '-습니까'를 더 분석하는 것보다는 그 자체를 맺음토로 처리하는 것이 문법 기술이 간단해 질 수 있다. 그래서 '-습니-'도 맺음토의 일부로 처리한다.

3.1.4. 그리고 '-더-'는 '-습니-'와 비슷하게 '-습니-'를 제외하고는 다른 안맺음토와 제약 관계를 보이지 않는다. 그리고 '-는-'이나 '-습니-'에 비해서는 결합할 수 있는 맺음토도 훨씬 다양하다. 따라서 '-더-'가 실현되는 위치를 확보해 주는 것이 문법 기술에서도 효율적이고, '-더-'의 통사적 특성도 분명하게 나타낼 수 있다.

뿐만 아니라 아래의 (32)를 보면 '-더-'는 말할이와 주어와 같거나, 말할이가 말하려는 장면과 말하고 있는 장면이 일치해도 쓰일 수 없는데, 이러한 것은 '-더-'가 형태·통사 정보 뿐만 아니라 의미·화용 정보도 가지고 있어 '-는-'이나 '-습니-'에 비해서 독립된 언어 단위로 설정하는 것이 맞음을 보여 주는 것이다.[21]

(32)ㄱ. *내가 울더라.(보통의 상황에서)

   ㄴ. 여기 사람들이 모여 있더라.(사람들이 모인 자리에서)

3.1.5. 마지막으로, 다음 예의 '-었-'과 '-었었-'을 어떻게 처리할 것인가의 문제가 있다.

(33)ㄱ. 밥을 먹<u>었</u>다.

   ㄴ. 밥을 먹<u>었</u>겠다.

   ㄷ. 밥을 먹<u>었</u>더라.

   ㄹ. 밥을 먹<u>었었</u>다.

   ㅁ. 밥을 먹<u>었었</u>겠다.

   ㅂ. 밥을 먹<u>었었</u>더라.

---

21) 이러한 것은 '의미' 자질과 '화용' 자질에서 좀더 엄밀하게 설명되어야 하는데, 3.5에서 다시 살필 것이다.

(33)에서 보는 바와 같이 '-었었-'의 형태가 실현된(33ㄹ)~(33ㅂ)은 비문이 아니다. 뿐만 아니라 '-었-'은 결합하는 앞음절의 모음에 따라 '-었-' 혹은 '-았-'이 나타나지만, '-었었-'의 두 번째 '-었-'은 앞 음절의 모음과 상관없이 항상 '-었-'의 형태이다. 따라서 이 둘을 구분해서 '었1' 과 '었2'를 인정해서 각각을 다른 안맺음토로 인정할 수도 있겠다. 그러나 두 번째 '-었-'은 첫 번째 '-었/았-'이 실현되지 않으면 실현되는 예가 없음을 근거로 한다면 이들을 분리하기보다는 '시제' 위치에 나타나는 안맺음토로 '-었-'과 '-었었-'을 분석하는 것이 더 타당하다고 생각된다. 그래서 '-었-'과 '-었었-'이 각각 '과거', '과거완료'[22]의 통사적 기능이 있는 것으로 설명할 수 있다.

3.1.6. 이러한 논의에 따라 이 연구에서 설정하는 안맺음토는 '-시-, -었-/-었었-, -겠-', -더-'이다. 다음에서 이들 안맺음토 각각의 '줄기와 다른 안맺음토와의 제약', '맺음토와의 제약', '통사적 제약과 기능', '안맺음토의 기능과 자질 구조' 등에 대해 살핀다.

3.2. -시-

'-시-'[23]는 언어 기호의 유형은 '토'이며, 동사 줄기 바로 다음에 나타나 형판에서의 위치가 '1'이다. 그리고 '-시-'는 알려진 대로 '주어 높임'이라

---

22) '-었었-'의 자질에 대해서는 시제, 상과 관련하여 좀더 논의되어야 하는데, 여기서는 간단히 제시하였다.
23) '-시-'에 대한 것은 임동훈(1994), 임홍빈(1976), 박진호(1994) 등 참조.

는 통사적 기능이 있다. 그래서 주어가 높임의 대상이 아닐 때 '-시-'가 나타나면 비문이 된다. (35)도 특별한 상황에서는 비문이 아닐 수도 있지만 보통의 경우에서는 어색한 문장이 된다.

(34) 선생님께서 친절하시다.

(35) *학생은 친절하시다.

그래서 '-시-'의 통사 기능은 '주어 높임'이라고 할 수 있는데 이것을 자질로 [높임]이라고 표시한다. 그러면 '-시-'의 자질 구조는 (36)과 같이 나타낼 수 있다.

(36) 시

$$
토\begin{bmatrix} 음운 & 시 \\ 통사의미 \mid 통사 \begin{bmatrix} 중심어 & \begin{bmatrix} 품사 & V \\ ①높임 & + \end{bmatrix} \\ 하위범주화 & (①NPnom,...) \end{bmatrix} \\ 형태 & 토: 1 \end{bmatrix}
$$

(36)은 '[중심어|품사]' 자질의 값이 'V'이어서 동사 줄기와 통합할 수 있다. 그리고 '-시-'는 (37)과 같이 대부분의 동사 줄기와 다 통합이 가능하나, '주무시다, 드시다'와 같은 동사의 경우에 '-시-'가 또 나타나면 (38)과 같이 비문이 된다.

(37)ㄱ. 대장님은 열심히 집으로 달려가십니다.

　　ㄴ. 당신은 꽃보다 아름다우십니다.

(38) *선생님께서 주무시-시-었다.

이것은 '주무시다'의 통사 정보에 [높임 +] 값이 있기 때문에 '-시-'와 결합할 수 없다. '가다'의 자질 구조와 비교하면 (39), (40)과 같다.

(39) 주무시-

$$
줄기 \begin{bmatrix} 음운 & 주무시 \\ 통사의미 \mid 통사 & \begin{bmatrix} 중심어 & \begin{bmatrix} 품사 & V \\ 높임 & + \end{bmatrix} \\ 하위범주화 & (NPnom[높임 +],..) \end{bmatrix} \end{bmatrix}
$$

(40) 가-

$$
줄기 \begin{bmatrix} 음운 & 가 \\ 통사의미 \mid 통사 & \begin{bmatrix} 중심어 & [품사 \quad V] \\ 하위범주화 & (NPnom,..) \end{bmatrix} \end{bmatrix}
$$

그리고 '가다'와 '-시-'가 통합되는 것은 둘 다 [품사 V]의 값을 공통적으로 가지고 있어 통합의 기본 조건을 만족시키기 때문에 가능하다. 통합된 모습은 (41)과 같다.

(41) 가시-

$$\begin{bmatrix} & \text{음운} & \text{가시} & \\ \text{통사의미} \mid \text{통사} & \begin{bmatrix} \text{중심어} & \begin{bmatrix} \text{품사 V} \\ \text{높임 +} \end{bmatrix} \\ \text{하위범주화} & (\text{NPnom}[\text{높임}+],..) \end{bmatrix} \end{bmatrix}$$

한편 '-시-'는 '높임'의 자질이 '-' 값인 동사토를 제외하면 다른 동사토
와의 결합에는 제약이 없다.

(42)ㄱ. *가-시-라
　　ㄴ. *가-시-자
　　ㄷ. 가-시-고
　　ㄹ. 가-시-다

(42ㄱ, ㄴ)의 동사토 '-라', '-자'는 '높임'의 자질이 '-'이어서 '-시-'와
결합할 수 없다. (42ㄷ, ㄹ)은 그런 제약을 보이지 않는다.

3.3. -었-/-었었-

'-었-'과 '-었었-'은 형판에서 '-시-' 다음에 위치한다. 안맺음토에서
'-시-'를 제외한 '-었-/-었었-, -겠-, -더-'는 시제와 상과 관련되어
있다.[24] 각각의 통사적 기능이 시제냐, 상이냐, 상이면 그것의 의미가

---

24) 이러한 동사토들은 우리말의 시제 구분과도 관련되어 있고, 상의 여부 그리고
안맺음토 각각이 시제냐 상이냐의 문제 등과 같은 우리말의 문법 현상과 관련하여
다양한 논의들이 있었다.

무엇이냐의 문제로 다양한 논의가 있었지만, 그 중 '-었-'은 대체로 '과거 시제'의 기능이 있는 것으로 정리된다.[25)]

그래서 우리말 '시제' 자질은 동사토 '-었-'과 관련되어 있으며, '-었-'이 실현되었을 때 자질 '시제'의 값은 '과거'이다. 이러한 설명을 바탕으로 하면 '-었-/-었었-'은 자질 시제의 값이 '현재'인 '-는'과는 통합할 수 없다. 자질 구조로 보이면 (43), (44)와 같다.

(43) 었

$$
토 \begin{bmatrix} 음운 & 었 \\ 통사의미 | 통사 \begin{bmatrix} 중심어 \begin{bmatrix} 품사 & V \\ 시제 & 과거 \end{bmatrix} \end{bmatrix} \\ 형태 & 토 : 2 \end{bmatrix}
$$

(44) 었었

$$
토 \begin{bmatrix} 음운 & 었 \\ 통사의미 | 통사 \begin{bmatrix} 중심어 \begin{bmatrix} 품사 & V \\ 시제 & 과거완료 \end{bmatrix} \end{bmatrix} \\ 형태 & 토 : 2 \end{bmatrix}
$$

그리고 '-었-'과 '-었었-'은 다른 안맺음토와 제약 관계가 없다. 그것은 안맺음토 가운데서 '시제' 자질에 관여하는 것은 '-었-'이고, '-겠-', '-더

---

25) 문법 범주로서의 '시제'와 의미적 '시간'과는 구분되어야 한다. '시제'는 문법 형태의 대립 관계가 있어야 한다. 그리고 '시간'은 문맥적 환경, 시간 부사 따위로 다양하게 이루어질 수 있는데 시제적인 구분과 반드시 일치하지 않는다. Lyons(1968: 306)에서도 과거, 현재, 미래의 3구분이 모든 언어에 똑같이 적용되는 것이 아님을 밝힌 바 있다.

-' 등은 의미 정보에는 '시간'의 의미가 있다 하더라도 통사 정보의 '시제' 자질에는 관여하지 않아 이들과 통합될 수 있는 것이다. 그러나 맺음토와 는 제약 관계를 보인다. 그러한 제약 관계를 보이는 맺음토는 '시제' 자질 이 '과거'가 아닌 값을 가지는 '-라', '-자'와 같은 토들이고 그 때는 '-었-' 과 '-었었-'의 정보와 '-라', '-자'의 정보가 충돌하기 때문에 두 동사토는 통합할 수 없다.

한편, '-었-/-었었-'과 부사와의 제약도 확인할 수 있다.

(45)ㄱ. 어제 먹었다.
ㄴ. 어제 먹었었다.

(46)ㄱ. *내일 먹었다.
ㄴ. *내일 먹었었다.

'-었-'은 (45)와 같이 시제가 '과거'인 부사와는 호응이 가능하나 (46) 과 같이 시제가 '미래'인 부사와는 호응할 수 없다.

3.4. -겠-

'-겠-'은 형판에서 위치가 ': 3'에 있는 동사토이다. 이 동사토는 시제의 기능을 가지고 있는 것으로 분석할 수도 있으나, (47)과 같이 과거 시제의 '-었-'과 같이 나타난다거나, '어제, 오늘, 내일'과 같은 전혀 다른 시제의 부사와 호응한다는 점을 감안하면 '-겠-'을 시제로 분석하는 것은 타당하 지 않다.

(47) 먹-었-겠-다.

즉 '-겠-'이 소위 '미래 시제'라고 한다면 (47)과 같이 '과거 시제'의 '-었-'과 함께 실현될 수 없으며, '어제'나 '오늘'과 같은 부사와도 호응할 수 없기 때문이다. 따라서 '-겠-'은 [상] 자질로 [시제] 자질과는 구분해야 한다. 그래서 '-겠-'은 [상] 자질의 값으로 '추정'을 가진다. '-겠-'의 자질 구조를 보이면 다음과 같다.

(48) 겠

$$\begin{bmatrix} 음운 & 겠 \\ 통사의미 \mid 통사\begin{bmatrix} 중심어\begin{bmatrix} 품사 & V \\ 상 & 추정 \end{bmatrix} \end{bmatrix} \\ 형태 & 토 : 3 \end{bmatrix}$$

'-겠-'은 다른 안맺음토와는 제약이 없으나, 다른 언어 단위와 비슷하게 '상' 자질의 값에 충돌이 있으면 결합할 수 없다.

3.5. -더-

'-더-'는 다른 안맺음토와 비교했을 때 결합 양상이 조금 더 복잡하다. 이것은 '-더-'의 통사적 기능 뿐만 아니라 의미·화용적 기능도 다른 언어 단위의 기능과 관련된다는 것을 나타내는 것이다. 그래서 '-더-'의 의미·기능을 분석하기 위하여 다른 언어 단위와의 결합 제약을 자세히 살피기로 한다.

(49) 가더라, 반짝이더라, 예쁘더라, 슬프더라, 있더라, 책이더라

(50)ㄱ. 집에 가시더라.
 ㄴ. 집에 갔더라. 집에 가셨더라.
 ㄷ. 집에 가겠더라. 집에 갔겠더라. 집에 가셨겠더라.

안맺음토 '-더-'는 동사 줄기에 대해 (49)와 같이 특별히 제약이 있는 것은 아니다. 그리고 '-더-'는 안맺음토에서 '-시-', '-었-', '-겠-'과도 제약을 보이지 않는다. '-시-', '-었-', '-겠-'과의 제약을 보이지 않는다는 것은 최소한 '-더-'의 자질이 [높임], [시제], [상]의 자질과 상충되지 않는다는 것을 보여주는 것이다.

그리고 (50ㄷ)의 '가셨겠더라'와 같은 예에서 '-더-'의 위치를 확인할 수 있는데 '-더-'는 '-겠-' 다음에 나타나며, '-더-' 또한 다른 안맺음토와 마찬가지로 순서를 지키지 않으면 비문이 된다. 그런데 '-느-'26)와의 결합에서는 제약을 보인다.

---

26) '-느-'는 3.1에서 논의된 바와 같이 '안높임 서술, [+동작]동사'에서만 나타나며, '-시-'를 제외한 다른 안맺음토와는 같이 나타날 수 없는 등 분포가 아주 제약적이다. 그래서 '-느-'를 분석하지 않고 '는다(ㄴ다)'를 하나의 맺음토로 설정할 수도 있다. 즉 '영이가 사과를 먹는다'의 '-는다'를 분석할 수 있는 가능성은 다음과 같이 몇 가지가 있다는 것이다.
  (1) 느 + 은 + 다
  (2) 는 + 다
  (3) 는다
이 연구에서는 '-느-'를 분석하지 않고 '-는다'를 하나의 맺음토로 처리하였는데, 여기서는 '-더-'의 제약을 살피기 위해 편의상 '-느-'를 분석하였다.

(51)ㄱ. *집에 간더라.

　　ㄴ. *집에 가던다/가더는다.

　(51)과 같이 제약을 보이는 것은 '-느-'의 어떤 자질과 상충되기 때문이다. 물론 '-느-' 자체가 제약이 많은 토이기 때문에 그러한 '-느-'의 한 제약으로 볼 수도 있는데, '-느-'가 '-었-'이나 '-겠-'과의 제약을 보이는 것이 '-었-'이나 '-겠-'의 자질과 상충되어서라고 한다면, '-더-'와 제약을 보이는 것에서도 그럴 가능성을 배제할 수 없다. 즉 '-느-'는 사건시와 발화시가 같을 경우에만 쓰일 수 있다. 그러나 '-더-'는 사건시가 발화시보다 조금이라도 먼저이어야 한다.

　한편, '-습니-'와의 결합에서는 제약을 보이지 않으나, 결합하면서 다음과 같이 변이 형태가 나타난다.

(52)ㄱ. 철수가 집에 갔습디까?

　　ㄴ. 철수가 집에 갔습디다.

　그리고 '-더-'는 안맺음토 '-시-, -었-, -겠-'에 비해서는 맺음토와 결합에서 제약이 많은 편이다. 즉, 마침법토에서는 서술법을 제외하고는 제약이 있고, 이름법토와는 전혀 결합하지 못한다.

(53)ㄱ. 집에 가더라.

　　ㄴ. *집에 가더니?

　　ㄷ. *집에 가더라(시킴).

　　ㄹ. *집에 가더자.

ㅁ. *집에 가더기
ㅂ. *집에 가덤

(53)에서 보면, '-더-'는 '물음, 시킴, 꾀임'의 마침법토와는 제약을 보이는데, 이것은 '-더-'의 기능 혹은 자질 가운데서 '물음, 시킴, 꾀임'의 공통된 자질과 상충된다는 것을 의미한다.

한편 '-더-'는 매김법토 가운데서는 '-은(ㄴ)'과는 결합할 수 있는데, '-은(ㄴ)'는 동작 동사일 때는 '과거 시제'를 나타내고, 상태 동사일 때는 '현재 시제'를 나타낸다.

(54)ㄱ. *집에 가던는, 집에 가던, *집에 가덜
  ㄴ. *얼굴이 예쁘-더-은[시제 현재], 얼굴이 예쁘던, *얼굴이 예쁘덜

(54ㄱ)에서 '-더-'가 매김법토 '-는'과 결합할 수 없는 것은 '-느-'의 문제와 관련이 있는데, '-는'에 '-느-'의 자질과 '-더-'의 자질이 상충되기 때문이다. 그리고 '-을(ㄹ)'과도 제약을 보이는데 이 또한 '-을(ㄹ)'은 사건시가 발화시보다 더 뒤를 나타내기 때문에 '-더-'에 포함된 자질과는 상충된다. 그래서 (54ㄱ)에서는 '-은'과 결합한 '가던'의 경우만 가능하다. 그리고 (54ㄴ)은 상태동사의 경우인데, 동작동사와 마찬가지로 '-더-'는 현재나 미래의 의미를 나타내는 매김법토와 결합하지 않는다.

그리고 '-더-'는 이음법토 가운데는 '-은데, -으니'와만 결합할 수 있다.

(55)ㄱ. 어제는 날씨가 맑던데, 오늘은 비가 오네요.
  ㄴ. 어제는 날씨가 좋더니, 오늘은 비가 오네요.

한편, '-더-'의 주어, 부사 등과의 통사론적 제약에서 일반적으로 '-더-'는 주어와의 관계에서 인칭 제약을 보인다고 말한다.

(56)ㄱ. *내/?너/그가 울더라.(보통의 상황에서)
　　ㄴ. 내/*너/*그가 슬프더라.

그런데 물음법에서 (57)과 같이 제약을 보인다고 해서 우리는 물음법이 인칭 제약이 있다고 말하지는 않는다.

(57) *내가 집에 가니?(보통의 상황에서)

이것은 자기 자신의 문제를 다른 사람에게 묻는 것은 일반적이지 않다는 것을 알기 때문이다. 이와 마찬가지로 '-더-'의 인칭 제약도 이런 관점에서 설명되어야 한다. 즉, (56ㄱ)에서와 같이 1인칭 주어와 결합할 수 없는 것과 (56ㄴ)의 주어가 2인칭이나 3인칭이 어색한 것은 화용적인 제약 때문으로 해석되어야 한다. 그것은 다음과 같은 상황에서는 충분히 받아들여지기 때문이다.

(58)ㄱ. 그 때 찍은 비디오를 보니까, 내가 울더라.
　　ㄴ. 그 책에서는 그가 슬프더라.

한편, 매김 마디나 이은 마디에서는 '-더-'의 인칭 제약이 없어진다. 그것은 매김 마디나 이은 마디와 같은 안긴 마디는 마디가 나타내는 일이 전제된 사실이어서 (58)의 경우처럼 어떤 조건이 지어질 수 있기 때문이다. 따라서 이러한 '-더-'의 인칭 제약은 통사적이라기보다는 화용적인 제약으로 설명될 수 있다. 선택 제약의 경우처럼 의미론의 문제를 통사론에서 설명할 수도 있는데 '-더-'의 화용적 제약을 통사적 제약에서 설명해야 할 지는 좀더 검토해 보아야 할 문제이다.

그리고 '-더-'는 다른 사람들과 이미 공유된 어떤 일을 기술하는 데는 제약을 보인다. 그것이 장소일 수도 있고, 주어일 수도 있다.

(59)ㄱ. *여기 사람들이 모여 있더라. (사람들이 모인 자리에서)
　　ㄴ. <국어>책이 선생님 책이더라.
　　　　　　　　(들을이가 <국어>책이 선생님 책인지 아는 상황에서)

'-더-'는 '[시제　과거]'와 공기하는 '어제'나 '[시제　현재∨미래]'와 공기하는 '오늘' 혹은 '내일'과도 제약이 없다. (60)에서 보여주는 '-더-'의 결합 관계는 '-더-'의 기능이 시제와는 조금 다른 것과 관련되어 있음을 시사한다.

(60)ㄱ. 철수가 어제 밥을 먹더라.
　　ㄴ. 철수가 오늘 학교에 가더라.
　　ㄷ. 철수가 내일 집에 가겠더라.

지금까지 '-더-'의 제약 관계를 통해 확인할 수 있는 것은 다음과 같이 정리할 수 있다.

첫째, '-더-'가 '-시-, -었-, -겠-'과 제약을 보이지 않는다는 것은 최소한 주어 높임의 문제나, 시제, 그리고 상의 자질과는 관련이 없다.

여기서 시제와 관련이 없다는 점은 조금 더 살필 필요가 있는데 발화시와 사건시의 관계에서 사건시가 발화시보다 먼저일 때 우리는 보통 '과거'라고 한다. 그렇다면 '-더-'는 이 발화시와 사건시의 관계와는 크게 상관이 없거나 자유롭다고 보아야 한다. 이것은 앞 장의 부사 '어제, 오늘, 내일'의 제약 관계를 검토함으로써도 확인할 수 있었다.

둘째, '-더-'는 '-는다'와 제약을 보이는데, 그것은 '-는다'가 사건시와 발화시가 같을 경우에만 쓰인다는 점을 통해, '-더-'는 사건시가 발화시보다 조금이라도 먼저이어야 한다는 것이 부각되었다.

셋째, '-더-'는 '물음, 시킴, 꾀임'의 마침법토와 제약을 보이는데, '물음, 시킴, 꾀임'의 마침법토는 어떤 일에 대해 말할이가 잘 몰라 답을 구하는 것이거나, 말할이가 가정하는 일이 참이 되도록 들을이에게 요구하는 것27)이기 때문에, 어떤 일에 대한 경험이나, 그 일을 다시 알게 되었다는 것을 의미하는 '-더-'의 기능과는 상충된다.

이러한 '-더-'의 제약을 바탕으로 '-더-'의 기능을 설명해 보자. '-더-'의 기능에 대한 앞선 연구는 시제, 상, 서법과 관련되어 있는데, '회상'(김영희: 1981, 허웅: 1983), '알림'(서정수: 1996), '선행하는 명제가 나타내는 상황을 인식한 시점이 기준시점이 되게 한다'(최동주: 1994), '과거의 감각적 관찰'(송재목: 1998) 등이 있다. 앞에서 '-더-'가 최소한 '시제'와는 다른 문법 기능이 있음을 살핀 바 있다. 이러한 관점에서 성기철(1973), 남기심·고영근(1985: 149), 이주행(2001)에서는 서법의 하나로 분석하기도 한다. 이주행(2001: 246~247)에서는 '-느-'를 직설법, '-더-'를 '회상법'이라고 하면서, 직설법과 회상법은 어떤 사태에 대한 화자의 객관적인 태도를 공통적으로 나타내기 때문에, 이들을 묶어서 '서실법'이라고

---

27) 물음·시킴·꾀임의 전제에 대해서는 서민정(1995) 참조.

일컫기도 하였다.

Jespersen.O(1924: 313~321)에서도 '서법'을 문장의 내용에 대한 화자의 정신적 태도라고 정의하고, 서법은 개념적인 범주가 아니라 통사적인 범주임을 강조하였다. 이 글에서도 '-더-'가 '시제'와는 다른 양상을 보이고, 말할이의 태도와 관련된 것이므로 '서법'의 범주라는 입장이다.[28]

여기서 다른 안맺음토와 관련해서 살펴 보자. 우리말 안맺음토 '-었-, -겠-, -더-'와 맺음토의 일부인 '-느-'는 그것이 직·간접적으로 명제 또는 문장의 시간과 관련되어 있다. 그래서 말할이의 입장에서 볼 때, '일'을 '말하고자 하는 일'과 '말하는 일'로 나눈다면 '-었-, -겠-'은 '말하고자 하는 일'의 시간과 관련되어 있고, '-더-'와 '-느-'는 '말하는 일'의 시간과 관련되어 있다.[29]

그런데, '-더-'는 '말하고자 하는 일'이 '말하는 일'보다 더 먼저 있어야 한다. (61)과 (62)를 보자.

(61)ㄱ. 영이가 가더라.
　　ㄴ. 영이가 갔더라.

(62)ㄱ. 영이가 간다.
　　ㄴ. *영이가 갔는다.
　　ㄷ. *영이가 가겠는다.

---

28) 그런데 '-더-'의 서법적 기능에서 말할이의 태도가 주관적이냐 객관적이냐에 대해서는 의견이 다른데, 최동주(1994), 이주행(2001) 등에서는 '-더-'가 말할이의 객관적인 태도를 나타낸다고 하였다.

29) 그래서 '-더-'나 '-느-'를 그 다음에 실현되는 맺음토와의 결합형을 맺음토의 하나로 처리할 수 있는 가능성도 충분히 있다. 특히 '-느-'의 경우는 '-는다(ㄴ다)'로 그 분포가 아주 제한적이기 때문에 가능성이 더 크다.

'-더-'의 경우는 (61ㄴ)은 물론이고, (61ㄱ)의 경우도 [영이가 개]라고 하는 일이 말하는 지금 시점보다 분명히 앞서 있다. 반면 (62)에서 보는 바와 같이 '-느-'는 두 일이 동시에 일어날 때를 나타낸다. (62ㄱ)의 경우 '[영이가 개]라고 하는 일'이 '말하는 일'과 동시에 있기 때문에 가능한 것이고 (62ㄴ, ㄷ)은 그렇지 않기 때문에 비문이 된다.

이러한 것을 통해 '-더-'는 말할이가 과거에 확인하였던 것을 '말하는 지금' 다시 인식하여 표현하는 기능을 가진 것이라고 할 수 있다. 따라서 이 글에서는 '-더-'의 기능을 '인식'이라 하고, 자질 구조에서 값을 [인식 +]로 설정한다. 그리고 사건시(E-TIME)와 발화시(U-TIME) 이외에 인식시(C-TIME)를 설정하여 화용(CXT) 정보에서 제시한다. 지금까지의 논의를 자질 구조로 나타내면 다음과 같다.

(63) 더

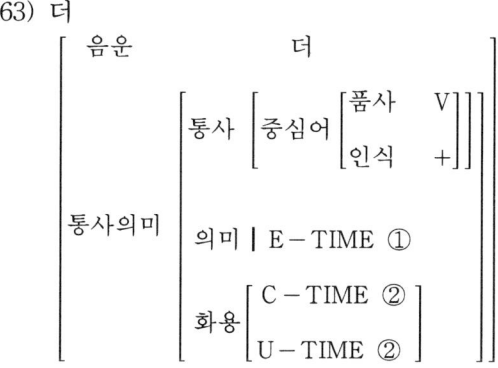

(63)에서 보면 사건시(E-TIME)와 발화시(U-TIME)는 그 순서가 ①과 ②로 다르며, 인식시(C-TIME)와 발화시(U-TIME)는 같다. '-느-'와 비교한다면 (63)의 자질 구조에서 사건시, 발화시, 인식시가 같을 것이다.

이제 '-더-'의 '인식'이라는 기능과 (63)의 자질 구조로 다른 언어 형식
과의 제약 관계를 다시 설명해 보자.

안맺음토에서 '-시-, -었-, -겠-'과 제약을 보이지 않는 것은 '인식'이
라는 다른 자질로 상충되는 자질이 아니며, (64)에서 볼 수 있듯이 사건시
와 발화시의 시간 관계에서도 상충되지 않는다. 단지 '-느-'와의 제약을
보이는 것은 '인식'이라는 기능의 여부와 관계없이 시간 관계에서 상충된
다. 잠정적으로 '-느-'를 포함한 맺음토의 기능도 [인식]이라고 한다면,
'-느-'를 포함한 맺음토의 자질 구조는 다음과 같이 나타낼 수 있을 것이다.

(64) 느

$$
\begin{bmatrix}
\text{음운} & \text{느} \\
\text{통사의미} & \begin{bmatrix} \text{통사} & \begin{bmatrix} \text{중심어} & \begin{bmatrix} \text{품사} & V \\ \text{인식} & + \end{bmatrix} \end{bmatrix} \\ \text{의미} \mid & E-TIME \qquad ① \\ \text{화용} & \begin{bmatrix} C-TIME & ① \\ U-TIME & ① \end{bmatrix} \end{bmatrix}
\end{bmatrix}
$$

(63)과 (64)를 비교해 보면, 시간 관계에서 서로 충돌됨을 알 수 있고,
이러한 자질의 상충 때문에 '-더-'는 '-느-'와 같이 실현될 수 없는 것이다.

그리고 '-더-'가 '물음, 시킴, 꾀임'의 마침법토와 제약을 보이는 것도
'-더-'의 기능이 [인식]으로, [인식]은 전제된 일이 참임을 전제한 것인데
비해 '물음'은 참이 되는 답을 요구하는 것이기 때문에 제약을 보인다.
그리고 '시킴'이나 '꾀임'의 마침법토는 시간 관계에서 사건시와 발화시가
같아야 한다. 그런데 '-더-'는 (63)에서 보듯이 ─ 그 차이가 아주 적더라

도-사건시가 발화시보다 앞서야 하기 때문에 '시킴법'이나 '꾀임법'에서는 제약을 보이는 것이다.

　지금까지의 논의를 통해 '-더-'가 [인식　+]라는 자질을 가진 것이라고 한다면, 다른 안맺음토와 마찬가지로 '-더-'가 나타나는 자리에 [인식 -] 자질을 가진 '∅' 형태를 설정해야 한다.

　형판에서 '-더-'의 위치는 (65)와 같이 자질 구조에서 '형태' 자질의 값으로 '토: 4'로 표시된다.

　(65) [형태　　토: 4]

4. 맺음토의 정보와 자질 구조

맺음토는 동사 형판에서 가장 마지막에 위치하여 '형태' 자질의 값으로 공통적으로 '토: 5'를 가진다. 그래서 그 다음에 명사토는 올 수 있어도 다른 동사토는 올 수 없다.

맺음토는 그 뒤에 어떤 언어 형식이 나타나는가 하는 분포적 특성에 따라 구분할 수 있는데 그 뒤에 다른 언어 형식이 오지 않는 '마침법토'와 다른 문장 또는 동사가 나타나는 '이음법토', 명사가 나타나는 '매김법토'와 명사토가 나타나거나 다른 동사와 통사적 관계를 가져야 하는 '이름법토'가 있다. 정리하면 다음과 같다.

(66)ㄱ. 마침법토 + ___
　　ㄴ. 이음법토 + Vword(VP)
　　ㄷ. 매김법토 + N
　　ㄹ. 이름법토 + Ninfl

물론 이들 '마침법토', '이음법토', '매김법토', '이름법토'는 분포적으로만이 아니라 통사적, 의미적으로도 구분된다.

4.1. 마침법토

마침법토는 주로 말할이의 명제에 대한 태도 즉 서법과 관련되어 있고, 맺음토 가운데서 종류도 가장 많다.

(67)ㄱ. 영이가 학교에 갔다.

　　ㄴ. 영이가 학교에 갔니?

　　ㄷ. 학교에 가라.

　　ㄹ. 학교에 가자.

마침법토의 자질은 자질 구조에서 '서법'으로 표시되고 그것의 값으로 '서술, 물음, 시킴, 함께함' 등이 있다. '서법'의 값은 사실 논자에 따라 달라질 수 있는데, 이 글에서는 허웅(1983)의 논의에 따라 마침토 '-다, -니, -라, -자' 등을 '서술, 물음, 시킴, 함께함'으로 각각 설정하였다. 이러한 설명에 따라 '-나'와 '-라'를 보사.

(68) 다

$$\begin{bmatrix} \text{음운} & & & & \text{다} \\ \text{통사의미} & \begin{bmatrix} \text{통사} & \begin{bmatrix} \text{중심어} & \begin{bmatrix} \text{품사} & V \\ \text{서법} & \text{서술} \end{bmatrix} \end{bmatrix} \end{bmatrix} \end{bmatrix}^{30)}$$

(69) 라

$$\begin{bmatrix} \text{음운} & & & & \text{라} \\ \text{통사의미} & \begin{bmatrix} \text{통사} & \begin{bmatrix} \text{중심어} & \begin{bmatrix} \text{품사} & V \\ \text{서법} & \text{시킴} \end{bmatrix} \end{bmatrix} \end{bmatrix} \end{bmatrix}$$

그런데 (68), (69)와 같은 정보는 (70)과 같은 경우를 설명하는 데

---

30) (68)의 도식에서 [서법 서술]은 [맺음 [종결형 [서법 서술]]]을 간단히 나타낸 것이다. (69)의 경우도 마찬가지다. 자질 구조의 부분 기술에 대해서는 3장 2.1절 참조.

충분하지 않다.

(70)ㄱ. *가-었-어라

　　ㄴ. *가-겠-어라

(70)이 비문이 되는 것은 동사토 '-어라'가 시킴의 의미를 가지고 있는데, 그러한 시킴의 의미 자체가 전제하고 있는 것과 '과거'나 '추측'이 상충되기 때문이다.

'-라'는 말할이는 1인칭이고 들을이는 동사 줄기의 하위범주화에서 주어와 같은 지시대상을 가진다. 이것을 자질 구조로 나타내면 (71)과 같다.

(71)

$$
\begin{bmatrix}
\text{음운} & \text{라} \\
\text{통사의미} & \begin{bmatrix} \text{의미} & \begin{bmatrix} \text{말할이} & \text{1인칭} \\ \text{들을이} & \text{NPnom}[\text{높임} -] \end{bmatrix} \end{bmatrix}
\end{bmatrix}
$$

(72)

$$
\begin{bmatrix}
\text{음운} & \text{가} \\
\text{통사의미} \mid \text{통사} & \begin{bmatrix} \text{중심어} & [\text{품사} \quad V] \\ \text{하위범주화} & (\text{NPnom},..) \end{bmatrix}
\end{bmatrix}
$$

그리고 (71)은 '-시-'의 자질과 충돌되기 때문에 (73)이 비문이 된다.

(73) *가-시-어라

이와 같은 논의에 따르면 '-라'의 들을이 높임형인 '-어요'는 '-시-'와 결합할 수 있다. 그리고 (74)는 '-었-'이나 '-겠-'과 결합하지 않는 이유를 설명할 수 있다.

(74) 라

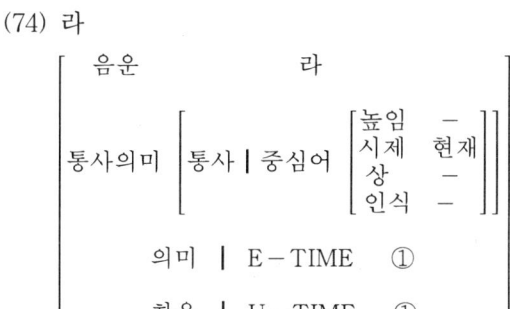

(74)에서 보면 '-라'와 '-었-', '-라'와 '-겠-'은 각각 시제, 상 자질이 충돌하기 때문에 통합할 수 없다. 거기다가 사건시(E-TIME)와 발화시 (U-TIME)가 ①로 동일하게 표시되어 '-었-'의 의미·화용 정보와도 충돌한다.

'마침법토'는 다른 동사토보다 화용 정보가 많은데,31) 이러한 마침법토 의 화용 정보를 자질 구조를 통해 명시적으로 밝힘으로써 [서법 서술]만 으로 구별되지 않는 '-어, -어요'의 차이를 구별할 수 있다.

---

31) 이희자·이종희(1999:p iv)에서도 종결어미의 쓰임은 듣는이 의존적으로 화계가 결정되고, 또한 말하는이의 태도 의존적으로 서법이나 양태와 관련한 형태가 결정 된다고 하면서, 종결어미의 텍스트 의존적 특성을 밝혔다.

(75) 어

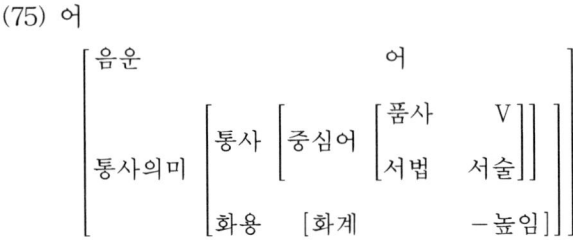

(76) 어요

따라서 마침법토 각각은 '서법'이라는 중요한 문법적 자질 뿐만 아니라, 시제, 의미, 화용 정보를 가지고 있으며, 우리말에서는 그런 자질들이 통사 구조에 영향을 주는 등 아주 중요한 역할을 하고 있기 때문에 의미·화용 자질이 고려되었을 때 각각의 특징이 좀더 분명해질 것이다.

4.2. 이음법토

이음법토는 전통 문법에서 '문장을 이어주는 토'라는 뜻인데, 그 범위가 모호한 경우가 있다. (77), (78)과 같은 경우는 이음법토의 의미가 분명히 드러나는데 (79), (80)은 이음법토에 포함시킬 수 있을 것인가가 쉽게 판단되지 않는다.

(77) 나는 밥을 먹고, 철수는 빵을 먹었다.

(78) 나는 밥을 먹어서 식당에 가지 않겠다.

(79) 나는 밥을 먹어 보았다.

(80) 나는 철수가 밥을 먹게 도왔다.

그래서 허웅(1983)에서는 이음토의 범위에 포함시키기 모호한 동사토는 어찌법토라는 범주에 넣었다. 그렇다 하더라도 역시 허웅(1983)의 이음법토와 어찌법토 사이에는 여전히 모호함을 가지고 있다.

문장이 동사를 중심으로 이루어지는 것이라 한다면 하나의 문장이 뒤따르는 것이나 동사가 뒤따르는 것은 통사적 구조로는 같은 것이다. 따라서 이 글에서는 허웅(1983)의 어찌법이나 이음법을 묶어서 문장이나 동사가 뒤에 나타나는 동사토를 '이음법토'라 한다.

그런데 이 글은 '중심어 구조'를 논의의 대상으로 하기 때문에 등위 구조와 관련된 이음법토는 이 글의 범위에서는 벗어난다. 그러나 동사토의 문법 정보가 동사에 반영되는 전반적인 모습과 동사토의 실현 양상을 살피기 위해서 '이음법토'의 '이어주는' 기능32)에 대해서는 다루지 않고 다른 범주와의 제약 관계만을 중심으로 살핀다. '이음법토'는 (81)과 같은 결합 제약이 있다.

(81)ㄱ. 밥을 먹어 {보았다/*않았다}.
     ㄴ. 밥을 먹지 {*보았다/않았다}.

---

32) 이음법토의 기능에 대해서는 허웅(1983), 서정수(1996), 강우원(1996) 참조.

(81)을 설명하기 위해서는 '먹어'나 '먹지'에서 다음에 오는 동사에 대한 정보를 미리 가지고 있다고 설명할 수도 있고, '보다, 않다'와 같은 동사의 하위범주화 정보에서 밝힐 수도 있다. 이것은 문법 기술에서 효율성의 문제와 관련 있다. '-지'의 자질에 후행하는 언어 단위가 '않다'이어야 한다는 것을 설명하기 위해서는 새로운 자질을 추가하고 새로운 도식이 필요하기 때문에 뒤에 결합하는 선행 성분의 '토'를 명시하는 (82)와 같은 방법으로 자질을 밝히는 것이 문법 기술이 더 간단해 질 수 있다.

(82)

$$
\left[
\begin{array}{l}
\quad\quad 음운 \quad\quad\quad 않 \\
통사의미 \mid 통사
\left[
\begin{array}{ll}
\quad 중심어 \quad [품사 \quad V] \\
하위범주화 \ <VP(토:5<지>)>
\end{array}
\right]
\end{array}
\right]
$$

한편, 이러한 이음법토 각각의 자질의 확인에 대해서는 노마 히데끼 (1996)의 연구가 시사하는 바가 있다.

(83)

		았/었	-ㄹ 것 같-	겠	-ㄹ 것이	더
양태절	하면서	−	−	−	−	−
양태절	하다가	+	+?	−	−	−
양태절	해서	−	−	−	−	−
조건절	하면	+	+	-?	-?	−
이유절	해서	−	+	-?	-?	−
이유절	하니까	+	+	+	+	−
양보절	하어도	+	+	−	+?	−
반의절	하지만	+	+	+	+	−
반의절	하는데	+	+	+	+	+

이음법토는 그것의 의미 기능에 대한 고찰과 아울러 (84)와 같은 다른 언어 단위와의 제약 관계를 보여야 한다. 예를 들어, '-니까'의 경우를 보자.

(84) 니까

$$
\begin{bmatrix}
\text{음운} & \text{니까} \\[2mm]
\text{통사의미} \begin{bmatrix}
\text{통사} \begin{bmatrix}\text{중심어} & \begin{bmatrix}\text{품사} & V \\ \text{인식} & - \end{bmatrix}\end{bmatrix} \\[3mm]
\text{의미} & \begin{bmatrix}\text{지표} & \text{이유}\end{bmatrix}
\end{bmatrix}
\end{bmatrix}
$$

'-니까'의 자질 구조가 (84)와 같으므로 [인식] 자질의 값이 충돌하는 안맺음토 '-더-'와 통합할 수 없다.

4.3. 이름법토와 매김법토

4.3.1. 분석의 문제

이름법토와 매김법토는 그것이 결합하는 동사의 기능을 명사나 관형사처럼 쓰게 하는 토인데, 통사적 기능이 있다는 측면에서 파생가지와 다르다. 시정곤(1994: 31)에서는 어휘부에서 어근과 함께 단어 형성에 참여하는 접사를 '어휘적 접사'라고 하고, 통사부에서 구와 결합하여 새로운 구를 형성하는 접사를 '통사적 접사'라고 하여 구분하였다.

(85)ㄱ. 빨리 걸-음이(걷-기가) 쉽지 않다.

　ㄴ. **빠르-ㄴ** 걸음을 재촉했다.

　(85ㄱ)의 '-음'이나 (85ㄴ)의 '-ㄴ'은 결합하는 줄기의 품사를 바꾸지 않으면서 구와 결합하여 새로운 구를 형성한다는 면에서 시정곤(1994)의 '통사적 접사'에 해당한다. '통사적 접사' 설정에 대해서는 1장과 2장에서 비판적으로 검토된 바와 같이, 이 연구에서는 이 개념을 받아들이지 않고 '토' 개념을 유지하면서 이들의 형태적, 통사적 기능을 설명하려고 한다.

　(87)의 '-는'은 그것이 결합하는 동사를 관형사처럼 기능하게 하는 '매김법토'이다. 그리고 (88)의 '-기'는 그것이 결합하는 동사의 기능을 명사처럼 기능하게 하는 '이름법토'이다.

　(86) 영이가 책을 좋아한다.

　(87) 철수는 책을 좋아하는 영이를 사랑한다.

　(88) 영이가 책을 좋아하기는 얼마 되지 않았다.

　매김법토나 이름법토는 그것이 결합하는 동사를 명사처럼 기능하게 한다는 점에서는 파생가지와 비슷하지만, 통사적 기능이 있다는 측면에서는 파생가지와 다르다. '-는', '-은', '-음', '-기'는 줄기에 형태적으로 결합하여, 줄기의 품사를 바꾸지 않으면서 줄기의 통사적 기능에 작용하는데, 이러한 매김법토와 이름법토의 특성 때문에 관점에 따라서 그 분석 방법이 달라진다.[33] 이름법토나 매김법토는 동사구(혹은 문장)와 결합하

---

33) 아래 나무 가지 그림은 범주나 최대 투사와 같은 것은 표시하지 않았다. 그러한 표시를 위해서는 이론적으로 더 깊은 설명과 논의가 있어야 하는데, 여기서는

고 있기 때문에 관점에 따라서 그 분석 방법이 달라진다는 것이다. 예를 들어 (89)의 '밥을 먹기'(혹은 '밥을 먹는')[34]를 분석하는 여러 방법을 보자.

(89) 영이가 <u>밥을 먹기</u>가 싫었다.

(90)
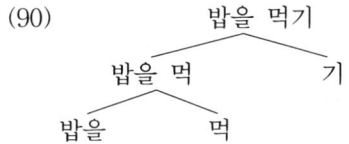

(91)
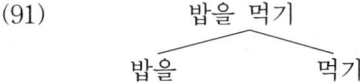

(92)
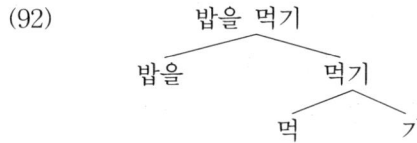

(89)의 '밥을 먹기'는 '-기'의 문법적 지위를 어떻게 보느냐에 따라 분석 방법을 (90), (91), (92)의 세 가지 정도로 나눌 수 있다.

(90)은 '-기'의 통사적 기능을 강조하여 '-기'에 통사적 범주를 부여하여, '먹-'과 '-기'를 통사적 구조로 분석한 것이다. (91), (92)는 '먹-'과 '-기'를 형태적 구조로 분석하였다. 그런데 (91)은 '먹기'를 동사 '먹다'의

간단하게 이름법토의 문법적 지위만을 보이기 위한 것이기 때문이다.
34) 이름법토나 매김법토의 분석하는 양상이 비슷하므로 여기서는 이름법토의 경우를 예를 들어 보인다.

한 하위 유형으로 분석한 것이고, (92)는 '먹-'과 '-기'를 더 분석한 것이다.

(90)의 분석은 '-기'의 통사적 기능이 강조된다는 점에서는 긍정적인 면도 있지만 몇 가지 문제점도 있다. 정찬(Chung Chan) 외(2001)에서는 이름법토가 통사론에서 구에 덧붙는다는 접근 방법은 이름법토의 구 분포나 생산성 등 통사론적으로 동기화한 것이긴 하지만, 그러한 통사적·의미적 특성을 근거로 '-음'이나 '-기'와 같은 것을 후 통사적 요소이거나 접어라고 말하기는 곤란하다고 하였다. 그리고 어휘적 완전성 테스트를 통해 이들을 통사론에서 분리할 수 없음을 설명하고, (91)과 같이 분석하였다.

한편, (91)의 분석은 '동사 줄기+-음/-기'를 동명사(gerund)라는 동사의 새로운 하위 유형을 설정하는 것이다. 그러한 유형의 설정을 통해 '먹기'의 '동사'적인 특성과 '명사'적인 특성을 설명하였다. 그런데 (91)과 같은 분석은 이름법토와 결합된 형태만이 아닌, 동사나 동사토 전체를 대상으로 분류된 모습을 생각해 보면, 아주 복잡하고도 방대한 분류의 모습이 예상된다(사동, 피동과 같은 파생까지 고려한다면 더 복잡할 것이다). 즉, 동사 줄기가 동사토와 결합한 유형 모두를 동사의 하위 유형으로 설명한다면, 이론적으로는 가능하다 하더라도 하위 유형이 너무 많이 설정되어야 한다는 문제도 있다. 그래서 줄기와 토의 결합형을 하위 유형으로 설정하는 것보다는 '줄기'와 '토' 각각을 언어 기호의 하위 유형으로 설정하여 줄기와 토가 결합되는 방식으로 처리한다면 문법이 좀 더 간단해지고 우리말의 특성도 잘 반영할 수 있을 것이다. (91)과 같은 분석은 동사 굴절형의 하나를 더 추가하는 정도가 아니라 '새로운 범주 설정'이라는 문법 체계의 부담을 감수해야 한다. 이 글에서는 정찬(Chung Chan) 외(2001)의 (90)과 같은 분석의 문제점에 대한 논의는 받아들이되, (91)

의 분석의 문제점을 인식하여 (92)와 같이 분석하려고 한다.

(92)와 같이 '먹기'를 형태적 구조로 분석하면서 '-기'의 통사적 기능을 문장에 반영하기 위해서는, '먹-'과 '-기' 각각을 언어 기호의 하위 유형으로 설정하고, '-기'의 기능이 '먹-'에 통합될 수 있는 '동사의 어휘 규칙'과 '형태론적 통합 도식'이 필요하다.

4.3.2. 매김법토

매김법토[35]는 (93), (94)에서 '-는, -은, -을, -던'과 같은 토들이 해당된다.

(93)ㄱ. 밥을 먹은 영이는 식당에 가지 않았다.
　　ㄴ. 밥을 먹는 영이는 식당에 있다.
　　ㄷ. 밥을 먹을 영이는 식당에 갈 것이다.

(94)ㄱ. 마음이 예쁘던 영이가 생각이 났다.
　　ㄴ. 마음이 예쁘ㄴ 영이는 그 사람을 도와 줬다.

매김법토와 관련한 앞선 논의는 그것의 매김 기능과 시제, 그리고 변형 문법의 도입 이후는 '관계 구성(관형 구성)'의 연구 등에서 주로 논의되었다.[36]

---

35) '매김법토'는 기존에 '관형사형 어미', '관계사'라고 하던 것을 이 글의 논의에 따라 사용하는 용어이다. 사실 '매김법토'라는 용어는 전통문법에서 매김법토나 시제, 의미에 집중된 연구를 따른다는 인상을 줄 수도 있지만, 그것의 기능이 관형사(매김씨)의 기능을 하는 토이기 때문에 '매김법토'라는 용어를 쓴다.
36) 신효필(1994: 1)에서 관계 구성은 통사론이나 의미론 어느 한쪽의 접근 방법에 의해서만 논의되어 왔지만, 두 부문이 함께 작용하는 복합적인 면을 보이고, 더

매김법토가 실현된 동사는 그것이 동사의 특성과 관형사(매김씨)의 특성을 동시에 가진다. 그러나 관형사와 똑같은 것은 아니다. (95), (96)을 보면, '것', '사실'과 같은 명사와의 관계에서 동사의 매김법과 관형사는 다른 모습을 보인다.

(95)ㄱ. 마음이 <u>아름다운</u> 여자를 좋아한다.
　　ㄴ. <u>아름다운</u> 것을 좋아한다.
　　ㄷ. <u>여자를 좋아한다는</u> 사실을 몰랐다.

(96)ㄱ. <u>그</u> 여자를 좋아한다.
　　ㄴ. {*맨/새/옛/*온/그/어느/어떤...} 것을 좋아한다.
　　ㄷ. {*맨/새/옛/*온/그/*어느/어떤...} 사실을 몰랐다.

한편 매김법토의 통사적 기능은 명사를 수식하는 것인데 그것을 설명하기 위해 3장의 2.4절에서 살핀 도식 5를 보자. 도식 5는 하나의 부가어와 그것이 선택하는 하나의 중심어의 결합을 보증하는 것이다.

(97) 도식 5
　　head-adjunct-structure (head-adj-struc)의 DTRS 값을 가진 구인데, 부가어 딸의 수식(MOD) 값이 중심어 딸의 SYNSEM 값과 표상적으로 동일하다.

나아가 화용적인 상황까지 요구되는 측면을 보이므로 HPSG의 설명 방법이 이런 관계를 잘 파악할 수 있다고 하였다. 관계 구성의 전반적인 것을 다루는 것은 이 글의 범위가 아니다. 그래서 여기서는 우리말에서 관계 구성을 형성하는 매김법토에 대해서만 설명할 것이다. 이 글의 논의를 바탕으로 하는 관계 구성에 대한 설명은 다음 기회로 미룬다.

부가어가 그 중심어를 선택하게 하기 위하여, 중심어 자질에 '수식'
(MODIFIERD)을 도입한다. 즉 중심어가 부가어를 찾는 방식이 아니라
부가어가 중심어를 찾는 방식이다.

한편 알려진 바와 같이 우리말 매김법토는 시제와 상의 의미도 있다.
매김법토 모두가 그러한 기능을 다 가지고 있는 것이 아니라 각 매김법토
에 따라 시제의 의미 혹은 상의 의미를 가지고 있는 것이다. 그에 따라
안맺음토와의 결합이 제약적이다. 그 시제나 상은 중심어 자질에서 표시
된다. 이러한 논의에 따라 매김법토의 자질 구조를 보이면 다음과 같다.

(98) 매김법토 '-는'

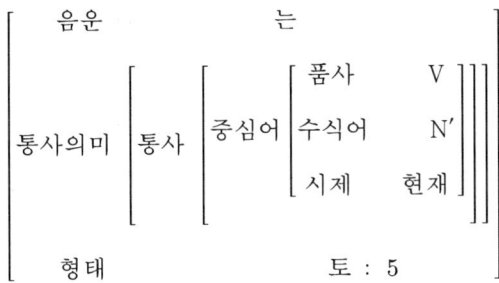

(99) 매김법토 '-은'

(100) 매김법토 '-을'

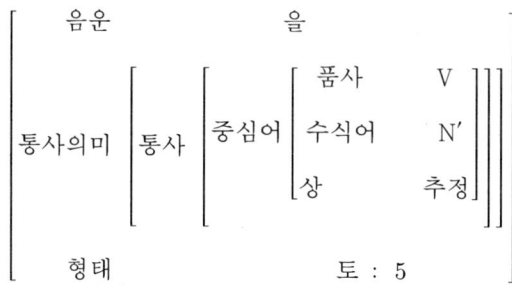

$$\left[\begin{array}{cc} 음운 & 을 \\ 통사의미 & 통사 \left[중심어 \left[\begin{array}{cc} 품사 & V \\ 수식어 & N' \\ 상 & 추정 \end{array} \right] \right] \\ 형태 & 토 : 5 \end{array}\right]$$

(101) 매김법토 '-은'

$$\left[\begin{array}{cc} 음운 & 은 \\ 통사의미 & 통사 \left[중심어 \left[\begin{array}{cc} 품사 & V \\ 수식어 & N' \\ 상 & 확정 \end{array} \right] \right] \\ 형태 & 토 : 5 \end{array}\right]$$

한편 매김법토는 (102)의 명사화 보문과 (103)의 관계 관형 구문과 관련되어 있다.

(102) 영이가 학교에 <u>간</u> 사실을 몰랐다.

(103) 영이가 <u>준</u> 책을 보았다.

(102)의 '-ㄴ'은 '사실, 것'과 같은 명사의 하위범주화 자질에서 설명할 수 있다. 그러나 (103)의 '-ㄴ'은 (102)의 매김법토와는 다른 자질 구조를

가진다. 그래서 논의의 편의상 (103)과 같은 '-는'을 '-는2'라고 하자.

P&S-94의 4장에서 (104)와 같은 자질과 값을 통해 담화에서의 생략과 관형 구문을 설명할 수 있음을 제안한 바 있다.[37)]

(104)

$$\left[비국지적 \begin{bmatrix} 승계 & [\ / \ ] \\ 결속 & [\ / \ ] \end{bmatrix} \right]$$

(104)에서 비국지적 자질은 승계와 관련된 자질과 결속과 관련된 자질을 그 값으로 한다. 여기서 살필 (103)의 '-는2'와 관련된 자질은 승계 자질이다. 그리고 관형 구문의 설명을 위해 필요한 원리는 (105)와 (106)과 같은 원리들이 있다.

(105) 비국지적 자질 원리(Nonlocal Feature Principal)
비국지적 자질에서 어머니로 상속된(inherited) 값은 딸들의 승계된 값들에 중심어 딸의 결속(TO-BIND) 자질의 값을 뺀 것이다.

(105)의 원리는 무경계 의존 구문에서 딸들의 비국지적 자질들이 어머니로 상속되는 것을 보장하는 원리이다. 딸들의 비국지적 자질은 어머니로 상속되어 올라가지만 상한점인 결속 자질이 있는 교점에서 상속이 끝나 빈자리(SLASH)가 해결된다. SLASH의 상속을 위해서는 빈자리 상속 원리(P&S-94: 186)가 이를 보장한다.

---

37) 이 글이 관계 관형 구문에 대해서 살피는 것이 목적이 아니기 때문에 깊게 살피지는 못하고 이 글에서 제안하는 문법을 통해 설명할 수 있는 가능성만 제시하는 정도만 여기서 보인다.

(106) 빈자리 상속 원리

상속된 빈자리 자질의 값인 집합의 성분은 모두

(a) 중심어딸이 엄밀 하위범주화하는 딸이거나,

(b) 중심어 딸에 의해 상속된다.

P&S-94의 9장은 HPSG가 앞으로 수정될 방향을 소개하고 있는데 거기서는 혼적을 인정하지 않고 SLASH 자질의 값으로 빈자리 성분을 표시한다. 이 장치는 어휘 규칙으로서 SLASH의 성분으로 빼내는 방식이며 이를 (107)과 같은 규칙으로 설명한다.

(107)

$$\begin{bmatrix} \text{SUBCAT} < ... [\text{LOC} \quad ①] ...> \\ \text{INHER} \quad | / \{ \quad \} \end{bmatrix} \rightarrow \begin{bmatrix} \text{SUBCAT} < ... \quad ...> \\ \text{INHER} \quad | / \{①\} \end{bmatrix}$$

이 규칙은 관형문의 빈자리 뿐만 아니라 담화에서 흔하게 일어나는 생략 현상에도 기술할 수 있다. 이러한 정보는 동사 줄기가 아닌 매김법토 '-는2'가 가지고 있으며 이것을 자질 구조로 보이면 (108)과 같다.

(108) 는2

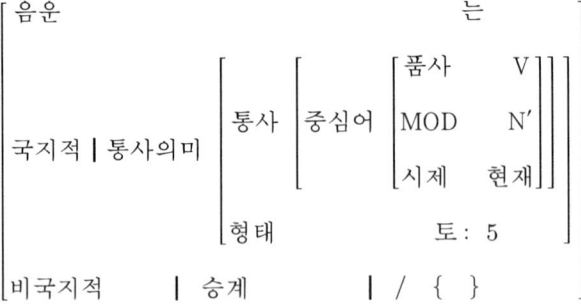

4.3.3. 이름법토

① 이름법토의 특성

우리말 동사는 '-음', '-기'와 같은 이름법토와 결합하여 동사의 서술성은 유지한 채, 형태·통사적으로는 명사와 유사하게 작용한다. 그리고 '-음', '-기'는 형태적으로는 동사 줄기와 결합하면서 통사적으로는 동사구(문장)와 결합하는데, 이것은 우리말 '동사토'의 일반적인 특성이기도 하다.

(109)ㄱ. 밥 먹-기-도 어려울 지경이었다.
　　　ㄴ. [[밥 먹]-기]-도 어려울 지경이었다.

(109)에서 '-기'는 (109ㄱ)의 분석처럼 형태적으로는 동사 줄기 '먹-'과 결합하고, 통사적으로는 (109ㄴ)의 분석처럼 동사구 '밥 먹-'과 결합한다.

한편, '-음'과 '-기'는 동사를 명사처럼 기능하게 한다는 점에서는 같으나, 결합 가능한 상위문 술어나 수식어 등에서는 다른 점도 있다.

(110)ㄱ. 학교에 가-음-이 두렵다.
　　　ㄴ. 학교에 가-기-가 두렵다.

(111)ㄱ. 그 사람은 {속의 깊음이/ *속의 깊기가} 바다와 같다.
　　　ㄴ. 좋은 정보가 {*유입됨을/ 유입되기를} 바랐다.

(110)의 '-음'과 '-기'는 동사 줄기와 결합하여 명사와 유사하게 기능한다는 점에서는 비슷하지만, (111)과 같이 수식어나 상위문 술어와의 제약 등에서는 차이를 보인다.[38]

이름법토에 대한 앞선 연구는 주로 이름법토의 문법에서의 지위에 대한 것이거나 의미·기능에 대한 것이다. 문법에서의 지위에 대한 것은 이론적 흐름에 따라 이들 토들은 동사의 어근과 관련된 요소가 아니라, 절 전체의 성격을 결정하는 통사적 요소라고 하는 주장이 받아들여지면서 통사적 구조로 분석하는 경우(대부분의 변형 문법의 접근)와, 형태적 구조로 분석하면서 '동명사'라고 하는 새로운 품사를 상정하는 경우(대부분의 HPSG의 접근)가 있다.

이 글에서는 이름법토에 대해 통사적 변형의 결과로 인식하는 기존의 논의들은 비판적으로 검토하고, 이들이 가진 동사토로서의 형태적 특성을 그대로 반영하여 형태적 구조로 분석한다. 그러나 '동명사'라는 혼합 범주와 같은 새로운 범주 설정에 대해서는 받아들이지 않는다. 그것은 이름법토가 형태·통사적으로 불일치를 보이는 특성이 다른 동사토와 크게 다르지 않다는 점과 만약 이름법토와의 결합형을 새로운 범주로 설정한다면 다양한 우리말 동사토의 결합형 모두를 각각 새로운 범주 혹은 유형으로 설정해야 하는데, 그러한 것은 이론적으로는 가능하다고 하더라도, 문법이 감당해야 할 부담이 너무 크다는 점을 고려하기 때문이다.

한편, 이름법토의 의미·기능에 대한 연구로는 우형식(1987), 김기복(1996), 서은아(1998), 김일환·박종원(1003) 등이 있는데, 이들 논의에

---

38) 허웅(1983: 235)에서 '-음' 형이 지금 입말로 생산적이지 않다고 하였는데 이것도 '-기'와 다른 점의 하나이다.

서는 이름법토가 고유한 의미 특성을 가지고 있다고 보았다. 그래서 상위문 서술어와의 제약이나 수식어와의 제약의 차이를 '-음'과 '-기'의 다름에 의한 것으로 보고, '-음'과 '-기'의 차이를 밝히는 것에 초점을 두었다.

이름법토도 다른 동사토와 마찬가지로 동사 줄기, 그리고 다른 동사토와 형태적 구조를 이루는데, 이때 엄격한 순서가 있어 순서를 지키지 않으면 다음과 같이 비문이 된다.

(112)ㄱ. 먹었기 / *먹기었
　　　ㄴ. 먹었음 / *먹음었

그리고 이름법토는 동사에 선행하는 다른 요소들과 통사적으로 관련되어 있고, 후행하는 요소 특히 상위문 술어와도 어떤 제약 관계를 형성한다.

이름법토의 위와 같은 특성 때문에 문법에 따라서 통사적으로 분석한 경우도 있고, 형태적으로 분석한 경우도 있었다. 즉, 동사토와 동사 줄기의 결합에 대해서, (i) 중심어 이동과 같은 통사적 기제로 설명한 논의도 있고, (ii) 형판으로 설명한 논의도 있고, (iii) 동사의 굴절로 설명한 논의도 있다. (i)의 논의는 동사토를 통사론의 단위로 설정하여 설명한 것이며, (ii)와 (iii)의 논의는 동사토를 형태론 안에서 설명한 것이다.

2 동사, 동사 줄기, 동사토와의 제약

이름법토와 상위문의 동사, 내포문의 동사(동사 줄기), 다른 동사토와의 제약 관계에 대해서는 앞선 연구에서 많은 논의가 있었다.[39] '-음',

---

39) 우형식(1987), 김기복(1996), 서은아(1998), 김일환·박종원(2003) 등에서 '-음'

'-기'는 임자말로 기능할 때와 부림말로 기능할 때 제약이 조금 다른데, 그 양상을 간단히 보이면 다음과 같다.

(113) 주어로 기능할 때

	-음	-기
상위문 동사	상태동사: 분명하다, 마땅하다, 옳다, 슬프다, 신기하다 동작동사: 알려지다, 드러나다	상태동사: 좋다, 쉽다, 싫다, 슬프다, 피곤하다, 즐겁다 *동작동사
동사 줄기	제약 없음	제약 없음
동사토	*겠, *더	*았, *겠, *더

(114) 목적어로 기능할 때

	-음	-기
상위문 동사	믿다, 느끼다, 주장하다, 속이다, 가리키다, 알다, 잊다, 얕보다, 시기하다 등	좋아하다, 즐기다, 기대하다, 빌다, 기다리다, 막다, 쉬다, 끝내다, 시작하다, 면하다 등
동사 줄기	제약 없음	상위문 동사가 '소망'의 의미가 있을 때: 제약 없음 그 외: 보통 동작동사 요구
동사토	*겠, *더	*았, *겠, *더

　　이름법토가 결합한 동사가 주어로 기능할 때 '-기'는 상위문 동사에 동작 동사가 올 수 없고, '-음' 또한 상태 동사에 비해 동작 동사가 제약적이라는 점이 특징적이다. 그리고 목적어에 쓰인 '동사 줄기+이름법토'가 주어로 쓰이면 비문이 된다.

　　과만 공기하는 동사, '-기'와만 공기하는 동사, 둘 다 공기 가능한 동사, 또 둘 다 공기에 제약이 있는 동사로 구분하여 각각의 제약 관계를 살폈다.

(115)ㄱ. 철수는 학교에 오기를 바란다.
　　　ㄴ. *학교에 오기가 (철수는) 바란다.

　이름법토는 맺음토의 하나로 형판에서 [토: 5]라는 형태론적 정보를
가진다. 그래서 같은 형태론적 정보를 가진 다른 맺음토와는 결합할 수
없다. 그러나 형판에서의 위치만 고려한다면 '-시-', '-었-', '-겠-', '-더-'
와 같은 동사토와의 결합이 가능해야 한다. 그런데 실제 자료40)에서는
'-겠-'41), '-더-', '-느-'에서는 제약을 보이는 경우도 있다.

　(116)ㄱ. {가시기, 가셨기}가 힘들다.
　　　　ㄴ. {*가겠기, *가더기, *간기}가 힘들다.

　(116)과 같이 이름법토는 '-시-', '-었-'과는 비교적 덜 제약적이지만,
'-겠-', '-더-', '-느-'와의 결합에서는 제약적이다. 이것은 단순히 이름법
토와만 관련되어 있는 것은 아니다. 상위문 동사의 의미와도 관련되어
있는 것이기 때문에 각각의 제약에 대한 것은 상위문 동사의 개별 기능의
연구에서 깊이 다루기로 하고, 여기서는 전혀 결합한 예가 보이지 않는
'-더-'나 '-느-'와의 제약을 주로 논의한다. 3.5절에서 논의한 '-더-'와
'-느-'의 자질 구조를 다시 가져온다.

---

40) 이 연구에서는 KAIST 자연언어처리연구실의 '한국어 형태소 분석기'(http://gensum.
　　kaist.ac.kr/~kcp/)를 이용하여 실제 자료를 검색하였다.
41) '-겠-'은 '-에' 혹은 '때문이다(에)'와만 호응한 예가 보이고 다른 경우의 예는
　　없어 아주 제약적이다.

(117) 더

$$
\begin{bmatrix}
\text{음운} & \text{더} \\
\text{통사의미} & \begin{bmatrix}
\text{통사} & \begin{bmatrix} \text{중심어} & \begin{bmatrix} \text{품사} & V \\ \text{인식} & + \end{bmatrix} \end{bmatrix} \\
\text{의미} \mid & E-TIME \ ① \\
\text{화용} & \begin{bmatrix} C-TIME \ ② \\ U-TIME \ ② \end{bmatrix}
\end{bmatrix}
\end{bmatrix}
$$

(118) 느

$$
\begin{bmatrix}
\text{음운} & \text{느} \\
\text{통사의미} & \begin{bmatrix}
\text{통사} & \begin{bmatrix} \text{중심어} & \begin{bmatrix} \text{품사} & V \\ \text{인식} & + \end{bmatrix} \end{bmatrix} \\
\text{의미} \mid & E-TIME \qquad ① \\
\text{화용} & \begin{bmatrix} C-TIME \qquad ① \\ U-TIME \qquad ① \end{bmatrix}
\end{bmatrix}
\end{bmatrix}
$$

(117), (118)에서 보면 '-더-', '-느-'는 사건시(E-TIME)와 발화시 (U-TIME), 그리고 인식시(C-TIME)와 발화시(U-TIME)가 전제되어 있다. 그러나 이름법토는 이 중에서 특히 '발화시'와는 크게 상관없다. 그것은 이름법토와 마침법토를 구분하는 중요한 기준일 수도 있다. 따라서 '발화시' 자체를 논의할 수 없는 이름법토와 '발화시'가 중요한 기준이 되는 안맺음토 '-더-'와 '-느-'는 결합에 있어서 제약을 보일 수밖에 없다.

한편, 이름법토와 형태론적으로 결합한 동사 줄기의 제약에 대한 논의들 중에는 서로 상충된 의견을 보이기도 한다. 정찬(Chung Chan) 외 (2001)에서는 '-기'와 '-음'이 각각 형용사와 동사와 제약을 가진다고 하였고, 김일환·박종원(2003)의 논의에서는 이런 제약 관계를 설정하기 곤란하다고 하여 서로 다른 입장이었다. 이렇게 논의가 상충되는 것은 이름법토 특히 '-기'의 경우, 결합하는 동사 줄기가 동작 동사일 때에 비해 상태 동사일 때가 아주 제약적이기 때문이다.[42]

이것은 '-음', '-기'의 속성이 결합하는 동사 줄기의 의미 속성과 제약 관계가 직접적인 것은 아니라 하더라도, '-기'가 상태 동사와의 제약이 '-음'보다 심한 것은 '-기'의 의미 속성에 '상태성'과 상충되는 속성이 있기 때문이다.

③ 명사토와의 제약

이름법토는 명사토와는 제약이 없다. 이것은 이름법토가 형태·통사적으로 명사와 비슷하게 기능하기 때문에 당연한 것이다. 그런데 정찬 외(2001)에서는 '-기'와 '-음'의 차이를 확인하여, '-기'는 그 자체를 'noun'으로, '-음'은 'verb'로 분석했다. 그것의 근거로 (119)와 같은 도움토와의 결합에서 다름을 제시하였다.

(119) 우리-는 존-이 노래하-기(/ *음)-만-을 기대했다.

(120) ㄱ. [존-이 집을 떠나-쓰-음-이/ *기-가] 명백하다.
    ㄴ. 나-는 [존-이 돌아오-기/ *음]-를 기대한다.

---

42) 김일환·박종원(2003 : 161~162)에 의하면 '-기'와 결합한 동사 줄기에서 동작 동사는 87.03%이고, 상태 동사는 7.94%를 차지한다고 한다.

(120)′ [존-이 집을 떠나ㅡ쓰-음]-만-은 명백하다.

그런데 (119)에서 '-음'이 비문이 되는 것은 도움토 '-만'의 문제라기보다는 (120)′처럼 상위문 동사의 관계에 의한 것이다. (120)′는 이름법토 '-음'과 '-만'이 결합할 수 있음을 보여 준다. 따라서 (119), (120)에서 이름법토와 명사토가 제약이 있다고 보기는 곤란하다. 이름법토가 명사토와 제약을 보이는 것으로 보이는 것은 명사토와 상위문 동사와의 관계에 의한 것이다.

④ 수식어와의 제약

이름법토와 결합한 동사는 명사처럼 기능하여 격을 받을 수는 있지만, 수식어와의 관계에서는 명사의 그것과는 차이를 보인다. 그러한 차이는 이름법토의 기능상 당연한 결과이다. 그런데 같은 이름법토이면서도 '-음'과 '-기'는 수식어에 있어서 차이를 보여 주목된다.

(121)ㄱ. 영이의 순수함에 미안했다.
    ㄴ. *영이의 순수하기에 미안했다.

(122)ㄱ. *?잘 유입함을 바랐다.
    ㄴ. 잘 유입하기를 바랐다.

(121), (122)에서 보면 '-음'은 부사 수식이 어색하거나 비문이 되고, '-기'는 관형어 수식이 비문이 된다. 여기서 '-음'이 '-기'에 비해 더 '명사성'을 가짐을 확인할 수 있다.[43]

5 '-음', '-기'의 자질과 동사

앞 장에서 '-음', '-기'를 중심으로 다른 성분과의 제약 관계와 문법적 특징을 주로 살폈다. 이 장에서는 이름법토와 결합한 동사의 통사적 기능이 어떤 방식으로 문장에 반영하는지에 대해 살핀다.

형판에서 '-음', '-기'의 위치는 '5'이므로, 자질 구조에서 '형태' 자질의 값으로 '토: 5'로 표시된다.

그리고 형판이 정한 위치와 동사의 어휘 규칙에 따라 동사토가 결합되는데 그때는 '정보의 통합'에 의해 결합 여부가 정해진다. 즉 통사적 형태 단위들의 상호 제약에 의해서 결합 여부가 결정되는데, 값이 상치되면 통합할 수 없다. 그리고 동사의 어휘 규칙에서 '토'와 '토' 그리고 '줄기'가 통합하는 것은 '어절의 통합 원리'에 의해서 가능하다.

이름법토와 결합한 동사의 통사적 기능 중에서 가장 특징적인 것은 명사와 비슷하게 격을 받을 수 있다는 점이다. 이것은 자질 구조에서 [자리 case]로 설정하여 설명할 수 있다. 그런데 이름법토는 동사 줄기와만 결합하기 때문에 속성 '품사'는 그 값이 'V'가 되어, 명사의 경우 속성 '품사'가 'N'인 것과는 구별된다. 그리고 이름법토의 형태론의 정보는 위에서 살핀 바와 같이 '토: 5'라는 값을 가진다. 이것을 정리하면 '-음'과 '-기'의 자질 구조는 다음과 같다.

(123)

$$\begin{bmatrix} 통사의미 & \begin{bmatrix} 통사 & \begin{bmatrix} 중심어 & \begin{bmatrix} 품사 & V \\ 자리 & case \end{bmatrix} \end{bmatrix} \end{bmatrix} \\ 형태 & 토 : 5 \end{bmatrix}$$

---

43) 김기복(1996)에서도 '-음'이 '-기'보다 더 명사성이 있음을 논의하였다.

그런데 (123)은 이름법토에 대한 자질 구조이긴 하지만, (123)에서는 '-음'과 '-기'의 차이가 드러나지 않는다. 앞에서 '-음'은 '명사성'을, '-기'는 '동사성'을 가짐을 살핀 바 있다. 명시적으로 보이기 위해 '명사성'은 'ENTITY'라는 자질로 설정하고, '동사성'은 'PRED'라는 자질로 설정한다면, '-음', '-기' 각각의 자질 구조는 다음과 같이 되어 두 이름법토는 구분된다.

(124) -음

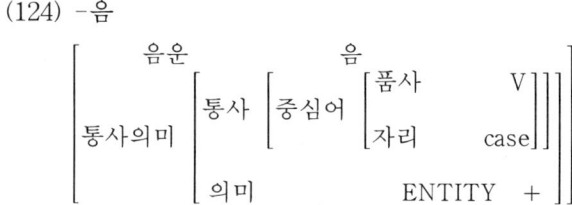

(125) -기

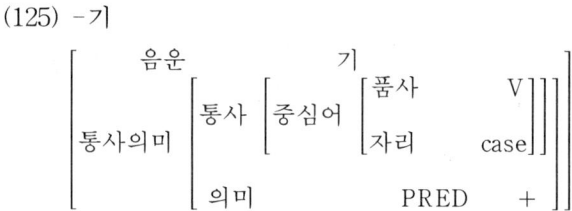

한편, 하나의 부가어와 그것이 선택하는 하나의 중심어는 앞 절에서 살핀 <중심어 부가어 도식>에 따라 결합한다.

명사토 '-의'가 결합된 언어 유형도 부가어가 되는데, 그것의 명사토 '-의'의 자질과 관련된 것이다. 따라서 명사토 '-의'의 중심어 자질에 MOD를 기술해야 한다.

(127) 명사토 '-의'

$$\left[\begin{array}{l} \quad\quad 음운 \quad\quad\quad\quad 의 \\ 통사의미 \left[통사 \left[중심어 \left[\begin{array}{ll}품사 & N \\ 수식 [ENEITY\ +]\end{array}\right]\right]\right]\end{array}\right]$$

(127)을 통해 명사토 '-의'가 이름법토 '-기'와 결합한 동사를 수식하는 것을 막을 수 있다. 물론 [ENTITY   +]값은 다른 명사의 속성에 포함되어 있어야 한다.

다음은 '-음', '-기'와 통사적 기능이 유사하여 같이 논의되고 있는 '-는 것'에 대해 살펴보자.

(128)ㄱ. 영이가 책을 좋아하는 것은 누구나 다 아는 사실이다.
   ㄴ. 영이가 책을 좋아하기는 얼마 되지 않았다.

(128)에서 이름법토 '-기'는 '-는 것'과 통사적 기능은 유사하다고 하더라도, 구조는 다르게 분석된다. 명사 '것'은 '줄기(stem)'이고, 중심어 자질의 값에 [수식 N]이 있는 구를 하위범주화하는데, (129)와 같은 자질 구조로 설명된다.

(129) 명사 '것'

$$\left[\begin{array}{l} \quad\quad 음운 \quad\quad\quad\quad 것 \\ 통사의미\ |\ 통사 \left[\begin{array}{ll}중심어 & [품사\quad N] \\ 하위범주화 & [수식\quad N]\end{array}\right]\end{array}\right]$$

그리고 '-는'은 매김법토이다. 따라서 이 글의 논의를 따르면, '-는 것'은 '매김법토 + 명사'의 구조로 분석된다.

⑥ 동사 줄기와 결합형

동사 줄기 '가-'의 자질 구조는 (130)과 같이 나타낼 수 있다.

(130) 가-

$$\begin{bmatrix} 음운 & 가 \\ 통사의미 \mid 통사 & \begin{bmatrix} 중심어 & [품사 \quad V] \\ 하위범주화 & (NP가①,NP에②) \end{bmatrix} \end{bmatrix}$$

(130)에서 '가-'는 언어 기호의 유형이 '줄기(stem)'이다. '줄기'가 '어절'이 되어 문장에서 기능할 때는 앞에서 살핀 동사의 어휘 규칙에 따른다. 그리고 앞의 (124), (125)의 '-음'과 '-기'는 동사의 어휘 규칙과 형태론의 통합 도식에 따라서, (130)과 통합되어 각각 (131), (132)가 된다.

(131) 감

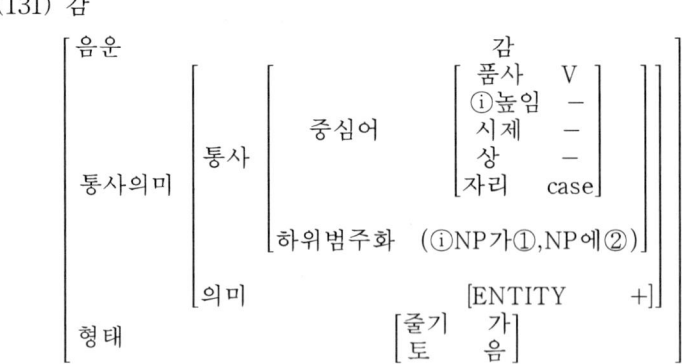

(132) 가기

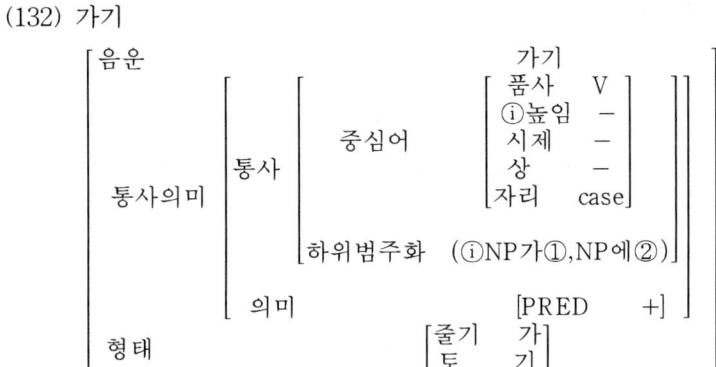

즉 이름법토 '-음'과 '-기'는 동사 줄기와 각각 형태적 구조로 결합되면서 동사의 어휘 규칙과 형태론적 통합 도식에 의해 '감'과 '가기'를 이루어 각각의 통사적 기능이 동사에 반영된다. 그리고 이들 동사들은 '중심어 자질 원리'와 '하위범주화 원리'에 의해 문장을 이룬다.[44]

---

44) 이름법토 다음에 명사토가 실현되는 (1)과 같은 구조에 대해서는 5장에서 다룰 것이다.
   (1)ㄱ. 산에 가기가 힘들다.
      ㄴ. 만나기부터 힘들다.
      ㄷ. 걷기도 힘들다.

5. 동사의 정보와 문장

지금까지 논의한 동사 줄기와 동사토의 결합과 동사토의 정보가 어떻게 문장에 반영되는지를 (133)의 예로 정리해 보자.

(133) 선생님께서 학교에 <u>가시었겠더라</u>.

(134) 학교에 <u>가신</u> 선생님께서 <u>오지 않으셨다</u>.

(135) 선생님께서 학교에 <u>가기가</u> 힘드셨겠더라.

먼저 '가-, -시-, -었-, -겠-, -더, -다' 각각의 자질 구조를 보이면 (136)~(141)과 같다.

(136) 가

$$
\textcircled{0}\begin{bmatrix} \text{음운} & \text{가} \\ \text{통사의미} \mid \text{통사} \begin{bmatrix} \text{중심어} & \textcircled{H} & [\text{품사} \quad \text{V}] \\ \text{하위범주화} & (\text{NP가}\textcircled{1},\text{NP에}\textcircled{2}) \end{bmatrix} \end{bmatrix}
$$

(137) 시

$$
\textcircled{1}\begin{bmatrix} \text{음운} & \text{시} \\ \text{통사의미} \mid \text{통사} \begin{bmatrix} \text{중심어} & \begin{bmatrix} \text{품사} & \text{V} \\ \textcircled{i}\text{높임} & + \end{bmatrix} \\ \text{하위범주화} & (\textcircled{i}\text{NPnom},...) \end{bmatrix} \\ \text{형태} & \text{토: 1} \end{bmatrix}
$$

(138) 었

$$
②
\begin{bmatrix}
\text{음운} & \text{었} \\
\text{통사의미} \mid \text{통사}
\begin{bmatrix}
\text{중심어}
\begin{bmatrix}
\text{품사} & V \\
\text{시제} & \text{과거}
\end{bmatrix}
\end{bmatrix} \\
\text{형태} & \text{토 : 2}
\end{bmatrix}
$$

(139) 겠

$$
③
\begin{bmatrix}
\text{음운} & \text{겠} \\
\text{통사의미} \mid \text{통사}
\begin{bmatrix}
\text{중심어}
\begin{bmatrix}
\text{품사} & V \\
\text{상} & \text{추정}
\end{bmatrix}
\end{bmatrix} \\
\text{형태} & \text{토 : 3}
\end{bmatrix}
$$

(140) 더

$$
④
\begin{bmatrix}
\text{음운} & \text{더} \\
\text{통사의미}
\begin{bmatrix}
\text{통사}
\begin{bmatrix}
\text{중심어}
\begin{bmatrix}
\text{품사} & V \\
\text{인식} & +
\end{bmatrix}
\end{bmatrix} \\
\text{의미} \mid E-TIME \; ① \\
\text{화용}
\begin{bmatrix}
C-TIME \; ② \\
U-TIME \; ②
\end{bmatrix}
\end{bmatrix} \\
\text{형태} & \text{토 : 4}
\end{bmatrix}
$$

(141) 다

$$
⑤
\begin{bmatrix}
\text{음운} & \text{다} \\
\text{통사의미}
\begin{bmatrix}
\text{통사}
\begin{bmatrix}
\text{중심어}
\begin{bmatrix}
\text{품사} & V \\
\text{서법} & \text{서술}
\end{bmatrix}
\end{bmatrix}
\end{bmatrix} \\
\text{형태} & \text{토 : 5}
\end{bmatrix}
$$

(136)~(141)은 (142)와 같이 형태적 구조로 이루어져 있고, 각 통사적 형태 단위들은 동사의 어휘 규칙과 도식에 의해 '가시었겠더라'를 이루고 각각의 통사 기능이 반영된다.

(142)　　　　　　　　가시었겠다

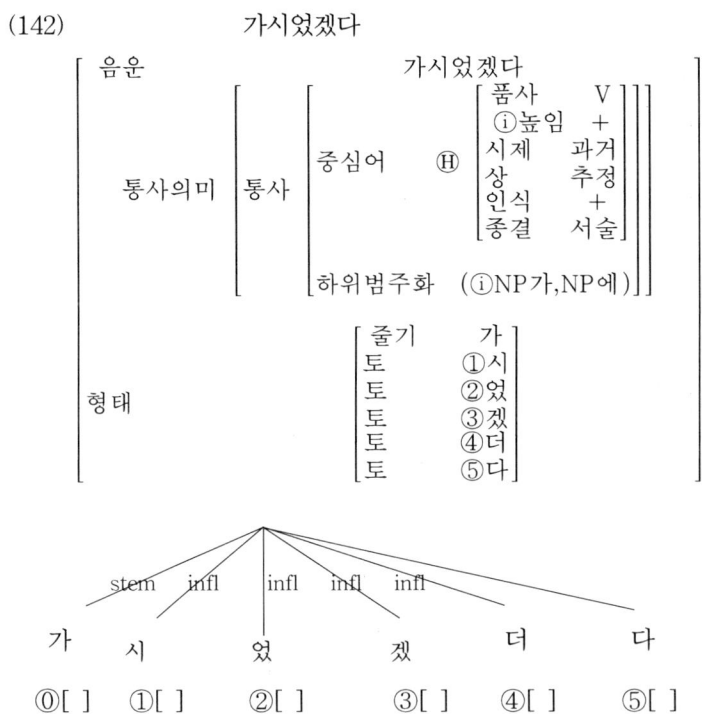

그리고 (143)에서 중심어는 '가시었겠다'인데, 중심어의 중심어 자질이 중심어 자질 원리에 의해 문장까지 투사되어 문장이 '선생님께서 학교에 가셨다'의 중심어 자질과 구조 공유하고 있는 것을 ⑤로 나타내었다. 그리고 중심어의 하위범주화 자질은 '선생님께서', '학교에'로 채워져 문

장에서는 하위범주화 값이 포화된 < >으로 나타난다. 이것은 하위범주
화 원리에 의한 것이다.

(143)　　　　선생님께서 학교에 가시었겠다.

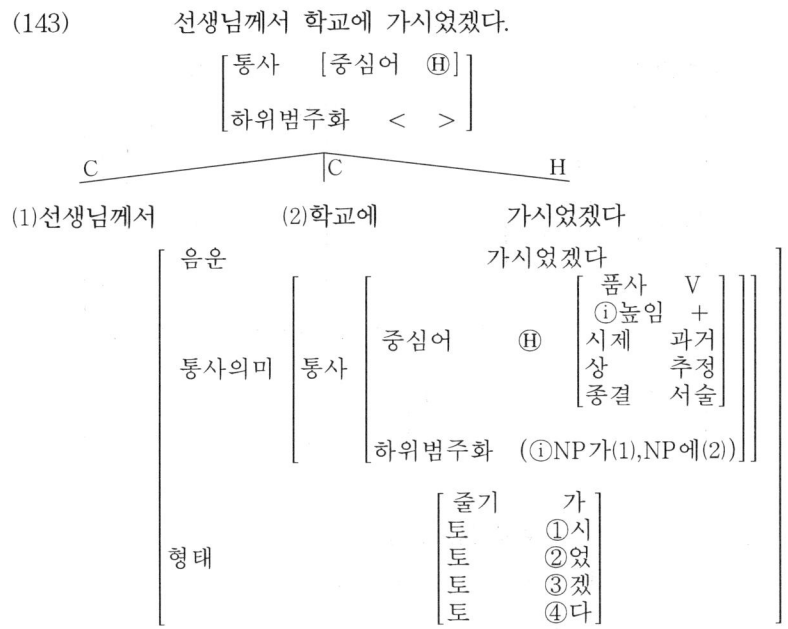

다음으로 앞의 (134)의 문장을 분석해 보자. 여기서는 (134)의 매김법
토 '-ㄴ'과 이음법토 '-지'를 중심으로 분석된 모습을 제시한다.

(144) 학교에 가신

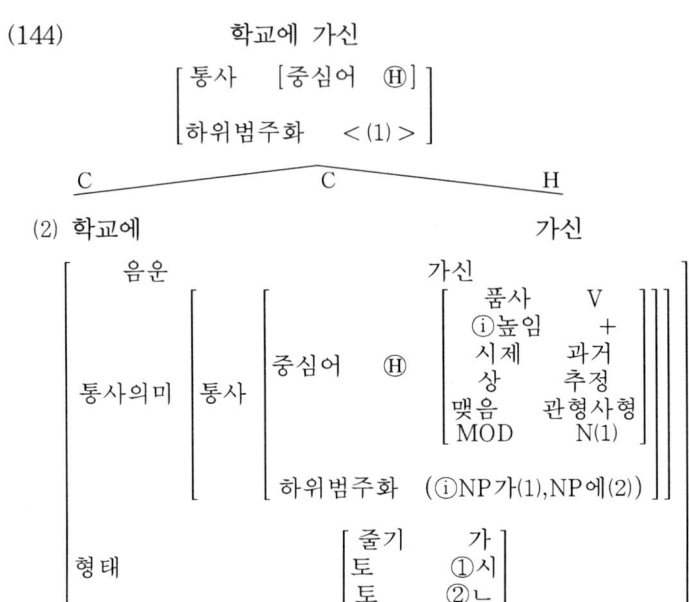

(145) 오지 않으셨다.

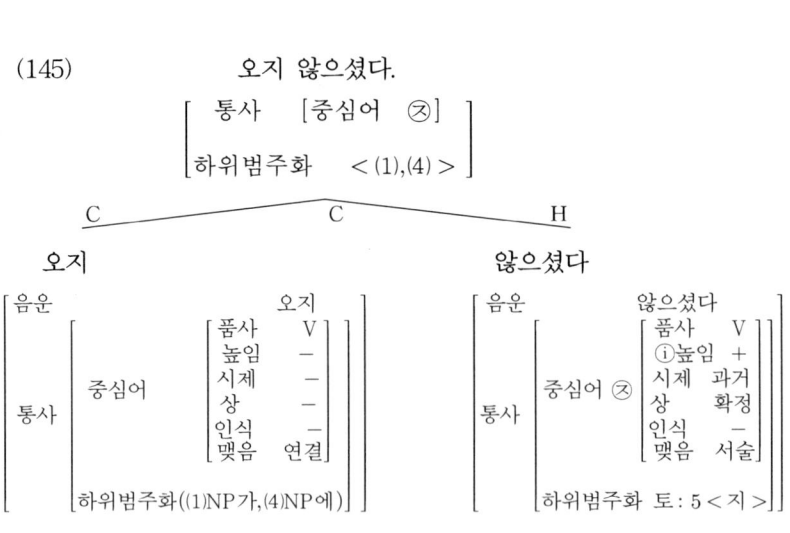

(144)와 (145)를 합치면 동사 '오-'의 하위범주화 하나가 빠진 (146)과 같이 분석된다.

(146) 학교에 가신 선생님께서 오지 않으셨다.

$$\begin{bmatrix} 통사 & [중심어 & ㉧] \\ 하위범주화 & <⑷> \end{bmatrix}$$

제 5 장
명사의 구조와 명사토의 기능

1. 명사와 명사토

1.1. 명사 구조

1.1.1. 명사의 구조는 명사 줄기와 명사토의 결합을 어떻게 분석하는가와 관련되어 있다. 즉 명사의 구조에 대한 논의는 '명사 줄기'와 '명사토'의 결합을 형태적 구조로 분석할 것인가 통사적 구조로 분석할 것인가의 문제, 그리고 분석된 구조에 따라 명사토가 중심어인지 아닌지의 문제, 그리고 그와 관련해서 명사토는 어떻게 분류될 것인가 등의 문제를 전제하고 있다. 그래서 명사의 구조는 문법 체계 안에서 '명사토'의 지위는 어떠한가라는 질문과도 관련된다.

'명사토'는 동사토와 함께 우리 문법에서 중요한 기능을 담당하고 있어 여러 가지 관점에서 많은 논의가 있었다. 명사토 각각의 기능이나 의미에 대해서도 그러하지만, 명사토가 문법 틀 안에서 어떤 지위를 가지는가의 문제는 명사토의 특성이 드러날수록 더 중요하고 복잡한 문제였다. 이것은 우리말 '명사토'가 동사토와 마찬가지로 형태적으로는 '명사'에 후행하여 '어절'을 이루면서, 통사적으로는 선행 '명사구'의 통사적 기능을 나타내는 특성이 있어 관점에 따라 다르게 설명되기 때문이다.

(1) 영이의 마음에도

(2)ㄱ. [[영이-의] [마음-에-도]]
   ㄴ. [[[영이의 마음] 에]도]

예를 들어 (1)에서 명사토 '-에'와 '-도'는 형태적으로는 명사 '마음'과 결합하고 있지만, 통사적으로는 '영이의 마음'과 결합한다.1) 명사토의 이러한 특성 때문에 앞선 연구에서는 명사토와 선행 명사의 결합에 대해 (2ㄱ)과 같이 형태적으로 분석하기도 하고, (2ㄴ)과 같이 통사적으로 분석하기도 하였다.

1.1.2. 전통 문법이나 구조 문법에서는 명사토를 독립된 단어로 처리하는 논의도 있었고, 명사의 일부로 처리한 논의도 있었다. 주시경(1910)과 같은 분석적 체계나 최현배(1937), 허웅(1983)과 같은 절충적 체계에서는 명사토를 독립된 단어로 인정하는 반면, 정렬모(1946), 이숭녕(1956)과 같은 종합적 체계에서는 명사토를 독립된 단어로 처리하지 않았다. 각 논의에서 명사 줄기와 명사토 관련된 분류를 제시하면 다음과 같다.

(3) 주시경(1910)
　가. 임
　나. 겻 ㄱ. 만이: 가/이(임훗만), 을/를(씀훗만), 에서(덩이임만), 도(한가
　　　　　　지만), 는(다름만), 든지(안가림만), 이나(낫됨만), 이아(특별
　　　　　　함만), 만(홀로만), 마다(낫한만), 이라도/ㄴ들(다름한만)
　　　　ㄴ. 금이: 에(자리금, 몬금, 때금, 일금, 까닭금), 로(자리금, 때금,
　　　　　　부림금), 에서(자리금, 몬금, 때금, 일금)

---

1) 이렇게 분석하는 것은 결과적인 해석일 수 있다. 과정적으로 보면 '영이의'는 명사 '마음'과 관련된다. 즉 명사구를 이루는 것은 '명사'의 역할이지, 궁극적으로는 명사토와 직접적인 관련이 없다는 것이다. 따라서 명사토는, 명사구를 이루는 '명사 줄기'와 결합하는 것이기 때문에 명사구와 결합한다는 것은 결과를 중심으로 해석했을 가능성이 있다는 것이다. 이것은 이 연구에서 명사토를 형태적으로 분석하는 또 다른 근거가 될 수 있으나, 논거가 부족해서 여기서는 생각을 밝히는 정도만 제시한다.

(4) 최현배(1937)

　가. 임자씨

　나. 토씨 ㄱ. 자리토씨:　임자자리토씨-이/가, 은/는, 께서, 에서,
　　　　　　　　　　　　　　　　께옵서)

　　　　　　　　　　매김자리토씨-의

　　　　　　　　　　어찌자리토씨-에, 에게, 에서, 로, 안에, 만큼,
　　　　　　　　　　　　　　　만, 와/과, 하고, 고 등

　　　　　　　　　　부림자리토씨-을/를/ㄹ

　　　　　　　　　　부름자리토씨-아, 이시여

　　　　　　　　　　기움자리토씨-이/가

　　　　ㄴ. 도움토씨: 은/는, 도, 만, 마다, 부터, 까지, 이나, 조차,
　　　　　　　　　　마저, 이나마, 커녕

　　　　ㄷ. 이음토씨: 와/과, 하며, 마는, 시피

　　　　ㄹ. 느낌토씨: 도, 이나, 그려, 요, 말이야

(5) 허웅(1995)

　가. 임자씨

　나. 토

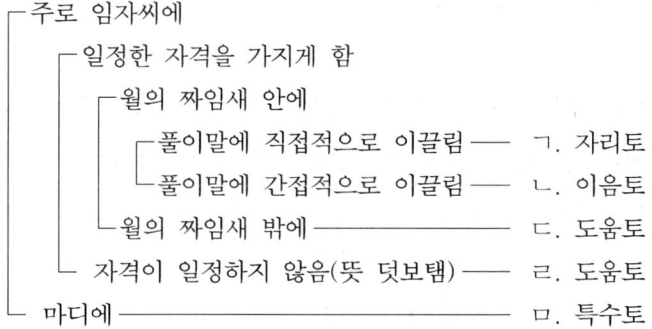

(6) 정렬모(1946)

　　가. 명사

　　나. 명사의 꼴:

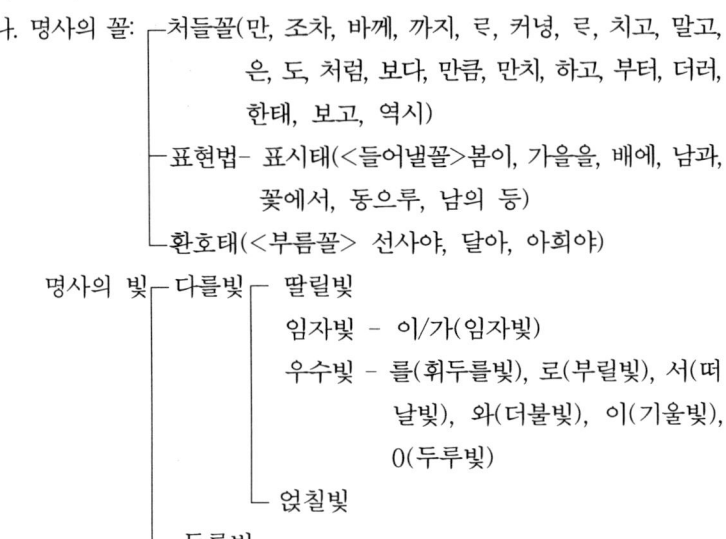

명사의 꼴:
- 처들꼴(만, 조차, 바께, 까지, ㄹ, 커녕, ㄹ, 치고, 말고, 은, 도, 처럼, 보다, 만큼, 만치, 하고, 부터, 더러, 한태, 보고, 역시)
- 표현법- 표시태(<들어낼꼴>봄이, 가을을, 배에, 남과, 꽃에서, 동으루, 남의 등)
- 환호태(<부름꼴> 선사야, 달아, 아희야)

명사의 빛
- 다를빛
  - 딸릴빛
  - 임자빛 - 이/가(임자빛)
  - 우수빛 - 를(휘두를빛), 로(부릴빛), 서(떠날빛), 와(더불빛), 이(기울빛), 0(두루빛)
  - 없칠빛
- 두루빛

(7) 이숭녕(1956)

　　가. 체언(명사, 대명사, 수사)

　　나. 체언의 어미 변화

　(3)에서 보는 바와 같이 주시경(1910)에서는 '임'과 같이 명사토인 '겻'이 단어의 한 분류이다. 최현배(1937)이나 허웅(1995)도 비슷하다. 그러나 (6)의 정렬모(1946)에서는 명사토는 독립된 단어가 아니라 명사의 꼴이거나 명사의 표현법 혹은 명사의 빛으로 설명된다. 이숭녕(1956)도 정렬모(1946)의 입장과 비슷하다.

　전통 문법과 구조 문법의 논의는 명사토 각각의 기능에 대해서는 설명했다 하더라도 통사적 측면에서 명사토의 통사적 기능을 문법 체계에서 어떻게 설명할 것인가에 대해서는 적극적으로 고려하지는 않았다. 그러나 우리말 명사토의 고유한 기능적 특성의 근간을 밝혀냈다는 측면에서 연구의 의의가 있다.[2]

명사토에 대한 변형 문법적 논의에서는 격 할당 원리를 근간으로 한 구조적 격 부여에 따라 명사토의 실현 양상을 설명해 왔는데, 대부분 명사 줄기와 명사토의 결합에 대해서는 통사적 구조로 분석한다. 구체적으로 보면 임홍빈(1987), 김귀화(1994), 최동주(1997), 한정한(2003) 등에서는 '-이/가, -을/를, -의'와 '-에서, -에, -로'를 구분하여 '-이/가, -을/를, -의'가 결합하는 명사는 구조에 의해서, '-에서, -에, -로'가 결합하는 명사는 명사토에 의해서 통사 기능이 결정된다고 설명한다. 이러한 설명에 따라 대부분의 변형 문법적 연구에서 명사토는 구조격, 어휘격(후치사), 보조사(특수조사, 한정사)로 분류된다.[3] 여기서 구조격의 명사토는 중심어가 아니지만, 어휘격의 명사토와 보조사는 중심어이다.[4]

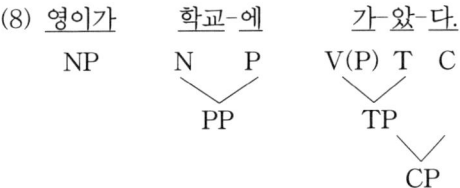

(8)에서 '영이가'의 '-가'는 변형 문법적 설명에서 구조격 명사토로

---

2) 전통 문법의 명사토 처리에 대한 자세한 내용은 최규수(2006: 146~153) 참조.
3) '-이/가, -을/를, -의'는 '구조격' 명사토에 해당하고 '-에, -로, -에서' 등은 '어휘격' 명사토에, '-는, -도, -만' 등은 보조사에 해당하는데, 어휘격 명사토와 보조사를 '후치사'라고 하기도 한다(양정석, 2005).
4) 구조격과 어휘격에 대한 설명은 이장의 2.1에서 다시 논의한다.

중심어가 아니므로 그것이 결합한 명사(구)는 명사(N)가 중심어가 되어 'NP'가 되고 '학교에'의 '-에'(P)는 어휘격 명사토로 명사토(P)가 중심어 이므로 그것이 결합한 명사(구)는 'PP'가 된다.

변형 문법의 설명 방식이 명사와 명사토의 분석에도 영향을 주어 명사 토의 통사적 기능이 부각되었다는 긍정적인 면도 있다. 그러나 다음과 같은 우리말에서 빈번한 명사토의 겹침에 대해서는 충분히 설명하지 못한 것은 명사토의 특성을 일관성 있게 설명했다고 하기 힘들다. 거기다가 우리말의 어순적 특성 등에 대한 설명에서는 별도의 도식이나 어순 뒤섞 기와 같은 임의적 문법 기제를 이용했다는 것도 이론의 한계를 보여 주는 것이라 하겠다.

(9)ㄱ. 영이-에게-도

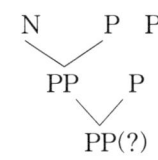

ㄴ. *영이-도-에게

(10) 집-에서-가 아니다.

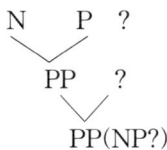

이를테면 변형 문법적 설명에 따르면 (9ㄱ)의 경우는 N인 '영이'와

P인 '-에게', 그리고 P인 '-도'가 결합한 것인데 문법 안에서 P가 PP와 결합할 수 있는 근거가 있어야 한다. 그리고 (9ㄴ)과 같이 '-에게'와 '-도'의 순서적 제약을 설명할 수 있어야 한다.

또한 (10)의 '집에서가'는 'PP'인 '집에서'가 구조격을 받은 것인가, 아니면 '-가'의 특별한 쓰임인가. 만약 '주격'이라는 구조격을 받은 것이라면 '집에서가'는 NP이어야 옳다. 그러나 변형 문법에서 'P'가 중심어라는 설명을 여기에도 적용시킨다면 '집에서가'는 NP가 될 수 없다. 만약 '집에서가'를 NP로 분석해야 한다면 'PP가 구조격을 받으면 PP는 N이 된다'는 내용의 약정이 필요하다.

그 외에도 변형 문법적 설명에서 해결해야 할 문제가 더 있다. 먼저 명사토를 통사적 구조로 분석한다면 명사 줄기와의 형태적 결합은 어떻게 설명할 것인가. 명사토가 통사적 기능이 있다고 해서 줄기나 다른 토와의 결합을 통사적 구조로 분석한다는 것은 구조와 기능을 구분하지 못한 것은 아닌지에 대해 근원적인 검토를 같이 요구한다. 그리고 '-이/가, -을/를, -의, -에서, -에, -로'를 구조격과 어휘격으로 구분하는데 그러한 구분이 우리말에서 얼마나 의미가 있는 것인지에 대한 검토가 필요하다.[5]

한편 HPSG를 도입한 논의에서는 문법에 대한 시각에서 변형 문법과 차이를 보여 동사와 동사토의 결합에 대해서는 전혀 다른 처리 방식으로 분석하였다(4장 참조). 그러나 명사와 명사토에 대해서는 통사적 구조로 분석하여 변형 문법의 설명과 결과적으로는 비슷하게 보인다. 이를테면 '-이/가, -을/를'이 결합한 명사에 대해서는 '중심어(N)+표지어(M) 구조'로 '-에, -로'가 결합한 명사에 대해서는 '보충어(N)+중심어(P) 구조'

---

5) 우순조(1994), 목정수(2003), 최규수(2004) 등에서도 이와 관련된 문제를 제기한 바 있다.

로 분석한다. 이 때 '-이/가', '-을/를'은 '표지어(marker)'이고 '-에', '-로'
는 'P'로 '중심어'이다.

　　그러나 이와 같은 HPSG의 분석은 변형 문법에서 명사와 명사토의
결합을 통사적 구조로 분석하는 것과는 근본적으로 많은 다른 점이 있다.
변형 문법에서는 어절 내부 구조와 상관없이 통사적 기능에 따라 통사적
구조로 분석한다. 하지만 HPSG에서는 어휘적 완전성의 원리에 따라
어절의 내부 구조는 형태론의 문제임을 가정하는데, 이러한 HPSG의
가정에도 불구하고 명사와 명사토에 대해서는 대부분 통사적 구조로 분석
했다. 이것은 문법 체계의 전제를 부정하는 것으로 변형 문법적 분석의
문제와는 다른 이론 내적인 모순에 부딪힌다. 장석진(1995), 서태길
(1997) 등이 여기에 해당한다. 이것은 4장에서 살핀 동사토를 형태적
구조로 분석한 것과는 구별된다.

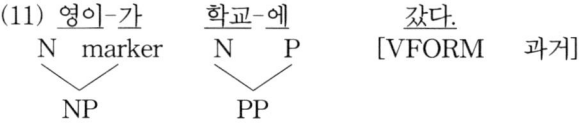

(11) 영이-가　　학교-에　　　갔다.
　　 N　marker　　 N　 P　　　[VFORM　과거]
　　　　∨　　　　　 ∨
　　　　NP　　　　 PP

　　예를 들어 (11)과 같이 '영이가'를 중심어-표지어 구조로 분석한다면,
'영이'는 '중심어'이고, '가'는 '표지어'이다. 이와 같은 분석은 '영이가'를
통사 구조인 중심어 구조로 분석하고 '-가'와 같은 명사토에는 표지어
(marker)라는 통사 범주를 부여한 것이다. (11)의 분석은 앞의 (8)의
분석과 비교된다.

　　이러한 HPSG의 분석은 이론 내적인 모순에도 불구하고 명사토를
통사적 구조로 분석했다는 점 이외에도 변형 문법의 분석과 다른 점이

하나 더 있다. 즉 (11)에서 '영이', '학교'와 같은 명사가 구조에 의해서 격을 부여받는 것이 아니라, 동사의 하위범주화 정보를 통해 이미 명사의 통사 기능은 정해져 있고 명사토가 실현될 때 명사의 통사 기능이 드러나는 것으로 분석한다는 것이다. 그래서 명사 줄기와 명사토의 결합을 통사 구조로 분석하되, 구조격과 어휘격의 구분은 하지 않는다.

이러한 변형 문법과 HPSG와 같이 영어에 기초한 논의들에서 보여주는 명사와 명사토의 결합에 대한 분석은 세부적인 내용에서는 차이가 있다고 하더라도 통사적 구조로 분석하는 것이 지배적이다. 이와 같이 통사적 구조로 분석하는 것이 명사토의 통사적 기능은 좀더 명확히 설명할 수 있다고 하더라도, 설명할 수 있는 명사토도 일부일 뿐만 아니라 명사 줄기와의 형태적 결합에 대한 설명이 충분치 않다는 문제가 있다.6)

위와 같이 특정한 문법 이론에 기댄 설명 이외에도 앞선 연구들에서 명사토 각각의 형태적·통사적·의미적 기능들에 대해 많이 논의되었고, 그 특성이 좀더 구체적으로 드러나기도 했다.7) 그와 같이 명사토 각각의 문법적 기능을 나타내는 것도 의미 있는 것이긴 하지만, 명사토 개별 항목에 대해 설명된 형태적·통사적 특성이 문법 체계 혹은 어떤 문법

---

6) 그런데 이러한 문제는 문법 부문의 관계에 대한 가설에서 시작된 것이다. 3장에서 살핀 바와 같이 구조 문법의 경우와 같이 형태부→통사부→의미부의 순서로 어떤 부문의 결과가 다른 부문의 입력이 되어서는 통사부에서 나온 결과를 형태론에서 설명할 수 있는 방법이 없다. 그리고 통사부가 중심에 있는 경우는 통사적 기능에 초점을 맞춰 그것의 형태적 구조는 크게 고려되지 않는다. 그런데 문법 부문의 관계가 구조 문법이나 변형 문법에서 설정한 관계와 같이 된다는 선험적인 증거도 없다. 그러므로 이러한 논란이 순환론에 빠지지 않기 위해서는 문법 이론이 가정하는 문법 부문의 관계에 대한 검토부터 이루어져야 한다.
7) 명사토의 형태적·통사적·의미적 기능에 대해서는 김봉모(1992), 김승곤(1989), 김영희(1974), 성광수(1979), 신창순(1975), 윤재원(1988), 이춘숙(1991), 채완(1990), 최규수(1999), 홍사만(1983) 등을 참조할 수 있다.

틀 속에서 분석되었을 때 우리말 전체의 특성이 좀더 명확해질 것이다.

1.1.3. 동사토의 경우와 마찬가지로 명사 줄기와 명사토의 결합을 통사적 구조로 분석했을 때는 명사토의 통사적 기능은 분명하게 드러난다는 이점은 있다. 그러나 선행 명사와 명사토의 결합을 설명하기 위해서는, 명사와의 형태적 결합에 대한 기제와 최대 투사를 가정해야 하므로 분석에서 부담이 따를 수밖에 없다.[8] 명사와 명사토를 통사적 구조로 분석한 임홍빈(1999ㄴ: 18)와 같이 언어 구조가 과연 그렇게 복잡한 것일까.

(12)ㄱ. 우리는 철수와 영희에게 선물을 보냈다.
　　ㄴ. [$_{TPK}$ [$_{NP}$ [$_{CJP}$ [$_{NP}$ 철수][$_{CJ}$ 와] [$_{NP}$ 영희]][$_{TK}$ 에게]]
　　　　　　　　　　　　　　　　　　　　　　　　　(임홍빈, 1999: 18)

임홍빈(1999ㄴ)의 분석은 (12)에서 제시된 것과 같이 '철수와 영희에게'를 통사적 구조로 자세하게 보여 주었다. 그런데 여기서는 '철수'와 '와', 혹은 '영희'와 '에게'의 형태적 결합에 대한 설명이나 '철수'와 '와'의 결합과 '철수와'와 '영희에게' 결합의 구조적 차이에 대해서는 알 수 없다. 우리말에서 명사토 '-와', '-에게' 각각의 통사적 구조 못지 않게 명사 줄기와의 형태적 구조도 중요하며 명사 '철수'와 명사 '영희'의 통사적 구조도 중요하다. 또한 형태적 구조와 통사적 구조의 차이도 당연히 설명되어야 한다. 임홍빈(1999ㄴ) 뿐만 아니라 명사토를 통사적 구조로 분석하는 대부분 논의에서 명사토와 명사 줄기, 그리고 다른 토와의 결합에

---

8) 이 부분을 국어정보학에서 처리한다면 언어 형식 각각의 구조와 가상의 투사 범주들의 구조까지 고려해야 할 것이다. 그리고 다른 통사적 구조와의 차이를 나타내기 위해 보충적 기제가 필요할 것이다.

대한 분명한 설명을 하고 있지는 않다.

한편 대부분의 전통 문법의 연구는 명사와 명사토의 결합을 형태적 구조로 분석하였다. 그러나 전통 문법은 음운론, 형태론, 통사론, 의미론과 같은 문법 부문의 관계를 '음운론 → 형태론 → 통사론 → 의미론'으로 보았기 때문에 통사론의 결과를 다시 형태론에 반영하기 힘들었다. 그래서 다음과 같이 지금의 기준으로 보면 다소 타당하지 않은 분석을 보이기도 했다.

(13) 힘든 문제를 만났다.

최현배(1937)이나 허웅(1983)의 논의에 따르면, (13)에서 '힘든'은 관형어가 목적어인 '문제를'을 수식하는 것으로 분석된다. 이것은 관형절이 '명사토가 결합된 명사'를 수식하는 것으로 설명해야 하므로 지금의 문법적 기준으로 보면 맞지 않은 설명이다. 관형절의 수식 관계를 고려함에 있어서 명사토와는 관계 없기 때문이다. 그래서 이러한 문제점 때문에 명사 줄기와 명사토를 형태적으로 분석하는 것이 타당하지 않다는 지적도 있다(우순조, 2006).

그런데 (13)과 같은 분석은 명사토를 형태적 구조로 분석했기 때문에 발생한 문제가 아니라, 이론내적으로 명사토의 통사적 기능을 반영할 방편이 없기 때문에 생긴 문제이다. 즉 전통 문법에서는 명사토가 형태론에서 분석되고 통사론에서 다시 그들을 따로 설명할 기회가 없었다. 그래서 명사토의 통사적 기능을 명확히 제시할 수 없었던 것이다.

시정곤(1994), 목정수(2003), 우순조(2006) 등과 같은 최근의 많은 연구에서 전통 문법에서 본격적으로 다루지 못했던 명사토의 통사적 기능이 많이 논의되었다. 그러나 명사토가 가지고 있는 형태론적 특성 또한 무시할 수 없는 것이다. 이를테면 다음과 같이 통사적 구조로 분석했을 때는 간단하게 설명하기 어려운 명사토의 형태적 특성이 있다. 명사토는 '명사 줄기'에 후행하고, 명사토 몇 개가 동시에 실현될 때, 상대적인 순서가 있어 그 순서를 어기면 (14ㄴ)과 같이 비문이 된다.

(14)ㄱ. 집-에-도
ㄴ. *집-도-에

그리고 명사토는 선행 표현에 형태적으로 의존적이라는 특성 또한 명사토를 형태적 구조로 분석해야 할 이유이다.

(15)ㄱ. *것이 없다.
ㄴ. *을 좋아해.

(15)는 두 문장이 모두 비문인데, (15ㄱ)의 '것'과 (15ㄴ)의 '-을'이 둘 다 의존적이다. 그러나 (15ㄴ)의 '-을'이 형태적 중심어가 없어 비문이 된 것과 (15ㄱ)의 '것'이 통사적 수식어가 없어 비문이 된 것과는 다르다.

우리말의 일반적인 통사적 구조와 명사와 명사토의 구조가 같지 않다는 점도 이들을 형태적 구조로 분석해야 할 근거이다. 예를 들어 '학교가'에서 '학교'와 '-가'의 구조는 '영이의 학교'에서 '영이의'와 '학교', 그리고 '영이가 웃는다'에서 '영이가'와 '웃는다'가 이루는 통사적 구조와 비교해 보자.

(16)ㄱ. 영이의 학교
　　ㄴ. 영이의 좋은 학교

(17)ㄱ. 영이에게도
　　ㄴ. *영이에게뿐도

(16ㄱ)에서 '영이의'와 '학교' 사이에는 '좋은'과 같은 다른 문장 성분이 들어갈 수 있으나, (17ㄱ)의 '영이에게도'에서 '에게'와 '도' 사이에는 명사토의 일반적인 결합 관계를 제외하고는 다른 독립적인 문장 성분이나 형태저 요소가 들어갈 수 없다.

이러한 특성은 명사와 명사토 그리고 명사토와 명사토가 형태적 구조임을 뒷받침해 주는 근거들이다.

1.1.4. 한편 명사 줄기와 명사토를 형태적 구조로 분석했을 때 명사와 명사토에서 어느 것을 중심어로 보아야 할 것인가. 통사적 기능을 중심으로 본다면 명사토, 그 중에서도 자리토를 중심어로 분석할 수도 있다. 그러나 자리토는 생략이 가능하고 도움토는 그 실현 자체가 수의적이다. 뿐만 아니라 형태적 구조로 분석하면서 '토'를 중심어로 둔다면 줄기의 문법 정보를 '토'에 다 담아야 한다는 부담이 반대의 경우보다 크다.

따라서 명사토의 통사적 기능을 줄기에 반영할 수 있는 방법만 있다면 명사 줄기를 중심어로 분석하는 것이 더 타당하다. 그리고 이것은 명사 줄기와 명사토의 결합을 형태적 구조로 분석했을 때의 결과와도 관련된다. 그것은 일단 '줄기'와 '토'의 결합에서 형태적 중심어는 분명히 '줄기'이기 때문이다.

따라서 명사 줄기를 중심어로 분석해야 한다. 그렇게 했을 때 명사토의 통사 정보가 명사 줄기를 중심으로 통합되어 명사의 통사적 기능과 형태적 구조를 동시에 설명할 수 있다.

1.2. 명사의 어휘 규칙과 명사토의 제약

1.2.1. 이 연구에서는 앞 절에서 살핀 바와 같이 명사토가 통사적 기능은 있지만 명사 줄기나 다른 토와의 결합은 형태적 구조라는 입장에서 논의를 진행한다. 이것은 '구조'와 '기능'을 구분하여 각각을 설명하려고 하는 것이다. 이러한 태도는 형태론, 통사론 등의 문법 모듈 각각이 독립성을 가지고 있다는 이 연구의 입장과 관련 있다.9)

이러한 논의에 따르면 이상적으로는 형태적 구조로 분석하면서 통사적 기능을 나타내는 것이다. 그런데 '명사'와 '명사토'의 결합을 형태적 구조로 분석한다면 통사적 기능을 드러내기 위한 방법론을 모색해야 한다. 형태적 구조로 분석했을 때는 통사적 기능을 드러내기가 쉽지 않기 때문이다. 전통 문법의 연구가 대표적이다.

한편 HPSG에서 영어를 처리하는 방식인 '굴절형'으로 분석하는 것은 형태적 구조로 분석하면서 통사적 기능을 설명하기 위한 것이었다. 그러나 앞에서 설명한 바와 같이 명사토도 줄기와의 경계가 분명하고 다른 문법 범주와 융합되지도 않으며, 실현되는 토의 종류가 다양한 결합형이 있기 때문에 '굴절형'으로 설명했을 때는 한계가 있을 수밖에 없다.

---

9) 문법 모듈에 대한 이 연구의 관점에 대한 것은 3장 2.1절의 언어 정보와 문법 부문 참조.

(18) 하늘

(19) 하늘이, 하늘에, 하늘을, 하늘에서, 하늘로, 하늘부터, 하늘까지, 하늘과,
하늘조차, 하늘도, 하늘만, 하늘에도, 하늘로도, 하늘로만, 하늘로는,
하늘에서는, 하늘에서도, 하늘조차도, 하늘에서조차도 등

(18)의 '하늘'이 명사토와 결합하는 양상을 보면 대략 (19)와 같다.
국립국어원의 ≪표준국어대사전≫(1999)을 기준으로 했을 때, 우리말
명사의 수는 335,012(명사 333,226 개, 대명사 1,049 개, 수사 275 개)
개이고 명사토(조사)는 356 개이다. 이들이 명사 한 항목과 명사토 한
항목만 결합한다고 가정해도 약 1,300만 개라고 하는 명사형이 생긴다.
그런데 명사토의 겹침까지 고려한다면 명사의 굴절형이 1억에 가까운
수가 되는데, 그렇다면 우리말은 명사형이 1억 개가 넘는 문법을 가지고
있는 것이 된다. 따라서 명사와 명사토의 결합을 굴절로 처리할 수 없다.
이런 점은 동사와 동사토의 결합과 비슷하다.

한편 동사토는 결합하는 줄기가 '의존 형식'이라면 명사토는 결합하는
줄기가 '자립 형식'이며, 동사토의 위치는 절대적이고 고정적이라면 명사
토의 위치는 동사토에 비해서는 상대적이고 유동적인 점에서 동사토와
다르다. 허웅(1983)에서 동사토는 '굴곡법'으로 설정하면서 명사토를 '준
굴곡법'이라고 설정하는 것은 이러한 차이를 반영하기 위함일 것이다.

지금까지의 논의를 통해 명사토의 기능을 기술하기 위해서는 다음의
세 가지가 고려되어야 한다는 것을 알 수 있다.

첫째, 명사 줄기와의 결합은 형태적 구조로 분석한다.

둘째, 명사토는 다양하며 교착적 방식으로 실현된다.

셋째, 형태적 구조로 분석하면서 동시에 통사적 기능을 드러낼 수 있어야 한다.

1.2.2. 이 연구에서는 '어절의 굴절형'으로 처리했을 때 발생되는 문제를 극복하기 위해, 언어 단위를 '구, 어절, 줄기, 토'로 구분했는데,[10] 이것은 명사 줄기와 명사토에도 적용된다. '명사'는 '줄기'에, '명사토'는 '토'에 해당된다. 이것을 자질 구조로 나타내면 각각 (19), (20)과 같다.

(19)

$$\text{줄기} \begin{bmatrix} \text{음운} & \\ \text{통사} & [\text{중심어} \ [\text{품사} \quad N]] \\ \text{형태} & \text{줄기} \end{bmatrix}$$

(20)

$$\text{토} \begin{bmatrix} \text{음운} & \\ \text{통사} & [\text{중심어} \ [\text{품사} \quad N]] \\ \text{형태} & \text{토} \end{bmatrix}$$

명사가 문장에서 기능할 때 '명사'의 통사적 기능은 동사의 하위범주화 자질과 관련되고, '자리토'[11]를 통해 명시화된다. 그리고 명사는 특정한 의미나 기능을 가진 '도움토'와 결합하여 명사의 영역[12]과 관련된 의미적

---

10) 언어 단위에 대한 것은 1장 2절, 3장 참조.
11) 명사토의 전통적 분류인 '자리토씨(격조사)'와 '도움토씨(보조사)'의 분류(허웅: 1983, 이숭녕: 1967)을 도입하고, 단지 용어만 이 글의 용어에 따라 '자리토'와 '도움토'라고 한다.
12) 명사는 기본적으로 말할이나 들을이가 가정하는 집합을 전제로 하고 있다. 그러한

기능과 초점, 주제 등과 같은 화용적 기능을 나타내기도 한다.

이러한 명사의 특성을 설명하기 위해 어휘 규칙을 도입해야 하는데 (21)이 그것이다. 즉 품사가 '명사'이면서 '줄기'인 언어 형식이 어절이 될 때는 (21)과 같은 어휘 규칙에 따른다.

(21) 어절[통사 | 중심어 $_{줄기}$[품사 N]]

$$\Rightarrow \text{어절}\begin{bmatrix} \text{통사} & \begin{bmatrix} \text{중심어} & \begin{bmatrix} _{줄기}[\text{품사} & N] \\ _{토}[\text{자리} & case] \end{bmatrix} \end{bmatrix} \\ \text{의미}_{토}[\text{영역} & co-domain] \\ \text{화용} & cxt \end{bmatrix}$$

(21)에서 명사의 통사적 기능은 자질 구조에서 자질 '자리'로 나타나고, 그것의 값은 case[13]로 나타낸 '특정한 자리'가 된다. 그리고 명사의 '의미적 기능'은 함수(Function)에서 사용하는 개념인 선택 가능한 영역의 속성 '영역'으로 나타내고, 그것의 값은 co-domain으로 나타낸 '영역의 범위'가 된다. 뿐만 아니라 줄기가 명사인 어절은 문장 안에서 혹은 텍스트 안에서 쓰이면서 통사·의미 기능 이외에 화용적 의미로 해석되어야

집합 속에서 말할이가 어떤 명사를 선택하여 말하게 된다. 그러나 선택되지 않은 나머지 명사항들이 무의미한 것이 아니라 표현에 따라서는 선택되지 않은 명사항에 대한 고려가 들어 있는 경우도 있다. 이를테면 도움토 '-는, -도, -만' 등이 대표적이다. 이러한 특성을 '영역'이라는 개념으로 설명하고자 한다.

13) '자리'의 값인 case의 종류와 범위는 대해서는 허웅(1983)의 분류에서 '매김자리' 를 제외한 '임자자리, 부림자리, 위치자리, 방편자리, 어찌자리, 홀로자리' 등으로 분류한다. 매김자리를 제외하는 이유는 다른 자리와 달리 매김자리는 동사에 직접 이끌리지도 않고, 그것의 기능이 '자리'라기 보다는 '이음'이 더 강하기 때문이다. 그래서 이 연구에서는 '-의'를 이음토의 하나로 분석한다.

할 때도 있다. 그것은 명사토에 의한 것일 수도 있고 명사 줄기 자체의 기능에 의한 것일 수도 있다. 그래서 그것은 명사 줄기에서 자질 '화용'을 설정하고 화용의 값은 'cxt'로 나타낸다. 만약 토 가운데서 이러한 화용의 값이 있는 토와 결합한다면 자질 구조의 '통합' 원리에 의해 자질이 통합될 것이다.

그리고 (21)의 명사의 어휘 규칙에 따라 명사토의 문법 정보가 명사를 중심으로 통합되어 문장에 반영되는데 그때는 3장에서 살핀 '어절 구성 원리'을 통해 가능하다.

(22) 어절 구성 원리
줄기(stem)와 토(infl)는 줄기의 어휘 규칙에 따라, 다른 통사적 형태 단위와 정보의 충돌이 없으면 통합될 수 있다.

위와 같은 문법의 틀 안에서 '줄기'와 '토'의 결합의 정당성을 보장받으며, 명사토 각각의 통사적·의미적 기능은 다른 언어 단위처럼 '어휘부'에서 명세되어 선행 요소와 결합을 통해 구에 그리고 문장에 반영된다.

1.2.3. 한편 앞에서 살핀 바와 같이 명사토는 동시에 실현될 때 상대적인 순서가 있어 그 순서를 어기면 비문이 된다. 그런데 위의 어휘 규칙에는 명사토는 '명사 줄기'에 후행하고, 명사토 사이에는 순서가 있다는 명사토의 형태적 제약이 반영되어 있지 않다.

그렇다면 명사토 사이의 형태적 제약은 어떻게 나타낼 수 있을 것인가. 동사토의 경우처럼 명사의 형판을 설정할 수도 있고, 명사토 자체의 자질과 명사토 사이의 제약으로 설명할 수도 있다. 형판으로 설명하기 위해서는 고정된 위치와 상대적인 순서 등이 명확해야 하는데 명사토의 경우 위치와 순서가 형판을 설정할 만큼 고정적인가에 대한 검토가 필요하다.

명사의 형판 설정은 서민정(2004)에서 제안되었는데, 동사와 명사를 일관되게 설명하려는 시도였으나, 동사와 명사의 차이를 포착하지 못한 한계가 있었다. 서민정(2004)에서 제안한 명사의 형판과 토의 형태 정보에 대한 자질 구조는 다음과 같다.

(23)ㄱ. 명사의 형판

0	I	II
명사 줄기	∅, 이/가, 을/를, 에, 로, 에서, 에게, 의	∅, 는, 도, 만, 부터, 가지, 조차, 나, 야(말로)

　　ㄴ. 자리토 [MOR　　infl : 1]
　　ㄷ. 도움토 [MOR　　infl : 2]

그래서 (23ㄱ)의 형판에서 1의 위치에 있는 명사토가 '자리토'이고, 2의 위치에 있는 명사토는 '도움토'인데, 이것을 각 토의 형태 정보에 반영하여 (23ㄴ, ㄷ)과 같이 나타내었다.

(24)ㄱ. 학교에 가기가 싫어.
　　ㄴ. 죽어도 갈거야.

명사는 동사와 달리 형판의 항목이 (23ㄱ)과 같이 몇 가지 안 될 뿐만 아니라 실제 실현 양상은 좀더 다양해서 (23ㄱ)와 같은 형판만으로는 명사토들이 실현되는 위치를 설명하는 데는 한계가 있었다. 뿐만 아니라 (24)와 같이 명사토는 '-기', '-어'와 같은 동사토 아래에도 실현되기 때문에 형판을 설정하게 되면 많은 예외가 발생되는 것이 충분히 예측된다. 따라서 명사의 경우는 형판을 설정하는 것이 비효율적이다.

이를테면 명사토를 '자리토'와 '도움토'로 구분했을 때, (25ㄱ)과 같이 일반적으로는 '자리토'+'도움토'의 순서로 나타난다고 할 수 있다. 이러한 순서가 보편성을 가진다면 동사토와 마찬가지로 명사의 형판을 설정하는 것이 유리할 수도 있다. 그러나 명사토의 순서가 (25ㄴ, ㄷ)과 같이 '자리토'+'자리토', '도움토'+'도움토' 등이 되는 경우도 있어 명사토의 실현 순서를 '자리토' + '도움토'로 일반화할 수 없고, 일반화시킨다면 예외를 설명해야 하는 부담이 있다.

(25)ㄱ. 영이는 집에도 없다.(자리토+도움토)
　　ㄴ. 여기에서가 아니다.(자리토+자리토)
　　ㄷ. 그들의 부모조차도 그 사실을 모르고 있었다.(도움토+도움토)

그렇다면 명사토의 형태적 특징을 반영할 수 있는 방법으로 명사토 자체의 자질과 명사토 사이의 제약을 고려해 볼 수 있다. 명사토의 위치가 형판에 의한 고정된 것이 아니라 다른 명사토와의 관계에서 제약에 의해 정해지는 것이기 때문에, 명사토 각각이 가지고 있는 제약 자질을 어떻게 규정화하고 일반화할 수 있을 것인가의 문제만 해결된다면 명사토의 형태적 특성을 반영할 수 있다. 그리고 명사 줄기와 명사토의 결합은 어절 결합 원리로 설명할 수 있다.

이 연구에서는 명사토의 형태적 특징 가운데 '분포'적 특징에 주목한다. 그것은 '분포'적 특징이 바로 명사토의 형태적 특징과 제약을 가장 잘 포착할 것이기 때문이다.[14] 이러한 명사토의 분포가 반영된 분류를 통해

제약 자질을 규정하여 명사 줄기와 명사토 그리고 명사토 사이의 형태적
특성을 설명할 수 있다.

14) 명사토의 분포적 특징에 대한 것은 허웅(1983), 남기심·고영근(1985/1993) 등
   참조.

2. 명사토 분류

2.1. 구조격과 어휘격 구분의 검토[15)]

김귀화(1994), 임홍빈(1987) 등의 대부분의 변형 문법적 연구 이외에도 서정수(1996), 서태길(1997) 등에서는 '자리토'를 '-이/가, -을/를, -의'와 '-에, -로, -에서' 등으로 구분한다. 자리토를 구분해야 한다는 점에서는 의견을 같이 하지만, 그 이유에 대해서는 다르게 설명한다.

즉 변형 문법적 논의에서는 '격할당 원리'[16)]에 따라 '-이/가, -을/를, -의'는 구조에 의해 격이 결정되고, '-에, -에서, -로' 등은 그렇지 않은 것으로 구분한다. 서정수(1996: 137)에서는 기능 표지는 그 기능이 독특해서 앞 말이 주어나 목적어, 보어일 경우에 거기에 덧붙어서 그것이 지닌 문법적 기능을 나타내는 구실을 할 뿐, 다른 조사들처럼 앞 말의 기능이나 의미를 바꾸는 구실을 하지는 못하므로 이 둘을 구분해야 한다고 했다.

---

15) 사실은 변형 문법의 이론적 가정과 이 글의 이론적 가정이 다르기 때문에 '구조격'과 '어휘격'의 구분 자체를 이와 같이 장황하게 논의하지 않아도 될 수 있다. 그러나 앞선 연구에서 이에 대해서 많은 논의가 있었던 부분이기 때문에 이 연구의 관점에서 그러한 논의에 대한 고찰이 필요하다. 그리고 이러한 고찰이 이 연구의 출발이 되기도 한다.

16) 변형 문법의 연구에서는 (1)과 같은 격할당 원리를 근간으로 한 구조적 격부여에 따라 명사토의 실현 양상을 설명해 왔다.

(1) 격할당 원리

ㄱ. NP가 INFL[AGR]의 지배를 받으면 주격이다.

ㄴ. NP가 [+___ NP] 자질을 가진 V에 지배되는 경우 대격을 받는다.

ㄷ. NP가 전치사의 지배를 받으면 사격이 된다.

ㄹ. NP가 [NP___XP']의 위치에 나타날 때 속격이 된다.

ㅁ. [-N] 지배자의 특성에 따라서 NP에 내재격이 부여된다.

한편 명사토 가운데서 '-이/가, -을/를, -의' 등은 문법적 기능을 표시하는 기능을 가지기는 하지만 자유로이 생략될 수 있고 통합 관계에 의해서만 표시된다는 점을 들어서 부정격으로 보고자 하는 논의(안병희: 1966, 민현식: 1982 등)도 있다.

격할당 원리에 의해 설명하는 논의에서는 '-이, -을, -의'를 제외한 자리토(후치사17))의 보어로 쓰이는 NP는 자신을 지배하는 핵인 후치사로부터 격을 받는데, 이 때 격은 '사격'이 된다. 우리말에 사격이 형태적으로 실현되는 일이 없는데, 그것은 후치사구가 핵이동에 의해 이루어지기 때문이라고 할 수 있다. 그렇다면 자리토는 후치사 앞에 쓰일 수 없다(유동석: 1995, 최동주: 1998). 이미 격(사격)이 부여된 명사구에 다시 주격이나, 목적격, 속격이 부여될 수 없기 때문이다. 또한 후치사 뒤에 격조사가 나타나는 배열도 원칙적으로 불가능하다고 할 수 있다. 격조사는 명사구의 자질인 격을 실현하는 요소이기 때문이다. 후치사 뒤에 격조사가 나타난다면 (26)과 같은 구조이다.

(26) [[명사구+후치사]+격조사(이, 을, 의)]

(26)을 이론 내적으로 설명하기 위해서는 '후치사구'가 '명사'와 같은 역할을 하는 경우가 있어야 한다. 그리고 만약 있다고 하더라도 후치사구를 명사구로 바꾸어 주는 예외적인 약정이 필요하다. (27ㄱ, ㄴ)의 '여기에서가, 파리에서의'가 그 예이다. 그리고 (27ㄷ)과 같이 동사 '이-'도

---

17) 설명의 편의를 위해 이와 관련된 논의에서 사용하고 있는 '후치사'를 '-이/가, -을/를, -의'를 제외한 자리토를 가리키는데 사용한다. 그러나 이 글의 논의에서는 '후치사'라는 용어와 분류가 특별히 의미를 가지지 않는다.

후치사구 뒤에 나타난다.

(27)ㄱ. 여기에서가 아니다.
    ㄴ. 파리에서의 고통
    ㄷ. 그 문제의 시작은 집에서이다.

최동주(1997: 208)에서는 NP 뒤에 보조사(도움토)가 통합되어도 성분 전체의 통사 범주는 여전히 NP라고 하였다. 그래서 보조사는 기저에서 주어져서 이미 NP와 하나의 단위를 구성하고 있으며, 이렇게 구성된 NP 전체에 격이 부여된다고 보아 (28)과 같은 구성이 된다고 하였다. 그리고 후치사와 보조사와의 배열 관계는 (29), (30)과 같이 설명했다.

(28) [[NP+보조사]+격조사]

(29) [[NP+보조사]+후치사]

(30) [[NP+후치사]+보조사]

그런데 위의 (29), (30)을 보면, 같은 NP에 같은 부류의 언어 형식이 경우에 따라 배열 순서가 다르다. 즉 보조사, 후치사가 어떤 경우에는 (29)와 같은 순서를 보이고, 어떤 경우에는 (30)과 같은 순서를 보인다는 것은 일반화를 포착하지 못한 것이다. 따라서 이른바 구조격과 어휘격의 구분에 대한 설명력이 약할 수밖에 없다.

뿐만 아니라 만일 우리말에서 격이 구조적으로 결정된다면 격을 표시하는 명사토가 생략된 상태에서는 하나의 해석만이 가능해야 한다. 그런데 명사토가 생략된 예들에서 보이는 중의성은 우리말 명사토가 구조적으로 결정된다는 주장에 대한 반례가 된다. 거기다가 명사토가 실현된 문장에서는 어순이 바뀌어도 언제나 명사토에 따른 해석만이 가능한 것은 명사의 문법적 기능이 구조에 의해 결정된다는 주장을 따를 수 없는 이유이다.

(31) 영이 철수 사랑해.

(32)ㄱ. 영이가 철수를 사랑해.
    ㄴ. 철수를 영이가 사랑해.

(33)ㄱ. 철수가 영이를 사랑해.
    ㄴ. 영이를 철수가 사랑해.

(31)은 (32), (33)의 두 가지로 해석될 가능성이 있는데, 이것은 명사의 문법적 기능이 동사의 하위 범주화나 명사토에 의한 것임을 보여 주는 것이라 할 수 있다. 그리고 (32), (33)에서 볼 수 있는 바와 같이 명사토가 실현되었을 때는 어순이 바뀌어도 문법적 기능은 바뀌지 않는다.

한편, 관형절의 경우는 명사토가 생략되는 경우가 더 많고, 입말의 경우는 생략된 것이 오히려 더 자연스러울 때도 있다. 반면 인용문과 같은 어떤 문장에서는 '-이/가'가 생략되었을 때 어색한 경우도 있다.

(34)ㄱ. 밥 먹은 사람
    ㄴ. 밥을 먹은 사람

(35)ㄱ. 영이가 친구를 좋아한다고 했다.

    ㄴ. *영이 친구를 좋아한다고 했다.

(34)에서 보면, 자리토 '-을/를'이 실현되지 않은 (34ㄱ)이 (34ㄴ)보다 더 자연스럽다. 그리고 반대로 (35)에서는 '영이'가 주어로 쓰일 때는 (35ㄴ)과 같이 자리토 '-이/가'가 생략되면 어색하다. 이와 같이 명사토 '-이/가, -을/를'이 자리토가 없을 때는 동일한 문장에 대해서 두 가지 이상으로 해석한다거나 똑같은 명사토가 어떤 경우에는 생략되고 어떤 경우는 생략되지 않는 것은, 변형 문법의 설명 가운데서 '-이/가', '-을/를'을 다른 자리토와 구분하는 근거로 제시하는, 구조에서 격이 실현되기 때문에 최소한 생략 여부와 관계없이 하나의 격으로 해석된다는 설명은 타당하지 않다는 것을 보여준다.

한편 서정수(1996)에서는 '-이/가', '-을/를'이 이미 결정된 앞 말의 기능을 그대로 표시할 뿐이고, 아무런 추가적인 작용을 하지 않는 형식 요소라고 하면서 (36)과 같은 예로 설명하였다.

(36)ㄱ. 그 친구 책 읽는다.

    ㄴ. 그 친구가 책을 읽는다.

(37) 영이가 학교에 갔다.

서정수(1996)의 논의에 따르면, (36)에서 '그 친구'나 '책'이 주어나 목적어임을 알 수 있는 것은 '읽-'이라는 동사 때문이고, '-가'와 '-을'은 앞 말이 지니고 있는 주어나 목적어의 기능을 나타내는 구실을 할 뿐이라는 것이다. 그런데 이러한 설명을 (37)에도 적용한다면, (37)의 '학교'의 통사적 기능 또한 위의 '그 친구, 책'과 마찬가지로 동사 '가-'에 의한 것이라고 보아야 하므로 '학교'와 결합한 명사토는 '-이/가, -을/를, -의'가 아니라 '-에'이다. 그러므로 서정수(1996: 137)에서 제시하고 있는 이유는 '-이/가, -을/를'과 '-에'를 구분할 이유로 충분하지 못하다.

한편 서정수(1996: 880~881)에서는 같은 '-이/가' 혹은 '-을/를'이라도 다음과 같은 경우는 '기능 표지'가 아니라고 하여 구별하였다.

(38) ㄱ. 물이 술이 되었다.
ㄴ. 이 모자의 빛깔이 까맣지가/까맣지를 않다.
ㄷ. 그이는 집에서가 아니라 학교에서 공부한다.
ㄹ. 이 물건의 값이 천원이 더 비싸다.

(39) 영이가 밥을 먹었다.

물론 (38)의 예가 (39)와 같은 전형적인 주어와는 통사 구조상 이른바 이중 주어라든가 하는 점에서 다른 점이 있다고도 할 수 있으나, 의미적인 것을 제외하고 이 둘을 다른 표지로 보아야 할 적극적인 이유는 없다. 따라서 같은 표지가 쓰였다는 것은 기능에서 큰 차이가 없다면 같은 기능을 하는 것으로 처리하는 것이 더 타당하지 않은가 한다.

지금까지 자리토를 '구조격'과 '어휘격'으로 구분하는 것에 대해 비판적으로 살폈다. '-이/가', '-을/를', '-의'는 다른 명사토와의 결합이나, 명사의 결합에서 다른 자리토와 다른 점이 있는 것은 사실이다. 그러나 그러한 차이 자체가 그 언어 형식의 특징이라고 본다면 굳이 이들을 독특한 문법 범주로 고려하지 않아도 설명할 수 있을 것이다.

물론 자리토의 하위 분류가 필요하고 이 연구에서도 자리토를 분류할 것이다. 자리토 각각이 분포나 기능에 있어서 다른 점이 있기 때문이다. 그러나 분류의 기준이 변형 문법에서 제시하는 '구조격'이나 '어휘격'의 분류 기준이 적용되는 것이 아니라 '분포'와 '기능'에 따라 분류하고자 한다.

2.2. '기능'과 '분포'에 따른 명사토 분류

전통 문법부터 명사토는 보통 '명사의 통사적 관계를 나타내는 토'와 '명사의 의미적·화용적 기능을 나타내는 토'로 구분해 왔는데, 그 형태적·통사적·의미적 특성에 따라 좀더 다양하게 분류되기도 했다. 이남순(1996: 218~220)에서는 '문장 성분에 통합되는 순서'를 기준으로 '-이/가, -을/를, -에, -로' 등은 격조사, '-보다, -부터, -까지, -조차, -마저, -만, -만큼, -대로, -처럼' 등은 특수조사, '-는, -도, -야, -나, -나마' 등은 첨사로 분류하였다. 목정수(2003)에서는 분포를 기준으로 '-이/가, -을/를, -은/는, -도' 따위를 '한정사'라 하고, '-에, -에게, -로' 등은 문법 관계 표지 혹은 격조사, '-는, -도'를 제외한 대부분의 전통 문법의 도움토는 보조사로 구분하였다. 그리고 최웅환(2005)에서는 명사토의 교착 기능을 고려하여, '[+정치],[+탁립]형 조사', '[-정치],[-탁립]형 조사', '[+정치],[-탁립]형 조사', '[-정치],[+탁립]형 조사'로 구분하였다.

한편 각 논의마다 각 명사토가 가리키는 대상이 다르다. 이를테면 최동주(1997), 김영희(1999), 한정한(2003), 임동훈(2004)에서는 모두 '후치사'라는 용어를 사용하고 있는데, 최동주(1997)에서는 '-에, -로, -에게, -에서' 등을 가리키고, 김영희(1999)에서는 '생략될 수 없는 -에, -에서,

-에게, -로'를, 한정한(2003)에서는 '부가어 표시의 -에, -에게, -에서, -와'를, 임동훈(2004)에서는 '-만1, -까지, -다가, -밖에, -부터, -조차, -처럼, -같이, -보다, -만큼, -만2, -뿐, -대로' 등을 가리킨다.

앞에서 명사는 명사와 다른 성분과의 관계를 나타내는 '자리'[18]와 선택 영역에서 그 명사의 '영역'을 나타내는 문법 범주가 실현된다는 것을 살폈다. '자리'와 '영역'의 문법 범주는 각각 '자리토'와 '도움토'가 해당된다.[19] '자리토'는 명사의 통사적 기능을 나타내는 것이고, '도움토'는 의미를 더하는 기능을 한다. 그리고 문장 성분이나 문장을 이어주는 '이음토'가 있다.

한편, 다음에서 보는 바와 같이 도움토는 실현되었으나, 자리토가 실현되지 않는 (40)이나 어떤 명사토도 실현되지 않은 (41)과 같은 경우가 있다.

(40) 영이도 책만 본다.

(41) 영이 밥 먹었어?

(40)과 같이 도움토가 실현되었으나 자리토가 실현되지 않으면 그 도움토만으로는 명사의 통사적 기능을 확인할 수 없고 동사와의 관계를 통해 그 명사의 통사적 기능을 알 수 있다. 즉 자리토가 실현되지 않았다고 해도 '영이'나 '책'은 각각 주어와 목적어라는 통사적 기능을 가지고 보통

---

18) 이 글에서는 '명사와 다른 언어 형식과의 문법 관계'라는 의미로 '자리'라는 용어를 사용한다.(허웅(1983)의 '자리' 참고) 그런데 이 글의 '자리'는 엄밀하게 정의된 개념은 아니다. '격표지', '관계표지' 등 관계 있는 여러 용어들과 비교·검토하여, 명사토의 통사적 기능을 잘 드러낼 수 있는 용어에 대한 더 깊은 논의가 필요하다.
19) 자리토와 도움토의 화용적 기능에 대한 것은 최규수(1999) 참조.

그렇게 해석하는데, 그러한 해석에는 '보다'라는 동사의 하위범주화 정보
가 바탕이 된다. 따라서 자리토가 실현되지 않아도 '자리'라는 개념은
있다고 보아야 하므로 문장에 실현된 명사가 자리토가 없더라도 'ø'
형태를 설정해야 한다. 그것은 (41)과 같이 명사토가 전혀 실현되지 않은
경우도 마찬가지다.

그러나 도움토의 경우는 다른데, (40)과 같이 실현되었을 때는 '영역'의
의미이든 또는 어떤 의미적 혹은 화용적 정보를 가지지만, (41)과 같이
도움토가 실현되지 않은 상태에서 도움토의 어떤 의미를 예측하기는 힘들
다. 따라서 도움토의 경우는 'ø' 형태를 설정할 필요가 없다.

이러한 논의에 따라 명사토를 '자리토'와 '도움토', '이음토'로 분류하고
각각의 명사토를 나타내면 다음과 같다.

(42)ㄱ. 자리토 : -이/가, -을/를, -와1/과1, -보다, -만(큼), -하고, -에,
　　　　　　　　-에서, -에게, -한테, -께, -더러, -로(써, 서), -아, -야,
　　　　　　　　-(이)여, -(이)시여, ø[20]

　　　ㄴ. 도움토 : -은/는, -도, -만, -마다, -부터, -까지, -조차, -마저,
　　　　　　　　-서껀, -커녕, -(이)야(말로), -(이)라도, -(이)나, -(이)
　　　　　　　　나마

　　　ㄷ. 이음토 : -와2/과2, -의, -시피, -마는

앞에서도 설명된 바와 같이, 명사토는 여러 개가 결합할 때 일정한
순서가 있어 그 순서를 어기면 비문이 된다. 그 중에서도 '-이/가', '-을/를'

---

20) 위에서 살핀 것처럼 (42ㄱ)에서 자리토의 목록에는 자리토가 실현되지 않았을
　　때도 통사적 기능이 있기 때문에 자리토가 실현되지 않아도 자리토의 하나로
　　'ø'를 설정하였다.

과 '-은/는', '-도'는 좀더 제약적이다. 이를테면 '-는', '-도'는 (43ㄷ, ㄹ, ㅁ)과 같이 자리토와 결합할 수 있으나, (43ㄱ, ㄴ)과 같이 '-이/가', '-을/를'과는 왜 같이 실현되지 못하는가.

(43)ㄱ. 하늘이 / *하늘이도 / *하늘이는 푸르다.
　　ㄴ. 밥을 / *밥을도 / *밥을는 먹는다.
　　ㄷ. 학교에서/학교에서도/학교에서는 웃는다.
　　ㄹ. 집으로/집으로는/집으로도 간다.
　　ㅁ. 집에/집에는/집에도 있다.

변형 문법의 논의에서는 '-는'이나 '-도' 앞에서 '-이/가', '-을/를'이 의무적으로 탈락된다는 규칙을 두고 있다. 그러나 이것은 목정수(2003)에서도 지적하고 있는 것과 같이, 수의적인 규칙을 설정한 것으로 직접적인 해결 방안이라고 할 수는 없다. 그렇다고 해서 이들을 '분포'만을 기준으로 한 범주로 묶는 것은 통사적, 의미적으로 '-이/가', '-을/를'의 기능과 '-는', '-도'의 기능이 너무 다르기 때문에 받아들이기 어렵다.

따라서 다른 방법을 모색할 필요가 있는데, 이들의 분포를 보면, '-이/가, -을/를, -도, -은/는'은 항상 마지막에 위치하고, 다른 명사토들은 이들 앞에 위치한다.

(44)ㄱ. 여기에서가(*가에서)　먹을 수 있다.
　　ㄷ. 버스로는(*는로)　갈 수 없다.

(44)에서 보면, '-이/가, -을/를, -도, -은/는'은 다른 명사토의 뒤에 오고, 그 뒤에 다른 명사토가 오는 것을 허용하지 않는다는 형태적 특성이

있다. 이것이 이들 명사토 각각의 형태적 자질이다. 그러한 형태적 자질의 충돌로 이들은 서로 통합할 수 없고 동시에 실현될 수도 없는 것이다. 이것은 동사토의 맺음토의 특성과도 관련 있다.

그래서 서민정(2005)에서 제시한 '통사적' 기준과 '의미적' 기준이라는 기준을 '±통사적'으로 수정하여 명사토를 '기능'과 '분포'[21]에 따라 분류할 수 있다.[22] 그리고 '이음토'를 추가하여 논의하기 위해 '-통사적'은 다시 '+이음'과 '-이음'으로 구분된다.

(45) 명사토(N-infl)

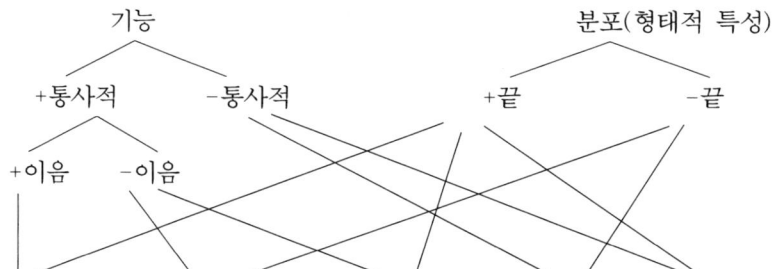

(45)에서 ø 설정의 필요성을 구체적인 예를 통해 좀더 살피기로 한다. (46)에서 쓰인 '밥'이 어휘부에 등록되어 있는 명사 '밥'과 같은 정보를 가진 것은 아니다. 즉 (46)의 '밥'은 형태는 같지만 문장 속에서 문장

---

21) 명사토의 분류에서 '분포'를 기준으로 삼고 있는 연구로는 임동훈(2004: 119~154)를 참조할 수 있다.

22) 이러한 분류 기준의 수정은 '자리토'가 의미적 기능이나 화용적 기능이 있다는 논의에서 자유롭기 위해서이다. '+통사적'은 '자리토'로, '-통사적'은 '도움토'와 대응된다. '자리토'의 의미적 · 화용적 기능에 대한 것은 다음 기회로 미룬다.

성분(목적어)으로 기능하고 있으므로 '밥+ø'으로 분석해야 한다.

　(46) 영이가 밥 먹었어.

　그래서 유형이 '어절'인 '밥'과 유형이 '줄기'인 '밥'은 자질 구조에서 (47)과 같이 다르게 기술된다. 이 글의 논의에 따라 문장에 쓰인 명사는 토가 생략되었다 하더라도 (47)과 같이 자질 구조를 통해 어휘부의 명사와의 차이가 드러날 수 있다.

(47)ㄱ.
$$
\begin{bmatrix}
음운 & 밥 \\
통사의미 & \begin{bmatrix} 통사 & \begin{bmatrix} 중심어 & \begin{bmatrix} 품사 & N \\ CASE & case \end{bmatrix} \end{bmatrix} \\ 의미 | 영역 & co-domain \end{bmatrix} \\
형태 & \begin{bmatrix} 줄기 & 밥 \\ 토 & ø \end{bmatrix}
\end{bmatrix}
$$

ㄴ.
$$
\begin{bmatrix}
음운 & 밥 \\
통사의미 | 통사 & [중심어 \ [품사 \quad N]] \\
형태 & 줄기
\end{bmatrix}
$$

　지금까지 살핀 명사토 각각의 문법적 특징은 어휘부의 통사·의미·화용 정보에서 기술하되, 명사토의 통사적·의미적 기능은 이 장 1.2절의 명사의 어휘 규칙에 따라 반영된다.

3. 자리토와 통사 자질

3.1. 자리와 자리토

명사가 문장에서 기능할 때 다른 언어 형식과의 문법 관계를 가리키는 용어로 '자리', '격' 등이 사용되어 왔다. 이 중에서 '격'이라는 용어는 논자에 따라 다른 의미로 사용되었는데, 변형 문법의 틀 안에서 논의된 연구는 Chomsky(1981)의 '격이론'에 바탕을 두고 이른바 '구조격'에 한정해서 '격'이라고 하기도 했다(안병희: 1966, 이남순: 1988).[23]

한편 허웅(1983: 197~198)에서는 '명사와 다른 언어 형식과의 문법 관계'라는 의미로 '자리'라는 용어를 사용했다.[24] 허웅(1983)에서는 '자리'라는 개념을 명사의 동사와의 관계에 의한 것이라는 의미로 사용한다. 이 글은 명사의 통사적 기능을 일차적으로는 자리토를 통해 알 수 있고 자리토가 생략된 경우에는 동사의 하위범주화 정보를 통해 예측할 수 있다고 밝힌 바 있다. 우리말의 '자리(격)'는 허웅(1983: 197~198)의 설명에서와 같이 인구어의 격과 다르게 '문법 관계'와 같은 개념으로 쓰고 있다. 이 글에서도 그러한 입장에 따라 '자리토'라고 하는 용어를 사용하고자 한다.

우순조(1994: 43~44)에서는 변형 문법적 설명과 같은 대립적 국면을 낳게 한 것은 국어의 일부 조사류에 '격'이라는 개념을 적용시키는 데에 있다고 판단하고, 그래서 '격'이라는 개념의 부적절성을 극복하기 위해 '관계 표지'라는 용어로 설명하기도 하였다.

---

23) 그 외에 다양한 격에 대한 논의는 Somers(1985) 참조.
24) '자리말'(문장성분)에 대한 연구는 박만수(1988) 참조.

그리고 '자리토'에 대해서는 장석진(1993), 우순조(1994), 서정수 (1996) 등에서는 '-이/가, -을/를, -의'는 '문법기능조사' 혹은 '기능 표지' 등과 같은 용어를 쓰고, 다른 자리토 '-에게, -로, -에서, -에' 등은 '후치사'로 구분하기도 하였다. 앞 절에서 논의한 바와 같이 자리토 안에서 두 부류로 구분하는 것은 자리토의 분포에 기반한 것이지 구조적 해석 여부와는 상관없다.

'자리토'는 다음과 같은 문제와 관련되어 있다.

첫째, 자리토의 분류는 필요한 것인가, 필요하다면 어떻게 하위 분류할 것인가

둘째, 자리토는 어떤 자질이 있으며, 각 자리토의 자질 구조는 어떤 모습인가.

셋째, 자리토가 생략되었을 때 명사의 문법 기능은 어떻게 예측하는가.

3.2. 자리토의 하위 분류

전통 문법이나 구조 문법에서는 '임자자리토, 부림자리토, 위치자리토' 등과 같이 자리토가 결합하는 성분의 통사적 기능을 기준으로 자리토를 주로 분류해 왔다. 변형 문법적 연구에서는 주로 어휘격과 구조격을 구분하여 '-로, -에, -에서' 등은 어휘격으로 '-이/가, -을/를'은 구조격으로 분류하였다.

자리토는 분포적 제약에 따라 뒤에 다른 토를 허용하지 않는 자리토와 허용하는 자리토로 분류할 수 있다. 그리고 각각은 결합하는 성분의 통사

적 기능에 따라 다시 분류할 수 있다.

그래서 뒤에 다른 토를 허용하지 않는 토는 자질 구조로 [fin +]로 나타낼 수 있고, 그렇지 않은 토는 자질 구조로 [fin -]로 나타낼 수 있다. 이러한 기준에 따라 자리토를 분류하면 다음과 같다.

   (48)ㄱ. [fin   +]: -이/가, -을/를
      ㄴ. [fin   -]: -에, -로, -에서, -에게, -와1/과1

3.3. 자리토의 자질 구조

'자리토'는 선행 명사의 통사적 기능을 나타낸다.[25] 그러면 자리토의 자질 구조는 (49)와 같이 나타낼 수 있을 것이다.

   (49) 자리토

$$\left[중심어 \left[\begin{matrix} 품사 & N \\ 자리 & case \end{matrix} \right] \right]$$

(49)에서 '자리'의 값의 종류에 대해서는 다양한 견해가 있을 수 있는데[26] 일단, 허웅(1983)[27]에 따라, 임자자리, 부림자리, 어찌자리, 견줌자

---

25) 그러면서도 담화 기능도 물론 있다. 담화 기능에 대한 것은 최규수(1999) 참조.
26) 학자들의 다양한 견해는 김민주(1985) 참조.
27) 허웅(1983)에서는 형태와 내용을 동시에 고려하되, 형태를 더 중시하여 자리토를 (1)과 같이 분류하고 이런 형식이 실현되면, 임자말, 부림말, 견줌말, 위치말, 방편말 등으로 분류하였다.
  (1)ㄱ. 임자자리토씨 : 이/가
    ㄴ. 부림자리토씨 : 을/를

리, 위치자리, 방편자리 등으로 분류해서 논의한다. 그리고 여기에는 '-이/가, -을/를, -와1/과1, -에, -에게, -로' 등이 해당된다.

그래서 명사토 '이'와 '-에'의 자질 구조는 (50), (51)과 같다.

(50)
$$\begin{bmatrix} \text{음운} & \text{이} \\ \text{통사의미} \mid \text{통사} & \begin{bmatrix} \text{중심어} & \begin{bmatrix} \text{품사} & \text{N} \\ \text{자리} & \text{임자} \end{bmatrix} \end{bmatrix} \\ \text{형태} & [\ \text{Fin} \quad + \ ] \end{bmatrix}$$

(51)
$$\begin{bmatrix} \text{음운} & \text{에} \\ \text{통사의미} \mid \text{통사} & \begin{bmatrix} \text{중심어} & \begin{bmatrix} \text{품사} & \text{N} \\ \text{자리} & \text{위치} \end{bmatrix} \end{bmatrix} \\ \text{형태} & [\ \text{Fin} \quad - \ ] \end{bmatrix}$$

명사토에서 통사적 기능이 있는 토는 자질 구조에서 [자리 값]을 가진다. 그리고 의미적 기능이 있는 토는 [의미 | 영역 값]을 가진다. 형태적 특성에서 뒤에 다른 명사토를 허용하지 않는 것은 [형태 [FIN +]]를, 허용하는 토는 [형태 [FIN -]]의 자질 구조를 가진다.

각 명사토의 자질 구조를 보이면 다음과 같다.

ㄷ. 견줌자리토씨 : 과/와, 보다, 처럼, 만(큼), 하고
ㄹ. 위치자리토 : 에, 에서, 한테, 께, 더러, (에)서, 에게, 께, 더러
ㅁ. 방편자리토 : 로(써, 서)
ㅂ. 부름자리토 : 이여, (이)시여, 야

(52) 가

$$
\begin{bmatrix}
\text{음운} & \text{가} \\
\text{통사의미} \mid \text{통사} & \begin{bmatrix} \text{중심어} & \begin{bmatrix} \text{품사} & \text{N} \\ \text{자리} & \text{임자} \end{bmatrix} \end{bmatrix} \\
\text{형태} & [\ \text{Fin} \quad + \ ]
\end{bmatrix}
$$

(53) 를

$$
\begin{bmatrix}
\text{음운} & \text{를} \\
\text{통사의미} \mid \text{통사} & \begin{bmatrix} \text{중심어} & \begin{bmatrix} \text{품사} & \text{N} \\ \text{자리} & \text{부림} \end{bmatrix} \end{bmatrix} \\
\text{형태} & [\ \text{Fin} \quad + \ ]
\end{bmatrix}
$$

(54) 에

$$
\begin{bmatrix}
\text{음운} & \text{에} \\
\text{통사의미} \mid \text{통사} & \begin{bmatrix} \text{중심어} & \begin{bmatrix} \text{품사} & \text{N} \\ \text{자리} & \text{위치} \end{bmatrix} \end{bmatrix} \\
\text{형태} & [\ \text{Fin} \quad - \ ]
\end{bmatrix}
$$

(55) 도

$$
\begin{bmatrix}
\text{음운} & \text{도} \\
\text{통사의미} \mid \text{통사} & \begin{bmatrix} \text{중심어} & \begin{bmatrix} \text{품사} & \text{N} \\ \text{자리} & \text{case} \end{bmatrix} \end{bmatrix} \\
\text{형태} & [\ \text{Fin} \quad + \ ]
\end{bmatrix}
$$

그 외에 여러 명사토들의 통합 여부는 의미 정보나 화용 정보의 충돌 여부에 달려 있다.[28] 그리고 '-이/가', '-을/를'과 '-는', '-도'의 제약도

---

28) 자리토와 도움토의 화용적 기능에 대한 것은 최규수(1999) 참조.

명사토의 분류와 통사적 정보 외에 '화용 정보'에서 좀더 적극적으로 설명할 수 있다.

최규수(1999: 41~63)에서 논의한, 정보에 대해 '알려진/ 안 알려진' 요소와 '중요한/덜 중요한' 요소의 구분과 명사토의 관계를 보면, '-이/가', '-을/를'과 '-는', '-도'는 상반된 정보를 가지고 있다. 이러한 논의를 도입하면, 이 글의 '어절 구성 원리'에서 정보의 충돌이 있기 때문에 이들은 통합될 수 없는 것이다.

명사토 '-가'와 명사 '학교'와 통합된 모습을 보이면 다음과 같다.

(56) 학교

$$
\begin{bmatrix}
\text{음운} & \text{학교} \\
\text{통사} & [\text{중심어 } [\text{품사 } N]] \\
\text{형태} & \text{줄기}
\end{bmatrix}
$$

(57) 학교가

$$
\begin{bmatrix}
\text{음운} & \text{학교가} \\
\text{통사} & \left[\text{중심어} \begin{bmatrix} \text{품사} & N \\ \text{자리} & \text{임자} \end{bmatrix}\right] \\
\text{형태} & \begin{bmatrix} \text{줄기} & \text{학교} \\ \text{토} & \text{가} \end{bmatrix}
\end{bmatrix}
$$

(58) 학교

$$
\begin{bmatrix}
\text{음운} & \text{학교} \\
\text{통사} & \left[\text{중심어} \begin{bmatrix} \text{품사} & N \\ \text{자리} & \text{임자} \end{bmatrix}\right] \\
\text{형태} & \begin{bmatrix} \text{줄기} & \text{학교} \\ \text{토} & \varnothing \end{bmatrix}
\end{bmatrix}
$$

이러한 분석 방법은 아직 문장 속에 쓰이지 않은 어휘부에서의 '명사'와 '명사토가 생략된 명사'를 구별할 수 있다.

(56)과 (58)은 먼저 언어 기호의 유형에서 (56)은 줄기이고, (58)은 어절이다. 그리고 (58)의 '학교'는 문장 속에 있기 때문에 '자리'는 있으나, 자리토가 생략되어 현재로는 알 수 없고, 동사와 결합할 때 동사의 하위범주화 정보와 선택 제약으로 그것의 '자리'를 예측할 수 있다.

한편 자리토는 명사가 아닌 언어 형식과도 결합하는 경우가 있다.[29] (59ㄱ)과 같은 동사토 '-기' 다음에도, (59ㄴ)과 같은 부사어 '여기에서' 다음에도, (59ㄷ)과 같은 문장 '죽느냐 사느냐' 다음에도 실현된다.

(59)ㄱ. 가기가 힘들어요.
　　ㄴ. 여기에서가 아니다.
　　ㄷ. 죽느냐 사느냐가 문제다.

이것은 꼭 명사만이 아니라 어떤 언어 형식이라도 동사의 하위범주화 조건이나 선택 제약과 같은 통사적 조건만 맞다면 문장 속에서 통사적 기능을 할 수 있음을 전제하는 것이며, 이에 따라 자리토는 그러한 언어 형식의 통사적 기능을 나타내는 것이다.

(59)의 '가기', '여기에서', '사느냐'는 언어 단위로는 '어절'이다. 이러한

---

29) (1), (2)와 같이 나타나는 것은 뒤따르는 동사와도 관련이 있어 보인다. (1)은 '아니다' 앞에서는 '여기에서'와 같은 어찌말도 명사토 '가'와 결합이 가능하지만, (2)의 '푸르다'의 임자말에는 '여기에서'와 같은 부사어는 나타날 수 없다.
　(1) ㄱ. 책의 아니다.
　　　ㄴ. 여기에서가 아니다
　(2) ㄱ. 하늘이 푸르다.
　　　ㄴ. *여기에서가 푸르다.

어절과 자리토가 결합하는 양상을 포함하여 자리토가 어떤 언어 형식과 결합하는 것을 일반화하면 (60)과 같다. 그리고 이 때 '자리'의 값이 있는 어절이라면 의미 정보는 있으나, 자리의 값은 다시 'case'가 된다.

(60) X[case ①]

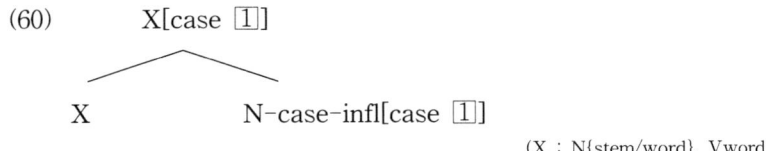

    X   N-case-infl[case ①]

(X : N{stem/word}, Vword)

그리고 이들의 통사적 기능이 실현되는 것을 분석하면 다음과 같다.

(61)ㄱ.   가기가

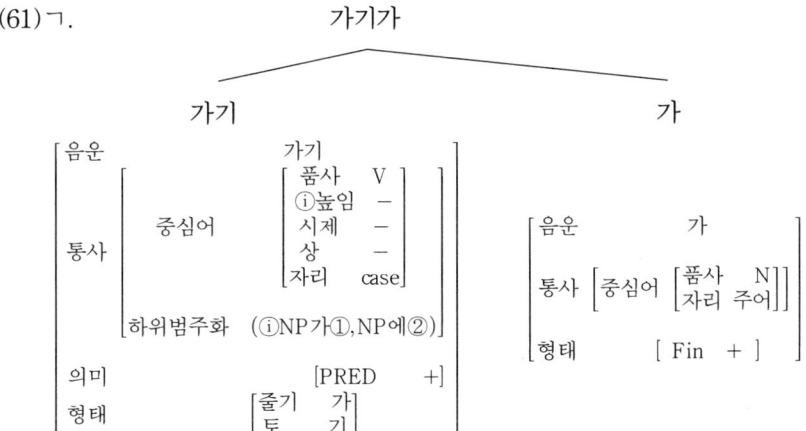

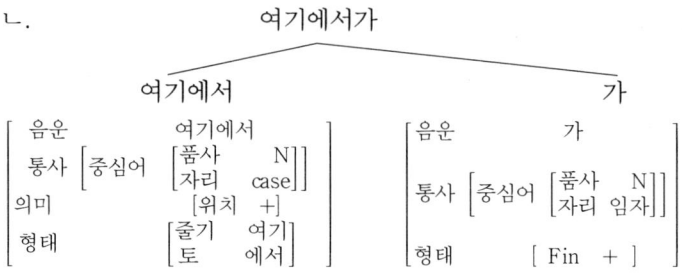

ㄴ.

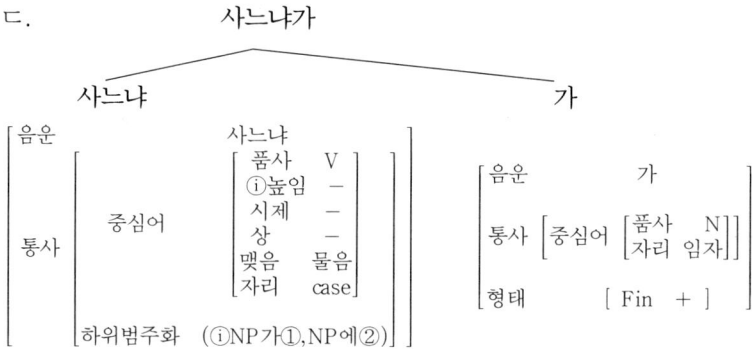

ㄷ.

3.4. 이른바 이중 주어 구문

3.4.1. 자리토와 관련해서 오랫동안 관심을 받아온 이른바 이중 주어 구문을 이 글의 문법 모형으로 설명한다[30]

(62) 영이가 의사가 되었다.

(63) 영이가 학생이 아니다.

---

30) 이 절의 내용은 서민정(2008)의 논의를 바탕으로 하고 있음을 밝혀 둔다.

(64) 코끼리가 코가 길다.

(65) 내가 호랑이가 무섭다.

(66) 주전자가 물이 샌다.

(67) 영이가 그 옷이 잘 받는다.

서민정(2008)에서는 위의 예들을 묶어 'NP1이/가 NP2이/가 V' 구문이라 하고 위의 (62)~(67) 구문에서 'NP1이/가'와 'NP2이/가'의 문법적 기능에 대해 설명하였는데, 'NP1이/가'와 'NP2이/가'의 해석에 대해 국어학에서 많은 문제 제기와 논의[31]가 있었음에도 불구하고 해결되지 않는 이유를 영어와 영문법의 영향 때문으로 분석하였다. 그리하여 (62), (63)의 '되다, 아니다' 앞의 'NP2가'가 보어라면 다른 구문의 'NP2가'도 보어임을 논의한 바 있다.[32] 이 글에서는 서민정(2008)의 논의를 받아들이면서 논의를 진행한다.

(68) 선생님이 키가 크시다

---

31) 'NP1이/가 NP2이/가 V' 구문에 대한 연구는 유길준(1909), 주시경(1910), 김두봉(1922), 박승빈(1935), 최현배(1937), 홍기문(1947), 송석중(1967), 박순함(1970), 서정수(1971), Yang(1972), Park(1973), 이기용(1976), 김영희(1978), 임홍빈(1979), 정인상(1980), 박병수(1983), 김남길(1982), 김영희(1985), 박영순(1985), Kang(1986, 1988), 남기심(1986), 임홍빈(1987), 이광호(1988), 안명철(2001), 목정수(2005), 이정택(2006) 등의 논의가 있었다. 앞선 연구에 대한 자세한 것은 서민정(2008) 참조.

32) 서민정(2008)은 기본적으로 '되다/아니다' 구문의 'NP2이/가' 성분이나 이른바 이중 주어 구문의 'NP2이/가' 성분이 문장에서의 기능이 같음을 논증하였다. 이러한 시도는 '되다/아니다' 구문의 'NP2'에 대해 동일한 구조를 가진 다른 구문과 구별하여 '보어'라고 하는 것은 서구 언어 특히 영어 중심의 문법론에서 기인하는 것으로 보고 서구 언어 중심적인 시각에서 벗어나 우리말의 문법적 특성을 잘 반영하기 위한 노력의 하나이다.

(68)에서 '-시-'는 NP2인 '키'가 아니라 NP1인 '선생님'과 호응한다. 따라서 NP2보다는 NP1이 주어일 가능성이 높다. 즉 알려진 바와 같이 '-시-'가 [주어높임 +]의 자질을 가진 동사토이기 때문에 '-시-'와 호응하는 요소가 '주어'일 가능성은 더 높아지는 것이다. 4장에서 논의한 '-시-'의 자질 구조를 다시 가져오면 (69)와 같고 '-시-'와 결합한 '크시-'는 (70)과 같다.

(69) 시

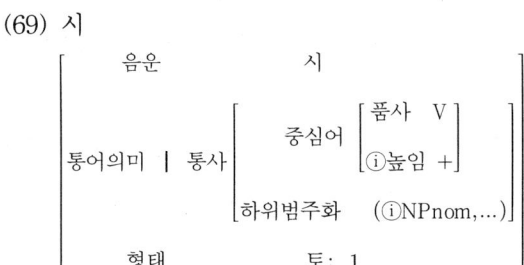

(70) 크시

(69), (70)에서 볼 수 있듯이 [높임 +]의 자질이 있는 주어와 '-시-'가 호응하기 때문에 '-시-'가 결합한 동사는 주어를 확인할 수 있다. 물론 여기서 의미적 정보[33], 화용적 정보를 더 명시적으로 나타낸다면 정확한 주어를 지시할 가능성이 더 높아질 것이다.[34]

---

33) 박효명(1997: 99~127)에서는 이른바 이중 주어 구문의 통사적 의미적 특성을 HPSG(중심어 주도 구 구조 문법)의 틀 안에서 설명하였다.

따라서 '-께서'와의 결합 관계, '-시-'와의 호응 관계, 관계관형절 구성을 통해 (62)~(67)에서 NP1을 잠정적으로 주어로 설정할 수 있다.[35] (62)~(67)에서 NP1이 주어라는 논의가 받아들여진다면 NP2인 '의사가', '학생이', '코가', '호랑이가', '물이', '옷이'의 문법적 기능[36]에 대해 서민정(2008)에서는 지금까지 국어학에서 다른 구문으로 구분했던 '되다/아니다' 구문과 그것을 제외한 이른바 이중 주어 구문과 그 외의 'NP1이/가 NP2이/가 V' 구문이 'NP1이/가 NP2이/가 V' 라는 구조적 동일성을 가지고 있음에도 불구하고 왜 다른 구문으로 해석되었는지에 대해 주목했다.

이정택(2006: 243~244)에서는 다중 주어 혹은 이중 주어 구문들은 인구어에서는 찾아볼 수 없는 것이기에 국내외 학자들의 많은 주목을 받아 왔다고 하고 다음과 같은 예문을 제시했는데, 여기에는 '되다, 아니다' 구문이나 '영이가 그 옷이 받는다' 구문의 예는 없다.

(71)ㄱ. 토끼가 앞발이 짧다.
　　ㄴ. 이 동네는 집들이 마당이 좁다.

---

34) (16), (17)과 같은 자질 구조와 자질 구조의 통사적, 의미적, 화용적 정보에 대해서는 서민정(2004, 2007) 참조.

35) 이 연구의 초점이 '주어 검증'이라기보다는 'NP1이/가 NP2이/가 V'구문의 'NP2이/가'가 동일한 문법적 기능을 가진 것이라는 것을 논증하는 데 있다. 그래서 그 'NP1이/가'의 주어 검증에 대해서는 앞선 연구의 방법론에 바탕을 두었다.

36) 일반 언어학적 관점에서 모든 문장은 주어가 하나라는 전제를 받아들인다면 (62)~(63)의 NP2는 주어가 아니다. 그리고 주어가 반드시 하나이어야 하는 선험적 증거가 없다는 것이 받아들인다면 (62)~(63)의 NP2는 모두 주어일 가능성을 배제할 수 없다. 이것은 (62), (63)과 (64)~(67)의 NP2의 문법적 기능이 무엇이든지 간에 구분해서는 안 되며 같은 문장 성분으로 설정해야 한다는 것이 이 연구에서 논의하고자 하는 핵심이다.

이정택(2006) 뿐만 아니라, 안명철(2001), 최웅환(2007) 등 대부분의 이른바 이중 주어 관련 논의에서는 '되다/아니다' 구문은 포함되어 있지 않다.

그것은 우리말에서는 이들은 'NP1이/가 NP2이/가 V'로 같은 구문이지만, 영어에서는 다른 구문으로 해석되기 때문이다. 그래서 국어학에서도 다른 구문으로 분석되어 왔다.37) (62)~(67)을 영어로 번역한 문장과 비교해 보면, 우리의 이중 주어 구문 분석에 영어의 영향이 컸음을 확인할 수 있다.

(62)' Younghee becomes a doctor.
(63)' Younghee isn't a student.
(64)' The elephant has a long nose.
(65)' I am afraid of a tiger.
(66)' The water leaks from a kettle.
(67)' The dress suits Younghee perfectly.

영문법에서는 (62)'의 'a doctor'와 (63)'의 'a student'는 보어(C)로 분석하고 (64)'의 'a long nose', (65)'의 'a tiger', (66)'의 'Younghee'는 목적어로 분석한다. 그리고 (67)'의 'from a kettle'은 전치사구이다.

그런데 이 가운데서 (62)'의 'a doctor'와 (63)'의 'a student'는 각각 우리말의 (62)의 '의사가'와 (63)의 '학생이'와 잘 대응된다. 그래서 국어학이 영문법의 영향을 받았음을 전제한다면, '의사가'와 '학생이'를 자연스럽게 보어로 분석하였을 가능성은 충분히 예측할 수 있다.

---

37) 품사 분류에서도 일본어문법이나 영문법의 영향이 많았다는 것은 이미 지적된 바 있다. 고영근(2002) 참조.

반면 (64)~(67)은 그 양상이 다르다. 즉 우리말에서는 주어의 형식을 가지고 있는 문장 성분이 영어에서는 목적어라든가 전치사구 형태를 갖추고 있다. 반면 (64)의 '코가 길다'의 '코가'나 (65)의 '호랑이가', (67)의 옷이 (64)', (65)', (67)'에서 목적어로 실현된다. 그 대응이 모호해지는 것이다. 거기다가 이들 문장은 주어가 이중 혹은 다중으로 나타나면서 서구 언어에 없는 아주 특징적인 문법 현상으로 부각된 것이다.

이러한 점 때문에 'NP1이/가 NP2이/가 V' 구문의 'NP1'이나 'NP2'의 문법적 기능에 대해 이중 주어문인가 단일 주어문인가 혹은 서술절인가 등 이른바 이중 주어문의 논란[38]에서 (62), (63)은 제외되지 않았는가 하는 것이다. 물론 이러한 설명이 다소 비약적이라고 할 수 있으나, (62)~(67)의 문장을 두고 보면 이들을 다른 구문으로 보기는 어렵다. 즉 (62)~(67)의 문장이 대응되는 영어 문장이 다른 구문으로 나타나는 것이지 이들만을 보면 오히려 다른 구문이라고 하기 힘들다. 혹시 각 문장이 통사론적 특성을 가지고 있다면 그것은 영어와의 대응 속에서 구분할 것이 아니라 같은 통사 구조 속에서 각각의 통사론적 특성에 따라 구분하는 것이 타당하다.

3.4.2. 'NP1이/가 NP2이/가 V' 구문에서 NP1을 '주어'라고 하고 NP2는 주어가 아닌 다른 문장 성분이라고 한다면, NP2의 문법적 기능은 무엇이라고 해야 할 것인가. 이런 점에 대해 먼저 '되다/아니다' 구문의

---

38) 'NP1이/가 NP2이/가 V' 구문의 'NP1'이나 'NP2'에 대해 변형설, 주제설, 초점설, 대주어와 소주어설, 서술절의 주어설 등 이러한 구문의 주어의 이중성의 해결을 위한 가능한 방법이 다 제시되었다고도 할 수 있다. 심지어는 남기심(1986)에서처럼 해결의 방법이 없다는 주장이 제기되기도 했다.

'NP2이/가'와 다른 구문의 'NP2이/가'의 문법적 지위를 비교, 검토하고 이를 바탕으로 고찰하기로 한다.

'되다/아니다' 구문의 'NP2'를 보어로 보아야 한다는 논의에서는 이들이 생략할 수 없는 필수 성분이라는 점이 강하게 작용한다. 그러나 이러한 점은 (64)의 'NP2'도 마찬가지이다. 즉 'NP2'가 생략된 (72)가 비문이라면 (73)도 역시 비문이다.

(72) *영이가 되었다.
(73) *코끼리가 길다.
(74) 코가 길다.
(75) 가을이 되었다.
(76) 우연이 아니다.

그리고 (64)와 관련해서 '코끼리'가 나타나지 않은 (74)와 같은 예가 있기 때문에 (64)를 (62), (63)의 '되다/아니다' 구문과 구별해야 한다면 역시 'NP1'이 생략된 것으로 보이는 (75), (76)과 같은 문장은 어떻게 설명해야 할 것인가. 만약 (75), (76)이 각각 '날씨가'와 '이 상황이'가 생략되었다면, (74)도 '코끼리가'와 같은 문장의 NP1이 생략된 것이다.[39]

따라서 (62), (63)의 'NP2이/가'나 (64)~(67)의 'NP2이/가'는 모두

---

39) 그렇다면 다음과 같은 'NP1이/가 NP2이/가 V' 구문과 'NP1이/가 V' 구문은 어떻게 설명해야 할 것인가.
　(1) 영이가 얼굴이 아름답다.
　(2) 자연이 아름답다.
　(2)는 두 가지 가능성이 있는 구문이다. '자연이'가 주어일 수도 있고, (1)의 'NP1이/가'가 생략되어 '보어'로 볼 가능성도 있다. 그러한 해석은 상황이나 문맥이 고려되어야 하므로 화용적인 정보까지 함께 고려되어야 한다. 이러한 구조적 중의성은 다른 많은 예가 있다.

동일한 문법적 기능을 가지고 있다고 보아야 한다. 조금 강조해서 말하자면, 이러한 설명은 이들을 주어라고 하든지 아니든지 간에 이들은 모두 동일한 문법적 기능을 가진다는 것이다. 즉, 되다, 아니다 앞에 오는 NP2만 보어이고 다른 동사 앞에 실현되는 NP2는 또 다른 문법적 기능이 있는 것이 아니라, (64)~(67)과 같은 구문의 NP2도 동사를 보충하는 기능을 하는 것이다.

동사에 따라서 이런 보충이 필요 없는 경우도 있고 있는 경우도 있으며, 동사의 통사 자질에 따라서 '길다, 되다, 새다'와 같이 '-이/가' 성분을 요구할 수도 있고 다음의 '먹다, 보다'와 같이 '-을/를' 성분을 요구할 수도 있다.

(77) 영이가 밥을 먹었다.
(78) 영이가 책을 보았다.

그래서 '되다/아니다' 구문을 포함하여 'NP1이/가 NP2이/가 V' 구문의 'NP1이/가'는 '주어'이며, 'NP2이/가'는 보어[40]로 분석해야 한다.

3.4.3. 앞의 (62)~(67)의 구문은 모두 'NP1이/가 NP2이/가 V' 구문이라는 공통점도 있지만, 'V'의 종류에 따라 세부적으로 통사적 특징에서 조금씩 다른 점도 있다.

이를테면, '되다', '새다', '받다'는 동작동사[+동작]이며, '아니다', '길다', '무섭다'는 상태동사[-동작]로 구분된다.

---

40) 이들을 지시하는 용어로 '보어'라는 용어를 사용하는 것은 좀더 논의가 필요하다. 여기서는 이들이 주어가 아님을 밝히는 정도에서 전통적으로 사용해 온 '보어'라는 용어를 사용하였다.

(79)ㄱ. [+동작]: 되다, 새다, 받다 등.
　　ㄴ. [−동작]: 아니다, 무섭다, 길다 등.

그래서 'NP1이/가 NP2이/가 V' 구문은 'V'의 종류에 따라 다시 하위
분류될 수 있다.

3.5. 자리토 생략과 동사 정보

명사는 그 자체로는 문장에서 기능이 무엇이라고 단정지을 수 없다.
예를 들어 '학교'라는 명사는 (80)과 같이 다양하게 쓰이는데, 그 때는
자리토를 통해 그것의 문법 기능을 예측한다.

(80)ㄱ. 이 근방에서 <u>학교가</u> 제일 크다.
　　ㄴ. 김 선생님은 <u>학교를</u> 사랑하신다.
　　ㄷ. 영이는 <u>학교에</u> 간다.
　　ㄹ. 이 건물을 <u>학교로</u> 삼아 열심히 공부하자.

(80)에서 '학교'의 문법 기능은 '−이/가, −을/를, −에, −로'를 통해서이
다. 그런데 (81ㄴ)의 '영화'와 같이 자리토가 실현되지 않은 경우에는
명사의 통사 기능은 동사의 하위범주화 정보를 통해서 확인할 수 있다.

(81)ㄱ. 그 친구가 <u>영화를</u> 봤어요.
　　ㄴ. 그 친구가 <u>영화</u> 봤어요.

(81ㄴ)에서 '영화'는 동사 '보다'의 하위 범주화 정보가 [하위범주화 {주어, 목적어}]인데 주어가 이미 '그 친구'로 제시되어 있기 때문에 '영화'는 목적어가 되는 것이다.

그리고 동사의 하위범주화 정보로도 명사의 통사적 기능을 알 수 없을 때는 동사의 의미 정보 혹은 선택 제약 정보도 함께 고려해야 한다. (82)에서 '그 친구'가 주어고 '영화'가 목적어임을 알 수 있는 것은 (82)에서 동사의 하위범주화 정보 뿐만 아니라 (83)의 의미 정보도 함께 고려되었기 때문이다.

(82) 그 친구 영화 봤어요.

(83) 보다

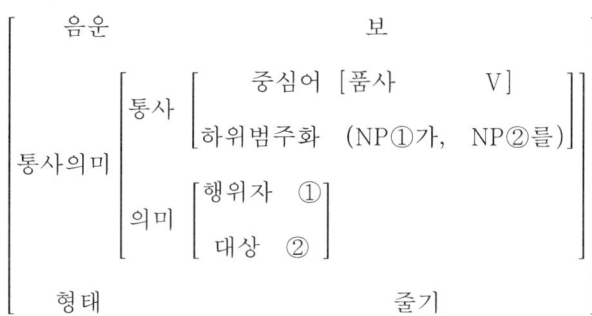

그리고 (83)과 같은 동사의 정보를 통해서도 예측할 수 없는 (84)와 같은 경우는 어순을 참고하거나 다른 문맥을 통해서 예측할 수밖에 없다.

(84) 영이 철수 사랑해.

(85)ㄱ. 영이가 철수를 사랑해.

    ㄴ. 영이를 철수가 사랑해.

(84)가 (85ㄱ)인지 (85ㄴ)인지는 동사의 정보를 통해서는 알 수 없다. 그래서 확률적으로 두 명사 가운데서 앞에 오는 것이 주어일 가능성이 높기 때문에 (85ㄱ)으로 해석하게 된다.[41]

---

41) 한편 자리토가 생략되는 것은 보통 임자자리토, 부림자리토이지만, (1ㄱ)의 '학교'
   는 '-에'가, (1ㄴ)의 '영이'는 '에게'가 생략되었다고 한다면 해석에 따라서는 위치
   자리도 생략된다고 할 수도 있다.
   (1)ㄱ. 영이는 학교 간다.
       ㄴ. 그 책 영이 주세요.

4. 도움토와 의미·화용 자질

4.1. 도움토의 기능

4.1.1. '도움토'[42]는 '자리토'와 구별해서 김두봉(1916)의 '돕음토'라는 개념 이후 전통적으로 사용해 온 개념이다. 도움토 이외에도 도움토씨, 보조사, 특수조사 등의 용어가 사용되기도 했다. 허웅(1995: 1386)에서는 도움토(도움토씨)를 '주로 낱말에 의지하여 말도막 사이의 관계 개념을 나타내지 않고 말의 뜻을 한층 정밀하게 나타내는 데 봉사하는 토'라고 정의하고 있다.

(86) 영이는 책만 봐.

(86)에서 '-는', '-도'와 같은 도움토는 자리토와는 문법 기능에서 차이가 있는데, 그것이 결합하는 성분의 통사적 기능과는 관련이 없이 의미, 화용적 제약을 나타낸다. 그래서 도움토는 전통적으로 의미 연구를 중심으로 논의되어 왔다. 그리고 자리토에 비해서는 활발한 연구가 많이 이루어지지 않았다. 그러다 보니 도움토의 목록도 논자마다 다르게 설정하고 있다.[43]

---

42) 도움토의 종류와 각각의 의미에 대한 많은 논의가 있을 수 있으나, 이 글의 목표가 도움토의 종류와 의미를 밝히는 것이 아니라, 어휘부의 모습을 살피기 위해 이 도움토의 경우도 보는 것이기 때문에 여기서는 전형적인 도움토 '-는, -도, -만' 정도를 살피고 나머지는 남은 문제로 두겠다.

43) 도움토에 대한 것은 최현배(1937: 615~663), 성광수(1979), 홍사만(1983), 서정수(1996: 895), 이춘숙(1991), 최동주(1997: 201~224) 등 참조.

(87) -는, -도, -만, -마다, -부터, -까지, -나, -야, -야말로, -인들, -라도,
  -든지, -조차, -마자, -나마, -커녕, -로, -로서, -치고, -밖에, -아느로,
  -가운데, -서껀

(88) -는, -도, -(이)야, -만, -마다, -부터, -까지, -조차, -마저, -(이)나,
  -(이)든지, -(이)라도, -(이)나마, -밖에, -커녕, -들, -뿐, -서껀, -끼
  리, -씩

(89) -는, -도, -만, -조차, -마저, -마다, -뿐, -밖에, -부터, -까지

(87)은 최현배(1937: 615~663)44)에서 설정하고 있는 도움토로 23개
항목이고, (88)은 서정수(1996: 895)45)에서 논의한 도움토 20개 항목이
다. (89)는 최동주(1997: 201~224)에서 설정한 도움토인데, 최동주
(1997)에서는 10개의 항목만을 도움토로 다루고 있다.46)

이와 같이 도움토의 목록이 논자에 따라 차이를 보이는 것은 자리토
가운데서 [fin -]의 자질이 있는 '-에, -로, -에게, -에서' 등과 같은
자리토와 경계에 있어 구분이 모호한 명사토들에 대한 관점의 차이, 혹은
형식 명사와의 경계에 있어서 형식 명사로 다루어야 할 지 도움토로
다루어야 할 지가 모호한 항목들에 대한 입장의 차이, 그리고 '이'가 포함
된 항목의 경우에 '이'를 어떻게 다룰 것인가 등과 관련되어 있다. 이를테

---

44) 최현배(1937)에서는 토씨를 그 직능에 따라 자리토씨, 도움토씨, 이음토씨, 느낌토
  씨로 구분하고 그 중 도움토씨는 생각씨 뒤에 붙어서, 그것들에 월의 조각으로서의
  일정한 자리를 주는 것이 아니요, 다만 그 조각의 뜻을 여러 가지로 돕는 구실을
  하는 토라고 정의하였다.
45) 서정수(1996)에서는 이 연구의 도움토에 대해 '한정사'라는 용어로 설명하였다.
  여기서는 이 글의 용어에 따라 '도움토'로 사용하였다.
46) 그 외에도 성광수(1979), 홍사만(1983) 등에서 제시한 도움토 목록을 참고할
  수 있다. 이와 같이 학자마다 설정하고 있는 도움토의 목록이 다르다.

면 (87)에서 '-로, -로서'는 최근의 연구에서는 도움토에 포함시키는 논의
가 거의 없지만, [fin −] 자질의 자리토와의 경계 문제와 관련된다. 최근의
논의에서는 '-부터'와 '-까지'를 자리토라고 할 것인지 도움토라고 할
것인지에 대한 논의들이 있다.

그리고 '뿐'은 형식 명사로 쓰이는 경우도 있고, 도움토로 쓰이는 경우
도 있어 그것을 동음이의어로 처리해서 다음의 (90)의 '뿐'은 형식 명사로
(91)의 뿐은 도움토로 처리하기도 한다.

(90) 나는 책을 샀을 뿐이다.
(91) 책을 산 사람은 나뿐이었어요.

한편 (87)과 (88)에서 공통적으로 나타나는 도움토 가운데 '이'를 포함
하고 있는 '이나, 이든지, 이라도, 이야, 이나마, 이야말로' 등의 항목은
'이'를 동사로 보아서 '동사+동사토'라고 할 것인지, 도움토로 문법화한
것으로 보아야 할 것인지의 문제가 남아 있다.

이와 같은 문제들이 관련되면서 도움토의 목록이 논자마다 다른 것이
다. 이 연구에서는 이와 같은 각각의 문제들에 대한 검토는 다음 기회로
미루고 여기서는 이런 문제들과 관련이 없는 이른바 전형적인 도움토를
대상으로 논의하고자 한다.

(92) -는, -도, -만, -조차, -마저, -마다, -뿐, -밖에, -부터, -까지

4.1.2. 도움토에 대한 앞선 연구는 전통 문법이나 구조 문법에서는 주로
도움토 각각의 의미 규명이나 화용적 쓰임에 초점이 있었다. 변형 문법적

논의에서도 자리토에 비해서는 논의가 활발하지 않았는데, 자질 'fin'의 값이 '-'인 자리토에 대해서는 후치사라고 하고 통사적 '핵'(P)으로 처리하지만, 도움토에 대해서는 '통사적 핵'이 아닌 구에 부가되는 요소로 분석하였다(임홍빈 1987: 14, 최동주 1997: 207).

앞선 연구에서 논의된 도움토의 대표적인 특성을 정리하면 다음과 같다.

첫째, 도움토는 문법 기능의 표시와는 관계없이 의미적 제약을 드러낸다.47)48)

    (93) 영이가 밥도 먹는다.

    (94) 영이도 밥을 먹는다.

    (95) 영이도 밥도 먹는다.

(93)에서 '밥도'의 '-도'는 '밥'이 목적어를 나타내는 기능을 하지는 않는다. 단지 '밥'과 '다른 것'이라는 정도의 의미를 보태는 것이다. 그래서 (94)와 같이 '주어'에도 쓰인다. 물론 (95)와 같이 두 번 이상 나타나는 경우에도 비문이 되지 않는다. 따라서 도움토는 문법 기능을 표시하는 것과는 직접적인 관계가 없다.

그러나 이극로(1935)와 정렬모(1946)에서는 도움토가 어찌자리토의 역할을 한다고 논의한 바 있다.

---

47) 이러한 도움토의 의미적 제약을 드러내기 위해 서정수(1996: 145, 893)에서는 '의미한정소'라는 용어를 사용하였다.

48) 최규수(1999: 59~63)에서 도움토들의 의미에 대해 선택항과 나머지항으로 설명하고 있다. '는, 도, 만'의 의미에 대해서는 최규수(1999: 59~63) 참조.

둘째, 도움토는 자리토보다 훨씬 다양한 언어 형식과 결합할 수 있다. 다음과 같이 명사 이외에도 부사나 동사토 뒤에도 나타난다.

(96) 영이는 퍽도 잘 달린다.

(97) 영이는 크게 소리를 지르고서도 마음이 풀리지 않았다.

(98) 영이는 학교에서만 공부를 한다.

도움토는 결합하는 선행 성분의 '통사' 자질보다는 '의미' 자질이나 '화용' 자질과 주로 관련된다. 뿐만 아니라 '비국지적' 자질과도 관련된다.

이러한 특성의 도움토를 문법에서 설명할 때는 그것 자체의 의미나 기능을 나타내는 것 이외에도 도움토만 나타나더라도 그것이 결합한 선행어의 문법 기능을 예측할 수 있어야 한다.

그러나 다양한 언어 형식에 나타난다고 해서 모두 다 실현되는 것은 아니어서 동사와 직접적 관련이 없는 문장 성분에는 실현되지 않는다.

(99) *그 책은 영이의도 친구에게 보냈다.
(100) *영이야도, 어서 와.

(99), (100)에서 보는 바와 같이 도움토는 관형어나 독립어에는 실현될 수 없다. 이것은 약하기는 하지만 도움토도 동사의 자질과 어떤 관련이 있음을 보이는 것이라고 할 수 있다.

4.2. 도움토와 자리토

도움토에 통사적 기능이 없음은 선행 연구에서도 많이 지적된 것이다. 최현배(1961: 617)에서는 도움토가 주어 자리에 붙으면 주어의 자리를 차지하고 목적어 자리에 놓으면 목적어 자리를 가지게 되니 일정한 자리를 지니지 않는다고 하였다. 허웅(1983, 1995), 남기심·고영근(1985/ 1996), 서정수(1996)에서도 비슷한 설명을 하고 있다. 최동주(1997: 207)에서도 도움토의 목록 선정의 기준의 하나로 '선행 요소의 문법 기능과 무관하다'를 제시하기도 했다.

그래서 도움토가 실현되었다고 하더라도 자리토가 없으면 명사의 통사 기능은 명사만을 보아서는 알 수 없고 앞의 3절에서 살핀 자리토가 생략된 경우에서 명사의 통사적 기능을 예측하는 방식으로 예측할 수 있다. 그래서 동사의 하위범주화 정보를 통해 그것이 결합한 명사의 통사적 기능을 예측하고, 도움토는 뜻을 보태거나 초점이나 전제와 같은 화용적 기능을 담당한다.

(101)의 '영화도'와 같이 자리토는 실현되지 않고 도움토 '-도'가 실현되었을 때는 명사의 통사적 기능은 동사의 하위범주화 정보를 통해서 예측할 수 있다.

(101) 그 친구가 영화도 봤어요.

(101)에서 '영화'는 동사 '보다'의 하위 범주화 정보가 [하위범주화 {주어, 목적어}]인데 주어가 이미 '그 친구'로 제시되어 있기 때문에 '영화'는 목적어이다.

그리고 동사의 하위범주화 정보로도 명사의 통사적 기능을 알 수 없을 때는 동사의 의미 정보 혹은 선택 제약 정보도 함께 고려해야 한다. (102)에서 '그 친구'가 주어이고 '영화'가 목적어임을 알 수 있는 것은 (103)에서 동사의 하위범주화 정보뿐만 아니라 의미 정보도 함께 고려되었기 때문이다.

(102) 그 친구도 영화는 봤어요.

(103) 보다

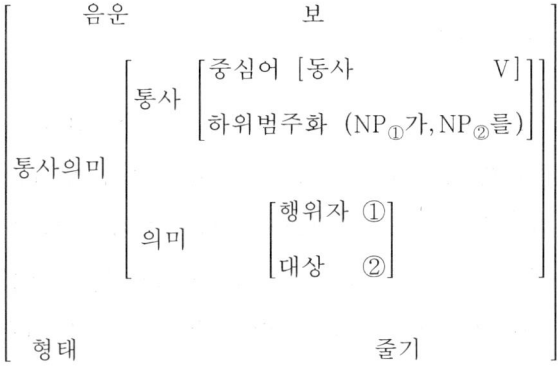

4.3. 도움토의 자질 구조

도움토는 결합하는 명사 줄기나 어절의 통사적 기능에 관여하지 않고 의미, 화용 자질과 관련 있다. 그래서 각 도움토의 자질도 주로 의미, 화용 정보가 중심에 있다.

(104) 영이도 학교는 갔어요.

(104)에서 도움토 '-도'나 '-는'의 해석에는 다음과 같은 추론 절차가 필요하다.[49] 뿐만 아니라 (104)의 해석을 위해서는 (105)와 같은 문장이 실현된 상황 등도 고려되어야 한다. 이를테면 (104)는 (106)과 같은 물음에 답일 수도 있는 것이다.

(105)① 누군가가 학교에 갔다.
　　② 그리고 그 누군가에 영이가 포함된다.
　　③ 그 누군가와 영이가 간 곳은 학교인데, 그 외는 잘 모르겠다.

(106)ㄱ. 영이도 학교는 갔니?
　　ㄴ. 학교는 누구도 갔니?

(105)의 추론 과정과 (106)의 물음은 비국지적 자질과 관련된다. 즉 도움토의 해석을 위해서는 혹은 도움토의 구체적 자질을 파악하기 위해서는 (105), (106)과 같은 비국지적 자질에 대한 분석이 선행되어야 한다. 이 연구에서는 문법 틀 속에서의 도움토의 자질과 정보 통합 양상에 대한 고찰이 목적이므로 이러한 도움토의 비국지적 자질에 대한 연구는 다음 기회로 미루고 여기서는 국지적 자질을 중심으로 논의한다. 이것은 도움토에 대한 명사 줄기와의 결합 양상에 대한 고찰과 도움토와 자리토의 변별되는 자질에 대한 분석을 주로 다루겠다는 것이다.[50]

---

49) 문장의 추론에 대한 것은 J.R.Searle(1969) 방식을 도입하여 우리말 부정문의 의미를 분석한 서민정(1995)의 분석 방식을 참조하였다.
50) 도움토의 다양한 의미에 대해서는 이춘숙(1993), 서정수(1996) 등 참조.
　 이 글의 문법 모형에 따른 도움토의 의미·화용적 자질에 대해서 좀더 연구가 되어야 하고, 그러한 연구를 바탕으로 자질 구조를 제시해야 한다. 그런데 이 글은 토의 결합과 제약 관계를 검토하는 것이 연구의 범위이므로 도움토의 간단한 자질 구조만 제시하고, 도움토의 의미를 반영한 자질 구조의 제시는 다음 기회로 미룬다.

'도움토'의 의미를 좀더 분명하게 나타내기 위해 '선택항'과 '나머지항'의 개념으로 설명한 논의가 최규수(1999)인데, 그 논의를 바탕으로 도움토의 의미를 집합으로 나타낼 수 있다. 전체 집합을 'U'라 하고, 도움토가 결합한 줄기나 어절을 'A'라고 하자.

(107)

'-는'은 (107)에서 A는 선택항에 포함되고 ~A인 나머지항은 알 수가 없음을 의미한다. 그리고 '-도'는 A와 ~A 모두 선택항에 포함됨을 의미하고, '-만'은 A는 선택항에 포함되지만, ~A인 나머지항은 포함되지 않음을 의미한다. 예를 통해 구체적으로 살펴보자.

(108) 영이가 학교는 간다.

(109) 영이가 학교도 간다.

(110) 영이가 학교만 간다.

(108)~(110)에 쓰인 '-는', '-도', '-만'은 담화 상황에 쓰일 때 말할이나 들을이가 전제하는 '영역' 속에서 그들이 결합하는 어절이나 줄기를 선택항에 포함시키거나 배제시키거나 혹은 나머지항을 포함시키거나 배제시키는 등의 의미를 나타낸다. 예를 들어 (108)의 '-는'은 '영이가 간 장소'라는 영역에 '학교'는 포함시키지만 '학교 이외의 장소'는 잘 모름을

나타내고, (109)의 '-도'는 그 영역에 '학교'도 포함시키고 '학교 이외의 장소'도 포함시킨다. 그리고 (110)의 '-만'은 '학교'는 포함시키지만 '학교 이외의 장소'는 포함시키지 않는다. 따라서 도움토 '-는, -도, -만'은 '영역'이라는 자질을 공통적으로 가지면서 각각의 값은 다르게 설정되어 서로 구별된다.

먼저 '-는'에 대해 살펴보자. '-는'은 그것의 의미의 규명이나 '주어'와 '주제어'의 해석 등의 문제를 중심으로 앞선 연구들에서 많은 논의가 있었다. 최현배(1937: 205), 허웅(1983: 639)에서는 '-는'이 다름(대조)과 논술의 제목(주제)의 의미가 있음을 살핀 바가 있다. 최규수(1999: 25~171)에서는 쓰인월 층위에서 '-는'이 해석되어야 함을 논의하여 '-는'의 화용적 의미에 대해 살폈다. 여기서 '-는'의 의미를 '주제'라고 한다면 '-는'은 자질 구조에서 자질 '주제'에 대해 '+' 값을 가진다. 이것을 자질 구조로 나타내면 (111)과 같다(N은 선행 명사를 표시한다).

(111) 는(도움토)

$$
\text{토}
\begin{bmatrix}
\text{음운} & & \text{는} \\
\text{통사} & \text{중심어} &
\begin{bmatrix}
\text{품사} & N \\
\text{영역} & \begin{bmatrix} N & + \\ \sim N & \pm \end{bmatrix}
\end{bmatrix} \\
\text{화용} \mid \text{주제} & & +
\end{bmatrix}
$$

한편 도움토 '-도'의 의미를 논의하기 위해 (109)를 풀어서 표현해 보면 (112)와 같이 나타낼 수 있다.

(112) 영이가 학교를 <u>또한</u> 간다.

이 때 '-도'의 자질 구조는 (113)과 같이 나타낼 수 있다.

(113) 도

$$\begin{bmatrix} 음운 & 도 \\ 통사 & \begin{bmatrix} 중심어 & \begin{bmatrix} 품사 & N \\ 영역 & \begin{bmatrix} N & + \\ \sim N & + \end{bmatrix} \end{bmatrix} \end{bmatrix} \end{bmatrix}$$

'-만'은 그것이 결합한 앞말을 하나로 한정한다. 이러한 '-만'의 의미를 다른 말로 바꾼다면 (114)와 같이 나타낼 수 있다.

(114) 영이<u>가 오직</u> 학교를 간다.

그리고 (110)에 있는 '-만'의 의미는 자질 구조로 나타내면 (115)와 같다.

(115) 만

$$\begin{bmatrix} 음운 & 만 \\ 통사 & \begin{bmatrix} 중심어 & \begin{bmatrix} 품사 & N \\ 영역 & \begin{bmatrix} N & + \\ \sim N & - \end{bmatrix} \end{bmatrix} \end{bmatrix} \end{bmatrix}$$

그런데 다른 도움토와 '-만'의 배열 순서가 다르다. 그래서 도움토도 '-만'이나 '-부터', '-조차'와 다른 도움토로 구분해야 한다.

한편 도움토도 자리토와 마찬가지로 명사가 아닌 언어 형식과도 결합하는 경우가 있다.

(116ㄱ)과 같은 동사토 '-기' 다음에도, (116ㄴ)과 같은 부사어 다음에도, (116ㄷ)과 같은 문장 다음에도 실현된다. 이 때 언어 형식 각각의 통사적 기능은 자리토가 생략된 경우와 같은 방식으로 해석될 수 있다.

(116)ㄱ. 가기도 힘들어요.
　　ㄴ. 여기에서도 아니다.
　　ㄷ. 죽느냐 사느냐도 문제다.

(117)ㄱ.

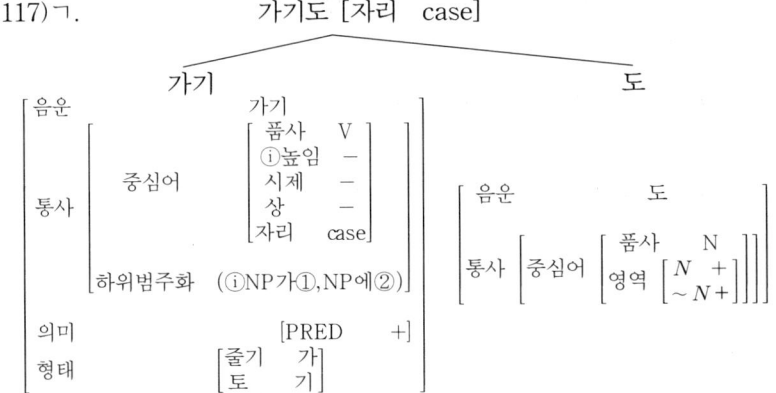

ㄴ.　　　　　여기에서도[자리　case]

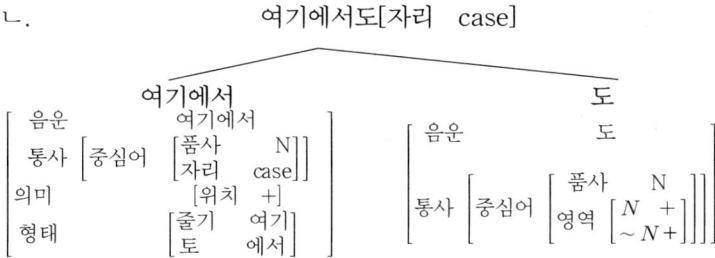

ㄷ.　　　　　사느냐도[자리　case]

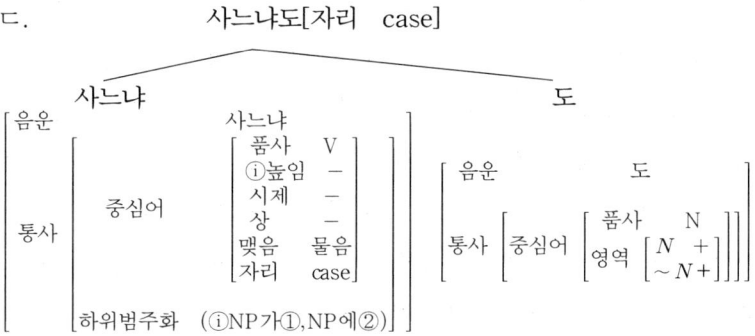

(116)과 같은 결합의 양상은 앞에서 살핀 자리토의 경우와 같다. 그래서 자리토와 도움토를 합해서 명사토의 어떤 언어 형식과의 결합을 일반화하면 (118)과 같다.

(118)

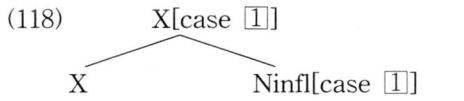

(X : N(stem/word), Vword)

5. 이음토

5.1. 문장 성분의 이음과 문장의 이음

(119) 철수와 영이가 책을 보았다.
(120) [철수가 책을 보았다] 그리고 [영이가 책을 보았다]
(121) 철수가 책을 보고 영이가 책을 보았다.

(119)의 이음토 '-와'는 '철수'와 '영이'를 이어주는 것인가 아니면 (120)과 같이 문장을 이어주는 것인가. 초기 변형 문법적 연구에서는 (119)에 상응하는 기저 구조를 (120)과 같이 설정하여 기저에서는 문장의 이음인 것이 변형에 의하여 (119)와 같이 도출된다고 설명하였다(김완진: 1970, 김영희: 1974, 최재희: 1985). 만약 변형 문법적 설명에서처럼 (119)가 (120)의 기저 구조에서 도출된 것이라고 한다면, (120)은 (119), (121)로 실현될 때 어떤 변인에 의해서 정해지는 것인가.

한편 허웅(1995: 1352)에서는 이음토(이음토씨)를 '둘 이상의 말도막을 이어서, 그 전체가 바로 풀이말에 이끌릴 수 있는 월성분이 될 수 있도록 하는 토씨'라고 정의하고 있다. 대부분의 언어에는 문장 성분의 이음과 문장의 이음이 있다. 그러한 이음이 동일한 언어 형식으로 이어지는 영어와 같은 언어도 있고 우리말처럼 구분되어 사용되는 언어도 있다.

따라서 (119)와 같이 이음토는 문장의 이음이 아니라 문장 성분의 이음의 기능을 하는 토이며, (121)과 같이 문장의 이음에는 4장에서 다룬 이음법토라든가 접속부사가 이용될 것이다.

우리말의 대표적인 이음토는 '-와2/-과2'가 있다. 입말에서 사용되는

'-하고' 등도 있지만 글말에서 사용되는가 입말에서 사용되는가를 제외하고는 큰 차이가 없어서 '-와2/-과2'를 중심으로 살핀다.

이 글에서는 '-의'도 이음토의 하나임을 살피고자 한다. '-의'는 변형 문법적 연구에서는 구조격의 하나로 -이/가, -을/를과 같은 부류에 포함시킨다. 이러한 관점은 영어의 속격과의 관련으로 충분히 예측할 수 있다. 그리고 허웅(1983)에서는 자리토로 분류하는데 다른 자리토와는 달리 동사에 직접 이끌리는 관계가 아님을 지적한 바 있다. 따라서 '-의'는 그것이 명사와 명사의 이음을 어떻게 설정하는가와 관련되는 것이어서 '-와2/과2'와 같은 부류이다.

(122) 문장 성분의 이음
┌종속적 이음: -의
└대등적 이음: -와2/과2, -하고

5.2. -와2/과2

(123) 영이와 철수가 집을 갔다.

(123)에서 '영이와'는 '철수가'와 문법적 기능이 같다. 그래서 자질 구조로 나타내면 다음과 같다.[51]

---

51) (123)은 다음의 (1)과 (2)로 해석할 수도 있는데 이 문제에 대해서는 여기서 다루지 않겠다.
(1) 영이i와 철수j가 각각의 집을 갔다.(집i, 집j)
(2) 영이와 철수가 집을 갔다.(집i)

(123) 와2

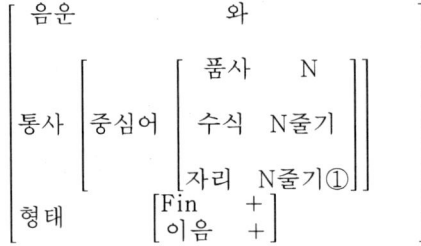

(123)에서 '수식' 자질은 'NP2' 다음에 'NP'를 확인하기 위한 자질이며 '자리' 자질의 값은 다음에 오는 NP의 자리와 같음을 나타낸다.

5.3. -의

4장에서 살핀 바 있는 명사토 '-의'가 결합된 언어 유형은 부가어가 되는데, 그것은 명사토 '-의'의 자질과 관련된 것이다. 따라서 명사토 '-의'의 중심어 자질에는 '수식'이라는 자질이 포함되어야 한다.

(124) 명사토 '-의'

$$\begin{bmatrix} 음운 & 의 \\ 통사의미 & \begin{bmatrix} 통사 & \begin{bmatrix} 중심어 & \begin{bmatrix} 품사 & N \\ 수식 & [ENTITY\ +] \end{bmatrix} \end{bmatrix} \end{bmatrix} \\ 형태 & \begin{bmatrix} Fin & + \\ 이음 & + \end{bmatrix} \end{bmatrix}$$

(124)를 통해 명사토 '-의'가 이름법토 '-기'와 결합한 동사를 수식하는

것을 막을 수 있다. 물론 [ENTITY   +] 값은 다른 명사의 속성에 포함되어 있어야 한다.

(125) 도식 5

head-adjunct-structure (head-adj-struc)의 DTRS 값을 가진 구인데, 부가어 딸의 수식(MOD) 값이 중심어 딸의 SYNSEM 값과 표상적으로 동일하다.

부가어가 그 중심어를 선택하게 하기 위하여, 중심어 자질에 '수식' (MODIFIERD)을 도입한다. 이것은 중심어가 부가어를 찾는 방식이 아니라 부가어가 중심어를 찾는 방식이다.

그렇다면 '-의'와 관련된 앞선 연구에서 지적한 바 있는 (126)과 (127)의 관계는 어떻게 설명할 것인가.

(126) 영이의 마음이 곱다.

(127) 영이가 마음이 곱다.

(126)에서 '영이의'는 '마음'과 관계 맺고 있고, (127)의 '영이'는 동사 '곱다'의 주어로 기능하고 있다. 이들의 관련성은 다양한 문장의 실현에서 생긴 우연한 만남이다.

6. 문장 속에서 명사의 기능

6.1. 줄기와 어절

앞에서 살핀 바와 같이 (128)에서 쓰인 '밥'이 어휘부에 등록되어 있는 명사 '밥'과 같은 정보를 가진 것은 아니다. 즉 (128)의 '밥'은 형태는 같지만 문장 속에서 문장 성분(목적어)으로 기능하고 있으므로 '밥+ø'으로 분석해야 한다.

(128) 영이가 밥 먹었어.

그래서 유형 어절(*word*) '밥'과 줄기(*stem*) '밥'은 자질 구조에서 (129)와 같이 다르게 기술된다.

(129) ㄱ.
$$
어절
\begin{bmatrix}
음운 & 밥 \\
통사 & 중심어 \begin{bmatrix} 품사 & N \\ 자리 & case \\ 영역 & co-domain \end{bmatrix} \\
형태 & \begin{bmatrix} 줄기 & 밥 \\ 토 & ø \\ 토 & ø \end{bmatrix}
\end{bmatrix}
$$

ㄴ.
$$
줄기
\begin{bmatrix}
음운 & 밥 \\
통사 & [중심어 \; [품사 \quad N]] \\
형태 & 줄기
\end{bmatrix}
$$

6.2. 명사의 정보와 문장

지금까지 논의한 명사 줄기와 명사토의 결합과 명사토의 정보가 어떻게 문장에 반영되는지를 (130)의 예로 정리해 보자.

(130) 영이가 학교에서도 사진과 그림을 보았다.

먼저 '-가', '-에서', '-도', '-와', '-을' 각각의 자질 구조를 보이면 (131)~(134)와 같다.

(131) 가

$$\text{①}\begin{bmatrix} \text{음운} & \text{가} \\ \text{통사의미 | 통사} & \begin{bmatrix} \text{중심어} & \begin{bmatrix} \text{품사} & \text{N} \\ \text{자리} & \text{임자} \end{bmatrix} \end{bmatrix} \\ \text{형태} & [\ \text{Fin} \quad + \ ] \end{bmatrix}$$

(132) 에서

$$\text{②}\begin{bmatrix} \text{음운} & \text{에서} \\ \text{통사의미 | 통사} & \begin{bmatrix} \text{중심어} & \begin{bmatrix} \text{품사} & \text{N} \\ \text{자리} & \text{위치} \end{bmatrix} \end{bmatrix} \\ \text{형태} & [\ \text{Fin} \quad - \ ] \end{bmatrix}$$

(133) 도

$$\text{③}\begin{bmatrix} \text{음운} & \text{도} \\ \text{통사} & \begin{bmatrix} \text{중심어} & \begin{bmatrix} \text{품사} & \text{N} \\ \text{영역} & \begin{bmatrix} N & + \\ \sim N & + \end{bmatrix} \end{bmatrix} \end{bmatrix} \end{bmatrix}$$

(134) 와

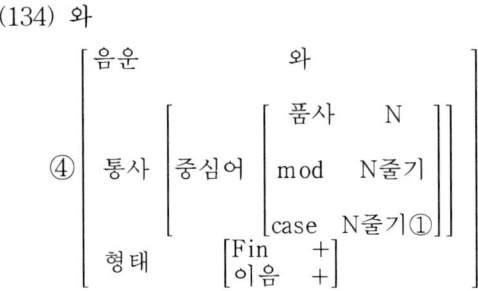

$$④ \begin{bmatrix} 음운 & 와 \\ 통사 & \begin{bmatrix} 중심어 & \begin{bmatrix} 품사 & N \\ mod & N줄기 \\ case & N줄기① \end{bmatrix} \end{bmatrix} \\ 형태 & \begin{bmatrix} Fin & + \\ 이음 & + \end{bmatrix} \end{bmatrix}$$

(135) 을

$$⑤ \begin{bmatrix} 음운 & 을 \\ 통사의미 \mid 통사 & \begin{bmatrix} 중심어 & \begin{bmatrix} 품사 & N \\ 자리 & 부림 \end{bmatrix} \end{bmatrix} \\ 형태 & \begin{bmatrix} Fin & + \end{bmatrix} \end{bmatrix}$$

(131)~(135)는 (136)~(139)와 같이 형태적 구조로 이루어져 있고, 각 통사적 형태 단위들은 명사의 어휘규칙과 도식에 의해 '영이가', '학교 에서도', '사진과', '그림을'를 이루고 각각의 통사적 기능이 반영된다.

(135)   영이가

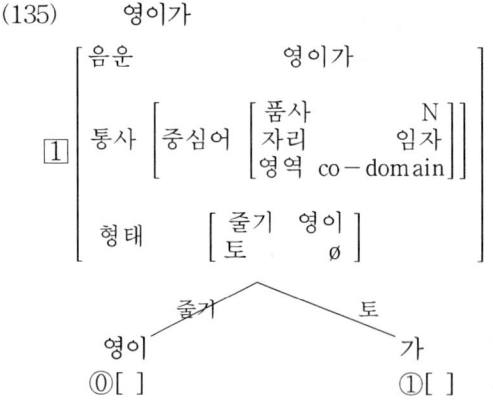

$$\boxed{1} \begin{bmatrix} 음운 & 영이가 \\ 통사 & \begin{bmatrix} 중심어 & \begin{bmatrix} 품사 & N \\ 자리 & 임자 \\ 영역 & co-domain \end{bmatrix} \end{bmatrix} \\ 형태 & \begin{bmatrix} 줄기 & 영이 \\ 토 & \emptyset \end{bmatrix} \end{bmatrix}$$

(136)　　　학교에서도

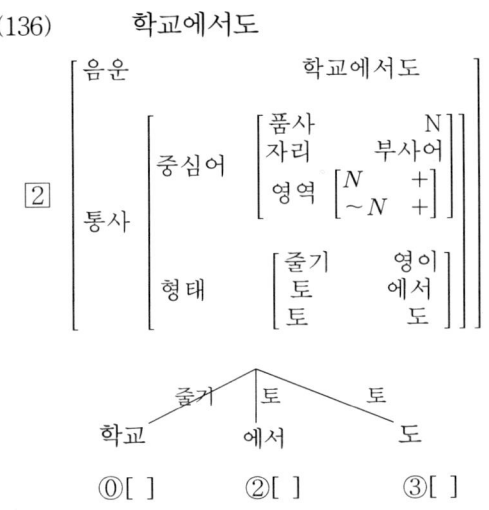

(137)　　사진과

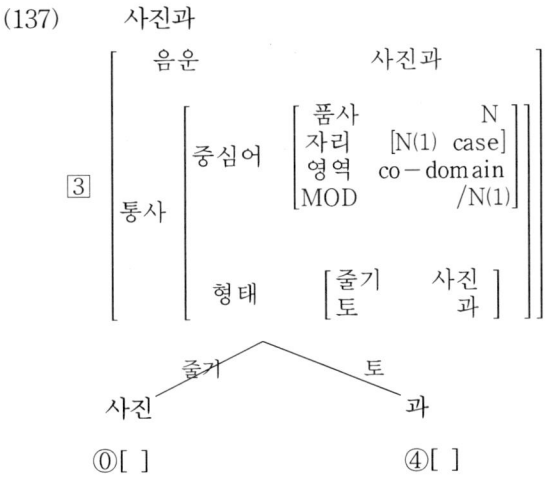

(138)　　　그림을

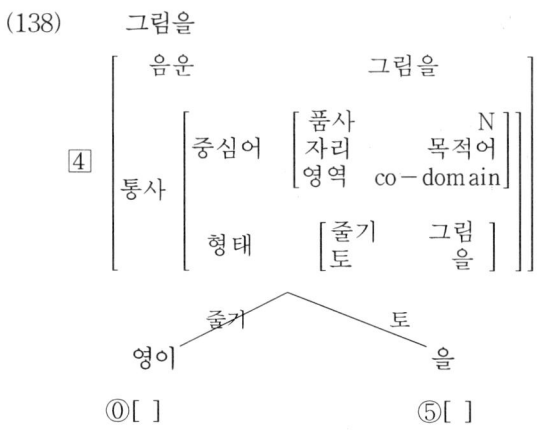

그리고 (135)~(138)에서 중심어는 각각 '영이', '학교', '사진', '그림'인데, 중심어의 중심어 자질이 중심어 자질 원리에 의해 문장까지 투사되어 문장이 '영이가 학교에서도 사진과 그림을 보았다'의 중심어 자질과 구조 공유하고 있는 것을 ⑤로 나타내었다. 그리고 중심어의 하위범주화 자질은 '영이가', '사진과 그림을'로 채워져 월에서는 하위범주화 값이 포화된 < >으로 나타난다. 이것은 하위범주화 원리에 의한 것이다.

(139)   영이가 학교에서도 사진과 그림을 보았다.

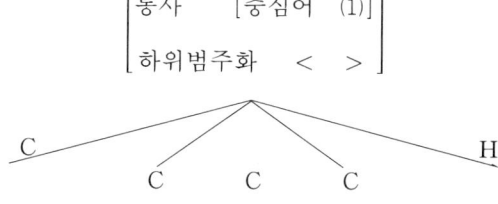

①영이가   ②학교에서도   ③사진과   ④그림을   ⑤ 보았다
        보았다

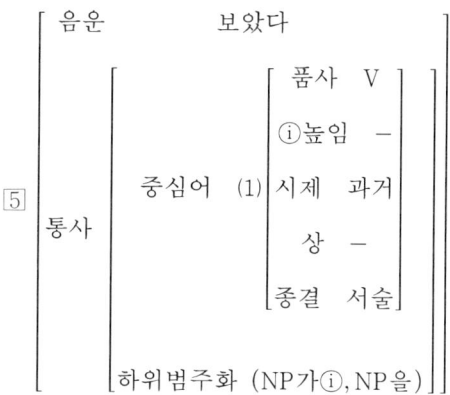

제 6 장
맺음말

6.1. 이 연구는 우리말의 문법에서 주요한 문법 기능을 담당하고 있는 '토'의 중요성에 대한 인식에서 출발하여, 우리말 '토'의 특성이 이론 안에 반영되어야 하고, 그 이론은 '토'가 가진 고유의 속성을 설명할 수 있어야 한다는 것을 전제하고 문법 모형을 구성하였다. 그리고 구성된 문법 모형 속에서 토의 형태·통사적 특성을 반영할 수 있는 방법론을 모색하였다.

이러한 논의를 위해 '구조'와 '기능'을 구분해야 하고, 그러한 구분은 곧 문법 부문의 독립성과의 관련 속에서 이해될 수 있음을 살폈다. 그에 따라 형태적 구조와 통사적 구조의 특성을 고찰하고 그 차이점을 인식하여 토와 줄기의 결합을 형태적 구조로 분석해야 함을 논의하였다.

그리고 문법 모형을 구성하기 위해 우리말의 특성을 고찰하였는데 다음과 같이 정리할 수 있다.

(1) S $\rightarrow$ (NP)$_{(1)}$ (NP)$_{(2)}$...NP$_{(n)}$ VP[SUBCAT NP$_{(1)}$... NP$_{(n)}$]

6.2. 이러한 논의에 따라 HPSG를 도입하여 우리말의 특성에 맞도록 수정하였는데, 먼저 언어 단위는 (2)와 같이 설정하였고 각 언어 단위의 기술은 자질 구조로 나타내었다. 이것은 형태적 구조를 이루면서 통사적 기능을 하는 우리말 토의 특성을 문법에서 반영하기 위한 것이다. 그리고 문법 부문에서 각 문법 부문의 독립성을 보장하고 부문 간의 중개장치로 어휘부를 설정하였다.

(2) 언어 단위
  ㄱ. 구
  ㄴ. 어절
  ㄷ. 통사적 형태 단위: 줄기, 토

(3) 문법 부문

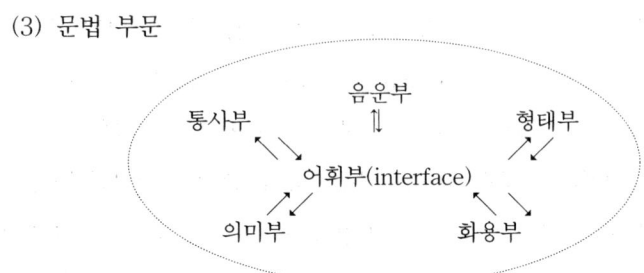

어휘부가 문법 부문에서 차지하는 위치가 (3)과 같다면 어휘부의 각 어휘 목록은 (4)와 같은 언어 정보를 가지고 있다.

(4)
$$\begin{bmatrix} \text{음운 정보} \\ \text{형태 정보} \\ \text{통사 정보} \\ \text{의미 정보} \\ \text{화용 정보} \end{bmatrix}$$

그리고 이 글에서 분류하는 언어 단위를 구체적으로 보이면 (5), (6)과 같다.

(5)ㄱ. 명사(N) – Nstem, Nword, Nphrase(NP)

　ㄴ. 동사(V) – Vstem, Vword, Vphrase(VP, S)

　ㄷ. 부사(ADV) – ADVstem, ADVword, ADVphrase(ADVP)

　ㄹ. 관형사(ADN) – ADNstem, ADNword, ADNphrase(ADNP)

　ㅁ. 감탄사(INT) – INTstem, INTword, INTphrase(INTP)

(6)ㄱ. 명사토(N-infl)

　ㄴ. 동사토(V-infl)

6.3. 이러한 언어 단위는 어절이 구가 되는 것을 보장하기 위한 원리로는 하위범주화 원리, 중심어 자질 원리 등이 있고, 통사적 형태 단위가 어절이 되는 것을 보장하기 위한 원리로는 어절 구성 원리가 있다.

(7) 하위범주화 원리

중심어 구 (곧, 그 DTRS 값이 부류 head-struc인 구 기호)에서, 중심어 딸의 하위범주화 값은 구의 하위범주화 목록과 보어 딸들의 '통사의미' 값의 목록의 연쇄이다.

(8) 중심어 자질 원리(HFP)

모든 중심어 구의 중심어(HEAD) 값은 중심어 딸의 중심어 값과 구조 공유된다.

(9) 어절 구성 원리

줄기(stem)와 토(infl)는 줄기의 어휘 규칙에 따라, 다른 통사적 형태 단위와 정보의 충돌이 없으면 통합될 수 있다.

6.4. 한편 언어 단위의 '국지적 정보'와 '비국지적 정보'의 효율적인 처리를 위해 '통사, 의미, 화용'을 '통사의미 정보'로 묶었다. 그리고 국지적 정보는 '통사 정보', '의미 정보', '화용 정보'를 그 값으로 가진다. 이렇게 하여 각 언어 단위 즉, '구, 어절, 줄기, 토' 모두는 다음과 같은 자질을 기본적으로 가짐을 살폈다.

(10)

$$
\begin{bmatrix}
\text{음운} & & \\
\text{형태} & & \\
\text{통사의미} & \begin{bmatrix}
\text{국지적} & \begin{bmatrix} \text{통사} & \text{값} \\ \text{의미} & \text{값} \\ \text{화용} & \text{값} \end{bmatrix} \\
\text{비국지적} &
\end{bmatrix}
\end{bmatrix}
$$

6.5. 동사토의 형태적 특성은 동사의 형판을 통해 그리고 각 통사적 기능은 동사의 어휘 규칙에 따라 동사의 중심어 자질에 반영됨을 논의하였다. 즉 동사토의 엄격한 순서에 대해서는 (11)의 동사의 형판으로 나타냈고, 동사토와 동사 줄기의 결합은 (13)의 동사의 어휘 규칙에 따라 가능하다.

동사 줄기를 '0'의 위치라고 했을 때, 동사토는 '-시-, -었-, -겠-, -다'의 순서로 나타난다. 그리고 앞에서 논의된 것과 같이 이들은 나타나지 않아도 대립적인 기능을 가지므로 동사토가 나타나지 않았을 때도 문법적 기능이 있는 것으로 보아야 하기 때문에 ∅ 형태를 가정했다. 이러한 문법적 특성을 반영해서 동사의 형판을 설정하면 (11)과 같았고 (11)의 형판의 위치는 (12)와 같이 자질 구조에서 '형태' 자질의 값으로 표시하였다.

(11)

0	I	II	III	IV	V
줄기	시, ø	었, ø	겠, 었, ø	더, ø	다, 라, 음, 기, 는...

(12) [형태   토 : 값]

이러한 동사토는 다음과 같은 동사 줄기의 어휘 규칙에 의해 동사 줄기와 통합될 수 있다.

(13) 어절[통사 | 중심어 줄기[품사   동사]]

⇒

$$
\text{어절}\left[\text{통사}\left[\text{중심어}\left[
\begin{array}{llr}
\text{줄기}[품사 & & V] \\
\text{토}[높임 & & + \lor -] \\
\text{토}[시제 & 과거완료 \lor 과거 \lor 현재 \lor 미래] \\
\text{토}[상 & & 추정 \lor 확정] \\
\text{토}[인식 & & + \lor -] \\
\text{토}[맺음 & 종결형 \lor 연결형 \lor 명사형 \lor 관형사형]
\end{array}
\right]\right]\right]
$$

그래서 이러한 논의에 따르면, '갔다'와 '가-'는 같은 동사(V)라고 해도 '갔다'는 그것의 유형이 어절(V)이고, '가-'는 줄기(V)로서 유형이 다르고, 따라서 (14), (15)에서 보듯이 그것의 자질 구조도 다르다.

(14) 갔다

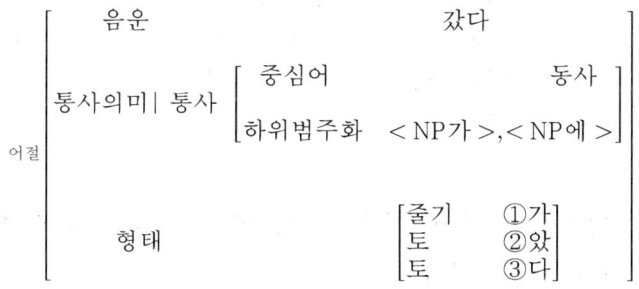

(15) 가

$$
①\ _{줄기}\begin{bmatrix}
음운 & & 가 \\
통사의미|\ 통사 & \begin{bmatrix} 중심어 & 동사 \\ 하위범주화 & <NP가>,<NP에> \end{bmatrix} \\
형태 & & 줄기
\end{bmatrix}
$$

위와 같은 형판이 정한 위치와 동사의 어휘 규칙에 따라 동사토가 결합되는데 그 때는 '정보의 통합'의 의해 결합 여부가 정해진다. 이 때는 '어절의 통합 원리'에 의해 통사적 형태 단위들의 상호 제약에 의해서 결합의 여부가 결정되는데, 값이 상충되면 통합할 수 없다.

6.6. 그리고 동사토는 형판의 위치를 포함한 분포적 특성을 기준으로 다음과 같이 분류하고 각각의 문법적 기능을 고찰하고, 문법적 기능을 자질 구조로 나타내었다.

(16) 가. 안맺음토 : -시, -었, -겠/었, -더
　　 나. 맺음토
　　　　 ㄱ. 마침토 : -다, -습니다, -는다, -자, -라, -니, 등
　　　　 ㄴ. 이음토 : -고, -지만, -니까, -어서, -게, -어, 등
　　　　 ㄷ. 매김법토 : -는/은, -은, -을
　　　　 ㄹ. 이름법토 : -음, -기

6.7. '명사'는 '줄기'에, '명사토'는 '토'에 해당되는데 자질 구조로 각각 (19), (20)과 같이 나타내었다.

(17)

$$\text{줄기} \begin{bmatrix} \text{음운} \\ \text{통사} \quad [\text{중심어} \quad [\text{품사} \quad \text{N}]] \\ \text{형태} \qquad\qquad \text{줄기} \end{bmatrix}$$

(18)

$$\text{토} \begin{bmatrix} \text{음운} \\ \text{통사} \quad [\text{중심어} \quad [\text{품사} \quad \text{N}]] \\ \text{형태} \qquad\qquad \text{토} \end{bmatrix}$$

그리고 명사토의 기능을 기술하기 위해서 다음의 세 가지를 고려하였다.

첫째, 명사와의 결합은 형태적 구조로 분석한다.

둘째, 명사토는 다양하며 교착적 방식으로 실현된다.

셋째, 형태적 구조로 분석하면서 동시에 통사적 기능을 드러낼 수 있어야 한다.

6.8. 명사가 문장에서 기능할 때 '명사'의 통사적 기능은 동사의 하위범주화 자질과 관련되고, '자리토'를 통해 명시화된다. 그리고 명사는 특정한 의미나 기능을 가진 '도움토'와 결합하여 명사의 영역과 관련된 의미적 기능과 초점, 주제 등과 같은 화용적 기능을 나타내기도 한다.

이러한 명사의 특성을 설명하기 위해 명사의 어휘 규칙을 도입하였다.

(19) 어절[통사 | 중심어 줄기[품사 N]]

$$\Rightarrow \text{어절}\begin{bmatrix} \text{통사} & \text{중심어} & \begin{bmatrix} \text{줄기}[\text{품사} & N] \\ \text{토}[\text{자리} & case] \end{bmatrix} \\ \text{의미}_\text{토}[\text{영역} & co-domain] \\ \text{화용} & cxt \end{bmatrix}$$

(19)에서 명사의 통사적 기능은 자질 구조에서 자질 '자리'로 나타나고, 그것의 값은 case로 나타낸 '특정한 자리'가 되며 이것은 '자리토'로 나타남을 확인하였다. 그리고 명사의 '의미적 기능'은 함수(Function)에서 사용하는 개념인 선택 가능한 영역의 속성 '영역'으로 나타내고, 그것의 값은 co-domain으로 나타낸 '영역의 범위'가 되는데 이것은 '도움토'에서 그 기능을 확인하였다.

뿐만 아니라 줄기가 명사인 어절은 문장 안에서 혹은 텍스트 안에서 쓰이면서 통사·의미적 기능 이외에 화용적 의미로 해석되어야 할 때도 있는데, 그것은 명사 줄기에서 자질 '화용'을 설정하고 화용의 값은 'cxt'로 나타냈다. 만약 토 가운데서 이러한 화용의 값이 있는 토와 결합한다면 자질 구조의 '통합' 원리에 의해 자질이 통합될 것이다.

6.9. 한편 명사토의 분류에 대해 구조격, 어휘격, 후치사로의 구분에 대해 비판적으로 고찰하고 '분포'와 '기능'을 중심으로 '±통사', '±끝', '±이음'의 자질을 바탕으로 다음과 같이 분류하였다.

(20) 명사토(N-infl)

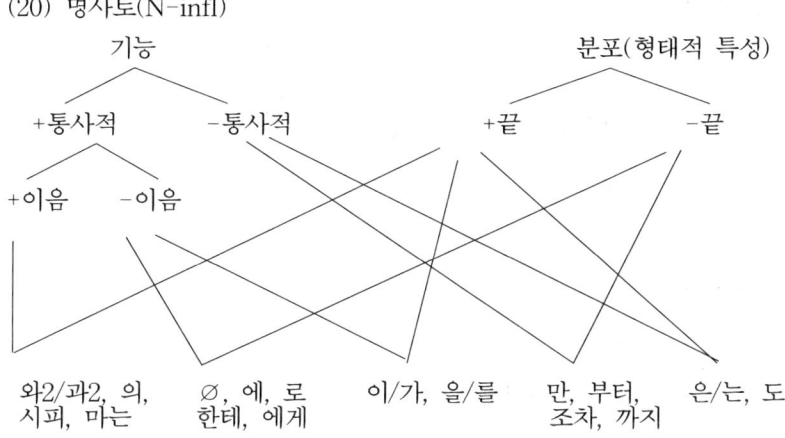

명사토에서 통사적 기능이 있는 토는 자질 구조에서 [자리 값]을 가진다. 그리고 의미적 기능이 있는 토는 [의미 | 영역 값]을 가진다. 형태적 특성에서 뒤에 다른 명사토를 허용하지 않는 것은 [형태 [FIN +]]를, 허용하는 토는 [형태 [FIN -]]의 자질 구조를 가진다.

각 명사토의 자질 구조를 보이면 다음과 같다.

(21) 가

$$
\begin{bmatrix}
음운 & 가 \\
통사의미 | 통사 & \begin{bmatrix} 중심어 \begin{bmatrix} 품사 & N \\ 자리 & 임자 \end{bmatrix} \end{bmatrix} \\
형태 & [\ Fin\ +\ ]
\end{bmatrix}
$$

(22) 를

$$
\begin{bmatrix}
\text{음운} & \text{를} \\
\text{통사의미} \mid \text{통사} & \begin{bmatrix} \text{중심어} & \begin{bmatrix} \text{품사} & \text{N} \\ \text{자리} & \text{부림} \end{bmatrix} \end{bmatrix} \\
\text{형태} & [\ \text{Fin} \ + \ ]
\end{bmatrix}
$$

(23) 에

$$
\begin{bmatrix}
\text{음운} & \text{에} \\
\text{통사의미} \mid \text{통사} & \begin{bmatrix} \text{중심어} & \begin{bmatrix} \text{품사} & \text{N} \\ \text{자리} & \text{위치} \end{bmatrix} \end{bmatrix} \\
\text{형태} & [\ \text{Fin} \ - \ ]
\end{bmatrix}
$$

(24) 도

$$
\begin{bmatrix}
\text{음운} & \text{도} \\
\text{통사의미} \mid \text{통사} & \begin{bmatrix} \text{중심어} & \begin{bmatrix} \text{품사} & \text{N} \\ \text{자리} & \text{case} \\ \text{영역} & \begin{bmatrix} N & + \\ \sim N & + \end{bmatrix} \end{bmatrix} \end{bmatrix}
\end{bmatrix}
$$

(25) 는(도움토)

$$
\begin{bmatrix}
\text{음운} & \text{는} \\
\text{통사} & \begin{bmatrix} \text{중심어} & \begin{bmatrix} \text{품사} & \text{N} \\ \text{자리} & \text{case} \\ \text{영역} & \begin{bmatrix} N & + \\ \sim N & \pm \end{bmatrix} \end{bmatrix} \end{bmatrix} \\
\text{화용} \mid \text{주제} & +
\end{bmatrix}
$$

(26) 만

$$
\begin{bmatrix}
\text{음운} & \text{만} \\
\text{통사} & \begin{bmatrix} \text{중심어} & \begin{bmatrix} \text{품사} & N \\ \text{영역} & \begin{bmatrix} N & + \\ \sim N & - \end{bmatrix} \end{bmatrix} \end{bmatrix}
\end{bmatrix}
$$

(27) 와2

$$
\begin{bmatrix}
\text{음운} & \text{와} \\
\text{통사} & \begin{bmatrix} \text{중심어} & \begin{bmatrix} \text{품사} & N \\ \text{수식} & N\text{줄기} \\ \text{case} & N\text{줄기①} \end{bmatrix} \end{bmatrix}
\end{bmatrix}
$$

(28) 의

$$
\begin{bmatrix}
\text{음운} & \text{의} \\
\text{통사의미} & \begin{bmatrix} \text{통사} & \begin{bmatrix} \text{중심어} & \begin{bmatrix} \text{품사} & N \\ \text{수식} & [\text{ENTITY} \;\; +] \end{bmatrix} \end{bmatrix} \end{bmatrix}
\end{bmatrix}
$$

그 외에 여러 명사토들의 통합 여부는 의미 정보나 화용 정보의 충돌 여부에 달려 있다. 그리고 '-이/가', '-을/를'과 '-는', '-도'의 제약도 명사 토의 분류와 통사적 정보 외에 '화용 정보'에서 좀더 적극적으로 설명할 수 있었다.

6.10. 이러한 논의에 따라 명사 줄기와 명사 어절은 자질 구조에서 그 차이를 확인할 수 있었다.

(29)ㄱ.

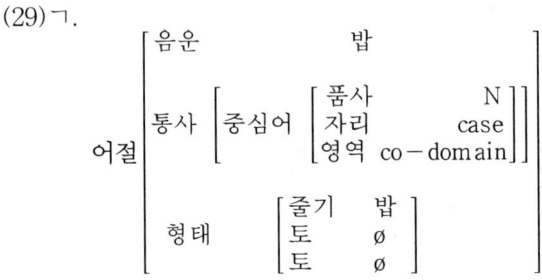

ㄴ.

$$\text{줄기}\begin{bmatrix}\text{음운} & \text{밥}\\ \text{통사 [중심어 [품사 \quad N]]}\\ \text{형태} & \text{줄기}\end{bmatrix}$$

6.11. 지금까지 논의한 동사 줄기와 동사토의 결합과 동사토의 정보가 어떻게 문장에 반영되는지를 정리해 본다.

(30) 선생님께서 학교에 가시었겠다.

(31)　　　　　　가시었겠다

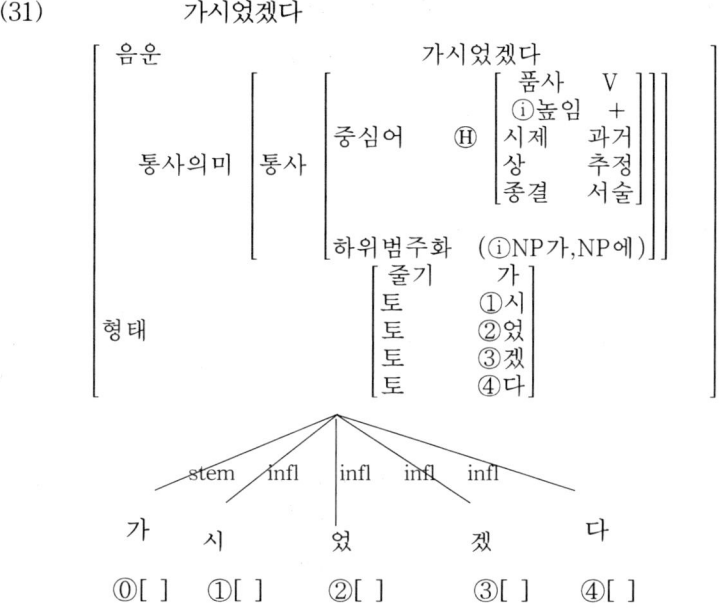

　　그리고 (32)에서 중심어는 '가시었겠다'인데, 중심어의 중심어 자질이 중심어 자질 원리에 의해 문장까지 투사되어 문장이 '선생님께서 학교에 가셨다'의 중심어 자질과 구조 공유하고 있는 것을 ⑤로 나타내었다. 그리고 중심어의 하위범주화 자질은 '선생님께서', '학교에'로 채워져 문장에서는 하위범주화 값이 포화된 < >으로 나타난다. 이것은 하위범주화 원리에 의한 것이다.

(32)　　　　　선생님께서 학교에 가시었겠다.

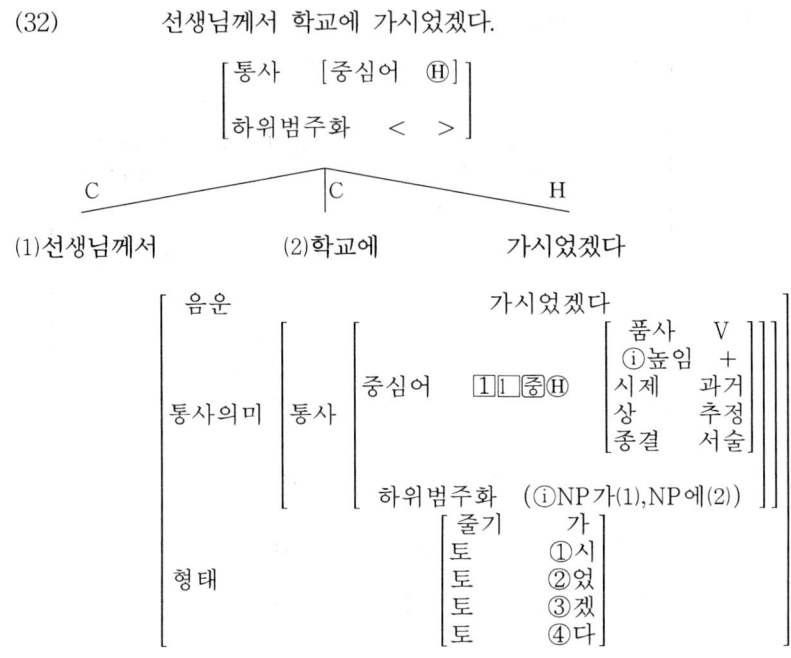

6.12. 그리고 지금까지 논의한 명사 줄기와 명사토의 결합과 명사토의 정보가 어떻게 문장에 반영되는지를 간단히 나타내면 다음과 같다.

(33) 영이가 학교에서도 사진과 그림을 보았다.

(34)   영이가

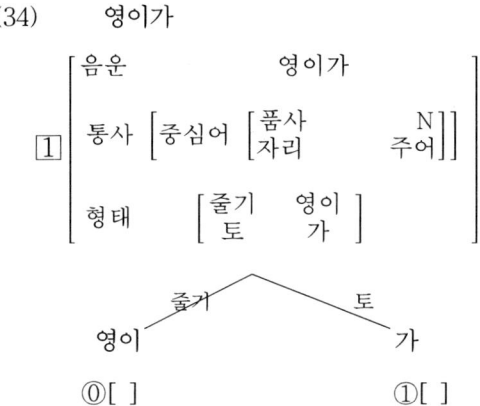

①[ ]   ①[ ]

(35)   학교에서도

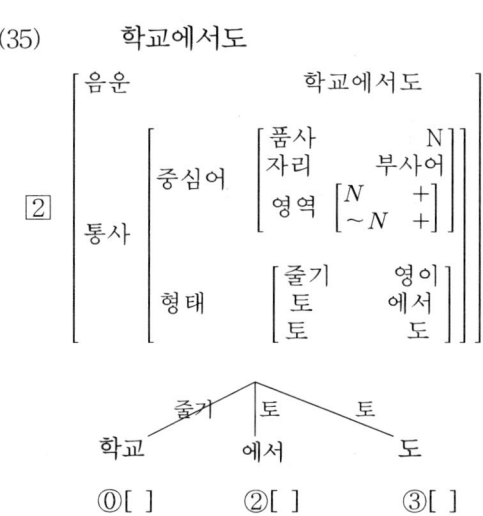

⓪[ ]   ②[ ]   ③[ ]

(36)　　사진과

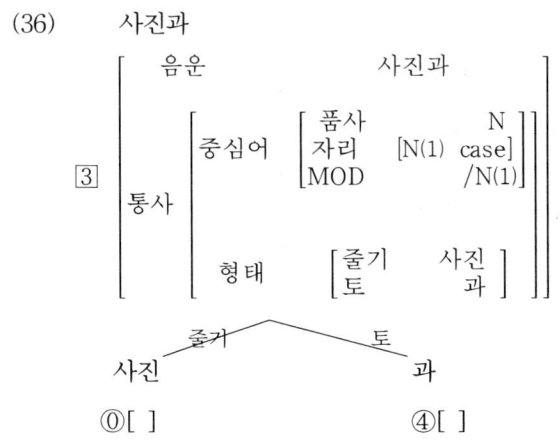

(37)　　그림을

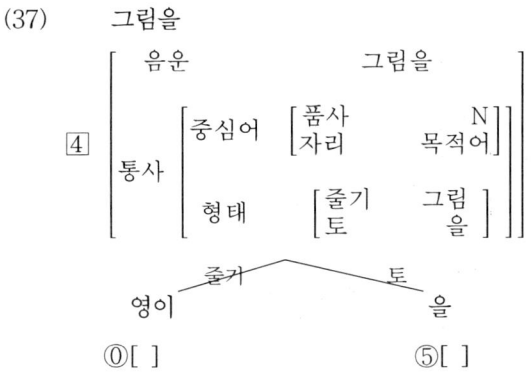

　그리고 (34)~(37)에서 중심어는 각각 '영이', '학교', '사진', '그림'인데, 중심어의 중심어 자질이 중심어 자질 원리에 의해 문장까지 투사되어 문장이 '영이가 학교에서도 사진과 그림을 보았다'의 중심어 자질과 구조 공유하고 있는 것을 ⑤로 나타내었다. 그리고 중심어의 하위범주화 자질은 '영이가', '사진과 그림을'로 채워져 문장에서는 하위범주화 값이 포화된 < >으로 나타난다. 이것은 하위범주화 원리에 의한 것이다.

(38)   영이가 학교에서도 사진과 그림을 보았다.

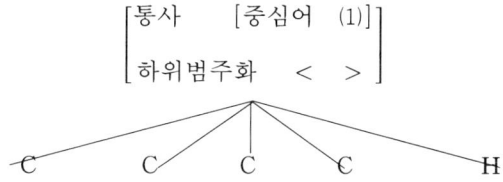

① 영이가   ② 학교에서도   ③ 사진과   ④ 그림을   ⑤ 보았다

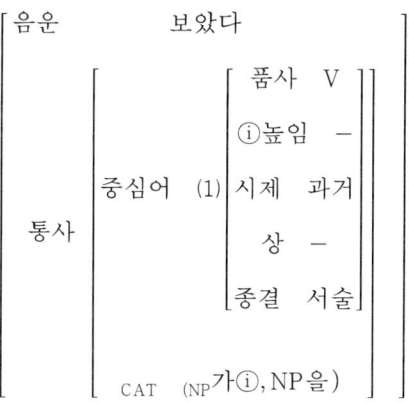

6.13. 지금까지 우리말 토는 그 기능은 통사적 기능을 가지고 있다고 하더라도 구조는 형태적 구조로 분석해야 하며 그것이 '굴절형'이 아닌 방식으로 설명할 수 있음을 논의하였다. 그러나 토 각각의 통사적, 의미적, 화용적 기능에 대해 고찰은 많이 부족하다. 뿐만 아니라 줄기의 통사적, 의미적, 화용적 기능도 함께 고찰되어야 한다. 이러한 줄기와 토 각각의 기능이 더 연구되어 이 연구에서 제시한 틀을 더 정교하게 다듬어야 할 일들은 남은 문제로 둔다.

■ 참고문헌

강우원(1996), ≪국어 이음말의 문법≫, 인제대학교 출판부.

고영근(1989), ≪국어 형태론 연구≫, 서울대학교 출판부.

고영근(1993), ≪우리말의 총체 서술과 문법체계≫, 일지사.

고영근(2002), 〈국어학의 창의적 연구 방향－어제를 두 번 되돌아보고 내일을 한번 내다 보자－〉, 어문학 97집, 한국어문학회.

고창수(1992), 〈국어의 통사적 어형성〉, 국어학 22, 259~269.

고창수(2002), ≪자질연산문법이론≫, 월인.

국립국어원(1999), ≪표준국어대사전≫, 두산동아.

권재일(1994/2006), ≪한국어 문법의 연구≫, 서광학술자료사.

김귀화(1994), ≪국어의 격 연구≫, 한국문화사.

김기복(1996), 〈명사화 보문소 ‘-음과 ‘-기'의 연구〉, 어문연구 28.

김두봉(1916), ≪조선말본≫, 역대문법대계 제1부 8책(①22), 탑출판사.

김두봉(1922), ≪깁더조선말본≫, 역대문법대계 제1부 8책(①23), 탑출판사.

김민주(1985), 〈영어 격 연구〉, 고려대학교 박사학위논문.

김봉모(1992), ≪국어 매김말의 문법≫, 태학사.

김승곤(1989), ≪우리말 토씨 연구≫, 건국대학교 출판부.

김승곤(2007), ≪한국어 토씨와 씨끝의 연구사≫, 박이정.

김영길・양성일・서영애・김창현・홍문표・최승권(2001), 〈한영 자동 번역을 위한 한 국어 구문 분석 전처리〉, 2001 가을 학술발표 논문집, 한국 정보과학회, 175~177.

김영택(1994), ≪자연언어처리≫, 교학사.

김영희(1974ㄱ), 〈한국어 조사류어의 연구〉, ≪문법연구≫ 1, 광문사.

김영희(1974ㄴ), 〈대칭관계와 접속조사 ‘와'〉, 한글 154, 한글학회.

김영희(1978), 〈겹주어론〉, 한글 162, 한글학회.

김영희(1985), 〈주어 올리기〉, 국어학 14, 국어학회.

김영희(1999), 〈사격 표지와 후치사〉, 국어학 34, 국어학회.

김완진(1970), 〈문접속의 ‘와'와 구접속의 ‘와'〉, 어학연구 6-2, 서울대 어학연구소.

김용진(2007), ≪사회어학적 코퍼스 분석의 실제≫, 올린책상.

김윤경(1932), ≪조선말본≫, 역대 문법대계 제1부 22책(①53), 탑출판사.

김윤경(1948), ≪나라말본≫, 역대 문법대계 제1부 22책(①54), 탑출판사.

김인택(1997), ≪한국어 이름마디의 문법≫, 세종출판사.

김일웅(1991), 〈낱말과 월성분〉, 우리말연구 1, 우리말학회.

김일웅(1993), 〈한국어의 서법〉, 우리말연구 3, 우리말학회.

김일환・박종원(2003), 〈국어 명사화 어미의 분포에 대한 계량적 연구〉, 국어학 42, 국 어학회, 141~175.

김정해(1987), 〈HPSG파서에 기반한 한국어 문맥 조응대용어의 연구〉, 경북대 박사학위
　　　　　논문.
김종복(2004), ≪한국어 구 구조 문법≫, 한국문화사.
김차균(1980), 〈국어 시제의 의미〉, 한글 169, 한글학회.
김차균(1993), ≪우리말 시제와 상의 연구≫, 태학사.
김흥규 외(2001), 〈21세기 세종계획 국어 기초자료 구축〉, 문화관광부·국립국어연구원
　　　　　연구보고서.
김희찬(2000), 〈한국어 말뭉치의 계량적 처리 절차 연구〉, 서울대 국어교육 석사학위논문.
남기심(1968), 〈문형 N1이 N2이다의 변형분석적 연구〉, 계명논총 5.
남기심(1986), 〈'서술절'의 설정은 타당한가?〉, ≪국어학신연구≫, 탑출판사. 191~198.
남기심·고영근(1985/1993), ≪표준국어문법론≫, 탑출판사.
노마 히데키(1996), 〈한국어 문장의 계층구조〉, 언어학 19호, 한국언어학회, 133~180.
목정수(2003), ≪한국어 문법론≫, 월인.
목정수(2005), 〈국어 이중주어 구문의 새로운 해석〉, 언어학 41, 한국언어학회, 75~99.
민현식(1982), 〈현대 국어 격에 관한 연구〉, 국어 연구 49.
박동근(2000), 〈한국어 통사적 접사 설정에 대한 비판적 검토〉, 한말연구 7, 한말연구학
　　　　　회, 149~172.
박동인(1997), 〈우리말 정보처리 S/W 기술 개발에 관한 연구〉, 1차년도 연구 개발 결과
　　　　　보고서, 시스템공학연구소.
박만수(1988), ≪국어 자리말 연구≫, 태화출판사.
박병수(1983), 〈문장 술어 의미론: 중주어 구문의 의미 고찰〉, 말 8.
박병수(1994), 〈핵어 중심 구구조 문법〉, ≪현대 언어학 지금 어디로≫(장석진 편), 한신
　　　　　문화사.
박선자(1996), ≪한국어 어찌말의 통어·의미론≫, 세종출판사.
박승빈(1931), ≪조선어학강의요지≫, 역대문법대계 제1부 19책(①48), 탑출판사.
박승빈(1935), ≪조선어학≫, 역대문법대계 제1부 20책(①50), 탑출판사.
박승혁(1997), ≪최소주의 문법론≫, 한국문화사.
박영순(1985), ≪한국어 통사론≫, 집문당.
박인철(1998), 〈한국어 문형을 이용한 개념 그래프 생성에 관한 연구〉, 전북대 박사학위
　　　　　논문.
박진호(1994), 〈선어말어미 '-시-'의 통사 구조상의 위치〉, 관악어문연구 19, 서울대 국
　　　　　문과.
박한기(2001), 〈주격 교체 구문의 의미〉, 한글 251, 한글학회, 233~260.
박효명(1998), ≪핵어문법론Ⅰ≫, 한국문화사.
박효명(1997), 〈국어 이중주어 구문의 제약기반적 분석〉, 언어학 5-1, 한국언어학회, 99
　　　　　~127.
서민정(1995), 〈우리말 부정문의 기능적 연구〉, 부산대 석사학위논문.
서민정(1998), 〈'V1어V2'형 합성움직씨의 하위범주화 자질 형성 규칙〉, 우리말 연구 8,

　　　　　　　우리말학회.

서민정(2003), 〈동사의 어휘규칙과 동사토〉, 우리말 연구 13, 우리말학회.

서민정(2004), 〈한국어 정보처리를 위한 토 연구〉, 부산대 박사학위논문.

서민정(2005), 〈명사토의 제약과 기능〉, 우리말 연구 16, 우리말학회.

서민정(2006), 〈이름법토 '-음', '-기'의 제약과 기능〉, 한글 271, 한글학회.

서민정(2007), 〈토의 통어적 기능을 위한 문법체계〉, 언어과학 14-3, 한국언어과학회.

서민정(2008), 〈'NP1이/가 NP2이/가 V' 구문에 대한 논의-서구 언어 중심론에서 벗어나
　　　　　　　기 위한 노력으로-〉, 언어과학 15-3, 한국언어과학회.

서상규 편(1999), ≪언어 정보의 탐구 1≫, 연세대 언어정보개발연구원.

서상규(2002), 〈국어정보학 연구의 현황과 방향〉, ≪국어학연구50년≫(한국문화연구원
　　　　　　　편), 혜안.

서상규・한영균(1999), ≪국어정보학 입문≫, 태학사.

서영훈(1991), 〈의미정보를 이용하는 중심어 주도의 한국어 파싱〉, 서울대 컴퓨터공학과
　　　　　　　박사학위논문.

서은아(1998), 〈풀이씨 이름법 씨끝 '-음, -기'의 풀이말 제약〉, 한말연구 4, 147~177, 한
　　　　　　　말연구학회.

서은아(2002), 〈풀이씨 이름법 씨끝 '-음, -기'의 변화 양상〉, 한말연구 10, 83~114, 한말
　　　　　　　연구학회.

서정수(1996), ≪국어문법≫, 한양대학교 출판부.

서정수(1971), 〈국어의 이중 주어 문제〉, 국어국문학 52.

서태길(1997), 〈어휘정보에 기초한 국어 문법기능에 대한 연구〉, 고려대 박사학위논문.

서태룡(2000), 〈국어 형태론에 기초한 통사론을 위하여〉, 국어학 35, 국어학회.

성광수(1979), ≪국어 조사의 연구≫, 형설출판사.

성기철(1973), ≪국어학 신강≫, 개문사.

송도규(1996), ≪인지언어학과 자연언어자동처리≫, 홍릉과학출판사.

송재목(1998), 〈안맺음씨끝 '-더-'의 의미 기능에 대하여: 유형론적 관점에서〉, 국어학 32,
　　　　　　　국어학회.

송철의(2006), 〈국어 형태론 연구의 문제점〉, 배달말 39, 배달말학회, 117~141.

시정곤(1992), 〈통사론의 형태 정보와 핵 이동〉, 국어학 22, 국어학회, 299~324.

시정곤(1994), ≪국어의 단어 형성 원리≫, 국학자료원.

시정곤(1998), 〈선어말 어미의 형태-통사론〉, 한국어학 8, 한국어학회, 193~226.

시정곤(2002), 〈현대 형태론의 과제와 전망〉, 한국어학 16, 한국어학회, 89~104.

신수송・류수린(1995), ≪어휘기능문법≫, 서울대학교 출판부.

신창순(1975), 〈국어 조사의 연구-그 분류를 중심으로-〉, ≪국어국문학≫67, 국어국
　　　　　　　문학회.

신효필(1994), 〈한국어 관계구문의 통사와 의미구조-통합문법적 접근-〉, 서울대 언어학과
　　　　　　　박사학위논문.

안명철(2001), 〈이중주어 구문과 구-동사〉, 국어학 38, 국어학회, 181~207.

안병희(1966), 〈부정격의 정립을 위하여〉, 동아문화 6, 서울대 동아문화연구소.

안상철(1998), ≪형태론≫, 대우학술총서 105.

양동휘(1989), ≪지배-결속 이론의 기초≫, 신아사.

양동휘(1994), ≪문법론≫, 한국문화사.

양동휘(1998), 〈최소주의의 이해와 전망: 한국어에의 적용〉, 한국어학 7, 한국어학회, 5~ 35.

양재형(1990), 〈HPSG에 기반한 한국어 분석기의 연구〉, 서울대 컴퓨터공학과 석사학위
논문.

양정석(1995), ≪국어동사의 의미 분석과 연결이론≫, 박이정.

양정석(2005), ≪한국어 통사구조론≫, 한국문화사.

양정호(2002), 〈중세 국어의 보어 설정에 대하여〉, ≪문법과 텍스트≫, 서울대 출판부,
467~482.

우순조(1994), 〈한국어의 형상성과 관계표지의 실현양상〉, 서울대 언어학과 박사학위논문.

우순조(2006), 〈한국어 조사 기술과 관련된 쟁점과 대안〉, 우리말 연구 18, 우리말학회.
177~214.

우형식(1987), 〈명사화소 '-음'과 '-기'의 분포와 기능〉, 말 12, 연세대 한국어학당.

우형식(1996), ≪국어 타동구문 연구≫, 박이정출판사.

우형식(1998), ≪국어 동사구문의 분석≫, 태학사.

유길준(1909), ≪대한문전≫, 역대문법대계 제1부 2책(①06), 탑출판사.

유동석(1995), ≪국어의 매개변인 문법≫, 신구문화사.

윤재원(1988), 〈국어 보조조사의 담화분석적 연구〉, 영남대 박사학위논문,

이공주(1998), 〈언어 특성에 기반한 한국어의 확률적 구문분석〉, 한국과학기술원 전산학
과 박사학위논문.

이관규(1992), ≪국어의 대등구성 연구≫, 서광학술자료사.

이광호(1988), ≪국어 격조사 〈을/를〉의 연구≫, 탑출판사.

이극로(1935), 〈조선말 임자씨의 토〉, 한글 3-1, 조선어학회.

이남순(1988), 〈국어의 격지지 생략에 대한 연구〉, 서울대 박사학위논문.

이남순(1996), 〈특수 조사의 통사 기능〉, 진단학보 82.

이숭녕(1956), ≪중등 국어 문법≫, 역대문법대계 제1부 34책(①89), 탑출판사.

이숭녕(1967), ≪고등 국어 문법≫, 역대문법대계 제1부 34책(①90), 탑출판사.

이영경(2004), 〈국어 'NP1이' 보어의 성격에 대한 고찰-중세국어자료의 검토를 통하여〉,
어문연구 32-3, 137~163.

이점출(1997), ≪의존문법과 생성문법≫, 한국문화사.

이정민·강병모·남승호(1999), 〈한국어 술어 중심의 어휘 의미 구조 연구〉, 과학기술부
연구보고서.

이정택(2006), 〈이른바 중주어문에 관하여-서술절 설정의 당위성을 중심으로-〉, 청람어문
교육 34, 243~258,

이주행(2001), ≪한국어 문법의 이해≫, 월인.

이춘숙(1991), 〈영역개념으로서의 도움토씨〉, ≪한글≫ 212, 한글학회, 101~124.

이춘숙(1993), 〈우리말 도움토씨 연구〉, 부산대 박사학위논문.

이홍식(1998), 〈동명사 설정의 문제에 대하여〉, 국어학 31, 국어학회.

이홍식(2003), 〈교착소의 설정과 관련된 몇 가지 문제〉, 한국어학 21, 한국어학회.

이희자·이종희(1999), ≪(사전식)텍스트 분석적 국어 어미의 연구≫, 한국문화사.

임동훈(1994), 〈중세 국어 선어말 어미 {-시-}의 형태론〉, 국어학 24, 국어학회.

임동훈(2002), 〈한국어 조사 연구의 현황과 전망〉, 한국어학 16, 한국어학회, 149~182.

임동훈(2004), 〈한국어 조사의 하위 부류와 결합 유형〉, 국어학 43, 국어학회.

임홍빈(1972), 〈국어의 주제화 연구〉, 국어국문학 28, 국어연구회.

임홍빈(1974), 〈주격중출론을 찾아서〉, 문법연구 1, 문법연구회.

임홍빈(1976), 〈존대·겸양의 통사 절차〉, 문법 연구 3, 문법연구회.

임홍빈(1979), 〈용언의 어근 분리 현상에 대하여〉, 언어 4-2, 한국언어학회.

임홍빈(1987), ≪국어의 재귀사 연구≫, 신구문화사.

임홍빈(1989/98), 〈통사적 파생에 대하여〉, ≪국어 문법의 심층 2≫, 태학사.

임홍빈(1993), 〈다시 '-더-'를 찾아서〉, 국어학 23, 255~323.

임홍빈(1997), 〈국어 굴절의 원리적 성격과 재구조화〉, 관악어문연구 22, 서울대 국어국
        문학과.

임홍빈(1999ㄱ), 〈21세기 세종계획 국어 기초자료 구축〉, 문화관광부, 305~472.

임홍빈(1999ㄴ), 〈국어 명사구와 조사구의 통사 구조에 대하여〉, 관악어문 연구 24, 1~59.

장석진 편(1994), ≪현대 언어학 지금 어디로≫, 한신문화사.

장석진(1993), ≪화용과 문법≫, 탑출판사.

장석진(1995), ≪정보기반 한국어 문법≫, 한신문화사.

정렬모(1946), ≪신편고등국어문법≫, 역대문법대계 제1부 25책(①61), 탑출판사.

정인상(1980), 〈현대 국어의 주어에 대한 연구〉, 국어연구 44.

정천영·서영훈(2001), 〈대화체 번역을 위한 논항 구조에 기반한 한국어 분석〉, 정보과
        학회 논문지 소프트웨어 및 응용 28-4, 380~387.

조준호(1998), 〈동명사구의 구조 분석〉, 언어학 6-1, 대한언어학회, 109~129.

주시경(1910), ≪국어문법≫, 역대문법대계 제1부 4책(①11), 탑출판사.

주시경(1914), ≪말의소리≫, 역대문법대계 제1부 4책(①13), 탑출판사.

채완(1990), 〈특수조사〉, ≪국어연구 어디까지 왔나≫, 동아출판사.

최규수(1999), ≪한국어 주제어와 임자말 연구≫, 부산대학교 출판부.

최규수(2000), 〈지리토씨의 형태론과 통어론〉, 우리밀 연구 11, 우리말학회.

최규수(2001), 〈통어론과 형태론의 관계에 대하여〉, 언어과학 8-1, 한국언어과학회.

최규수(2006), 〈형태론의 체계와 용어 사용의 문제〉, 우리말 연구 18, 우리말학회. 143~176.

최기선 외(2000), 〈국어정보처리 기술 개발〉, 과학기술부 3차년도 최종보고서.

최동주(1994), 〈현대 국어 선어말 {-더-}의 의미에 대하여〉, 어학 연구 30-1, 서울대 어학
        연구소.

최동주(1997), 〈현대국어의 특수조사에 대한 통사적 고찰〉, 국어학 30, 국어학회.

최동주(2002), 〈국어 어미 연구의 나아가야 할 방향〉, 한국어학 16, 한국어학회.

최명석·이공주·김길창(1999), 〈구문트리 부착 코퍼스를 이용한 부분 구문 분석 규칙
　　　　의 자동추출〉, 1999 가을 학술발표 논문집, 한국정보과학회, 336~338.
최웅환(2005), 〈한국어 조사의 분류와 기능에 대하여〉, 언어과학연구 33, 331~348.
최웅환(2007), 〈주어와 관련된 몇 가지 문제〉, 언어과학연구 43, 49~69.
최재희(1985), 〈국어 명사구 접속의 연구〉, 한글 188, 한글학회.
최현배(1937=87), 《우리말본》, 정음사.
한영균(1999), 〈전자 말뭉치를 이용한 사전 편찬론〉, 문화관광부 국어정보화 인력 양성
　　　　사업 결과보고서.
한정한(2003), 〈격조사는 핵이 아니다〉, 한글 260, 한글학회
허웅(1983), 《국어학》, 샘 문화사.
허웅(1995), 《20세기 우리말의 형태론》, 샘 문화사.
허웅(1999), 《20세기 우리말의 통어론》, 샘 문화사.
홍기문(1927), 《조선문법요령》, 역대문법대계 제1부 15책(①38), 탑출판사.
홍기문(1947), 《조선문법연구》, 역대문법대계 제1부 15책(①39), 탑출판사.
홍사만(1983), 《국어특수조사론》, 학문사.
홍윤표(1999), 〈국어학 연구의 앞날〉, 한국어학 9, 한국어학회.
황이규·이현영·이용석(2000), 〈형태소 및 구문 모호성 축소를 위한 구문 단위 형태소
　　　　의 이용〉, 정보과학회 논문지 소프트웨어 및 응용 27-7, 784~793.
황화상(2005), 〈통사적 접사 설정의 제문제〉, 한국어학 28, 한국어학회, 269~294.

Chomsky, N.(1965), *Aspects of the theory of syntax*, M.I.T. Press.
Chomsky, N.(1986), *Barriers*, The MIT Press, Cambridge, Mass.
Chung, Chan & Kim, Jong-Bok(2002), Korean Copula Constructions, 언어 27.2: 171
　　　　~193, 한국언어학회.
Chung, Chan(1996), *A Lexical Approach to Word Order Variation in Korean*,
　　　　Thaehaksa, 언어학 총서 30.
Chung, Chan, Kim, Jong-Bok, Park, Byung-Soo, and Peter Sells(2001), Mixed
　　　　Categories and Multiple Inheritance Hierarchies in English and
　　　　Korean Gerundive Phrase , Language Research 37.4 : 763~797.
Fabb, N.(1984), *Synatactic Affixation*, PhD dissertation, MIT.
Fillmore, C. J.(1968), The Case for Case, in E.Bach and T. Harms, eds., Universals
　　　　in Linguistic Theory.
Hale, K.(1982), Preliminary remarks on configurationality, *NELS* 12, ed. by
　　　　J.Pustejovsky and P.Sells.
Hopcraft, J. E. and J. D. Ullman(1979), *Introduction to Automata Theory,
　　　　Languages, and Compution*, Addition-Wisley, Reading MA. (정인정
　　　　역(1995), 《오토마타와 계산이론》, 홍릉과학출판사.)
Ivan, A. Sag & Thomas, Wasow(1999), *Syntatic Theory*, CSLI.

Jerrold, M. Sadock(1991), *Autolexical Syntax*, The University of Chicago Press.

Jespersen, O.(1924), *The Philosophy of Grammar*, London: Allen and Unwin.

Kang, Y-S(1986), Korean Syntax and Universal Grammar. Ph. D. dissertation. Harvard University.

Kang, Y-S(1988), Base-Generation of Multiple Nominative Constructions in Korean, 어문학논총 7, 국민대 어문학연구소, 265~274.

Kim, Jong-Bok(1998), Interface between Morphology and Syntax: A Constraint-Based and Lexicalist Approach. 언어와 정보 2 : 177~233.

Kim, Nam-gil(1982), Subject Raising and the Verb Phrase Consitituency in Korean, 말 10, 연세대학교 한국어학당, 79~95.

Lee, K-Y(1976), Is there Raising in Korean?, 전북대 교양과정부 논문집 3, 전북대 어학연구소

Park, B-S(1973), On the Multiple Subject Construction in Korean, Linguistics 100, Mouton & co..

Park, S-H(1970), On the Historical Background of the Passive-Progressive Construction in English-A Transformational Approach, 영어영문학 35, 한국영어영문학회, 91~108

Pollard, Carl & Ivan A. Sag(1987), *Infomation-based Syntax and Semantics*, CSLI.

Pollard, Carl & Ivan A. Sag(1994), *Head-driven Phrase Structure Grammar*, CSLI.

Reape, Mike(1994), Domain union and word order varition in German. In Nerbonne, John, Klaus Netter, and Carl Pollard(eds.), *German in Head-Driven Phrase Structure Grammar*, Standford: CSLI. 151-197.

Ronald, Carter, *Vocabulary : Applied Linguistic Perspectives*, (원명옥 역(1998), ≪어휘론의 이론과 응용≫, 한국문화사.)

Sadock, Jerrold M.(1991), *Autolexical Syntax*, Stanford : CSLI Publications.

Searle, J.R.(1969), *Speech Act*, Cambridge University Press.

Somers, H.L.(1985), *Valency and case in computational linguistics*, Edinburgh : Edinburgh University Press(우형식, 정유진 역(1998), ≪격과 결합가, 그리고 전산언어학≫, 한국문화사),

Song, S-J(1967), Some Transformational Rules in Korean, Unpublished Ph.D.Dissertation: Indiana University.

Spencer, Andrew(1991), *Morphological Theory* (전상범 · 김영석 · 김진형 공역(1994), ≪형태론≫, 한신문화사.)

Yang, I-S(1972), A Note on Stress adjustment in Word-level Nominalization, 영어영문학 42, 한국영어영문학회, 55~61.

Yoon, James(1991), *Korean Nominalizations and Morphosyntatic Interaction,* University of Illinois, Urbana-Champaign manuscript.(Kim Jong Bok(1998) 재인용)

■ 부 록

본문에서 자질구조로 제시된 언어단위들을 언어단위끼리의 정보 비교를 위해 부록으로 모아 다시 제시한다.

(1) 자질 구조

$$\begin{bmatrix} FEATURE1 & VALUE1 \\ FEATURE2 & VALUE2 \\ \cdots\cdots & \cdots\cdots \\ FEATUREn & VALUEn \end{bmatrix}$$

(2)

```
                        기호(sign)
        ┌───────────┬──────────┴──────────┐
   구(phrase)   어절(word)   통사적 형태 단위(morphological unit)
                                    ┌──────────┴──────────┐
                                줄기(stem)            토(infl)
```

(3) 기호

$$\begin{bmatrix} 음운 & & \\ 형태 & & \\ 통사의미 & \begin{bmatrix} 국지적 & \begin{bmatrix} 통사 & 값 \\ 의미 & 값 \\ 화용 & 값 \end{bmatrix} \\ 비국지적 & 값 \end{bmatrix} \end{bmatrix}$$

(4) 통사 자질

$$\begin{bmatrix} 통사 & \begin{bmatrix} 중심어 & 값 \\ 하위범주화 & 값 \end{bmatrix} \end{bmatrix}$$

(5) 의미 자질

$$\begin{bmatrix} 의미 & \begin{bmatrix} 개체 지표 & 값 \\ 의미 제약 & 값 \end{bmatrix} \end{bmatrix}$$

(6) 화용 자질

$$\begin{bmatrix} 화용 & \begin{bmatrix} 화맥 지표 & 값 \\ 발화 배경 & 값 \\ 담화 기능 & 값 \end{bmatrix} \end{bmatrix}$$

(7) 구

$$
\begin{bmatrix}
음운 & & \\
통사의미 & 국지적 \begin{bmatrix} 통어 & 값 \\ 의미 & 값 \\ 화용 & 값 \end{bmatrix} \\
& 비국지적 \\
딸들 & &
\end{bmatrix}
$$

(8) 중심어-보충어 구조(수정)

$$
\begin{bmatrix}
중심어 딸 & (a\ sign) \\
보충어 딸 & (a\ list\ of\ sign)
\end{bmatrix}
$$

(9) 영이가 웃는다

$$
\begin{bmatrix}
음운 & 영이가웃는다 \\
통사의미 & [중심어\ [품사\ V]\ ] \\
딸들 & \begin{bmatrix} 중심어 딸 \begin{bmatrix} 음운 & <웃는다> \\ 통사의미 & V \end{bmatrix} \\ 보충어 딸 \begin{bmatrix} 음운 & <영이가> \\ 통사의미 & NP[nom] \end{bmatrix} \end{bmatrix}
\end{bmatrix}
$$

(10-1) 가셨

$$
\begin{bmatrix}
음운 & 가셨 \\
통사 & \begin{bmatrix} 중심어 & ① \begin{bmatrix} POS & V \\ HOR & + \\ PAST & + \end{bmatrix} \\ 하위범주화 & <NP가>, <NP에> \end{bmatrix}
\end{bmatrix}
$$

(10-2) 만나셨

$$
\begin{bmatrix}
음운 & 만나셨 \\
통사 & \begin{bmatrix} 중심어 & ① \\ 하위범주화 & <NP가>, <NP를> \end{bmatrix}
\end{bmatrix}
$$

(11) 동사의 어휘 규칙

$$어절[통사\ |\ 중심어\ 줄기[품사\ 동사]]$$

$$
\Rightarrow\ 어절\begin{bmatrix} 통사\ 중심어 \begin{bmatrix} 줄기[품사 & V] \\ 토[높임 & +\lor-] \\ 토[시제 & 과거\lor현재\lor미래] \\ 토[상 & 추정\lor확정] \\ 토[인식 & +\lor-] \\ 토[맺음 & 종결형\lor연결형\lor명사형\lor관형사형] \end{bmatrix} \end{bmatrix}
$$

(12) 갔다

$$\text{어절}\begin{bmatrix} \text{음운} & \text{갔다} \\ \text{통사의미|통사} \begin{bmatrix} \text{중심어} & \text{동사} \\ \text{하위범주화} & <\text{NP가}>,<\text{NP에}> \end{bmatrix} \\ \text{형태} \begin{bmatrix} \text{줄기} & ①\text{가} \\ \text{토} & ②\text{았} \\ \text{토} & ③\text{다} \end{bmatrix} \end{bmatrix}$$

(12-1) 가

$$①\ _{\text{줄기}}\begin{bmatrix} \text{음운} & \text{가} \\ \text{통사의미|통사} \begin{bmatrix} \text{중심어} & \text{동사} \\ \text{하위범주화} & <\text{NP가}>,<\text{NP에}> \end{bmatrix} \\ \text{형태} & \text{줄기} \end{bmatrix}$$

(12-2) 았

$$②\ _{\text{토}}\begin{bmatrix} \text{음운} & \text{았} \\ \text{통사의미|통사} \begin{bmatrix} \text{중심어} \begin{bmatrix} \text{품사} & \text{동사} \\ \text{시제} & \text{과거} \end{bmatrix} \end{bmatrix} \\ \text{형태} & \text{토} : 2 \end{bmatrix}$$

(12-3) 다

$$③\ _{\text{토}}\begin{bmatrix} \text{음운} & \text{다} \\ \text{통사의미|통사} \begin{bmatrix} \text{중심어} \begin{bmatrix} \text{품사} & \text{동사} \\ \text{맺음} & \text{종결형} \end{bmatrix} \end{bmatrix} \\ \text{형태} & \text{토} : 5 \end{bmatrix}$$

(13) 시

$$\begin{bmatrix} \text{음운} & \text{시} \\ \text{통사의미 | 통사} \begin{bmatrix} \text{중심어} \begin{bmatrix} \text{품사} & \text{V} \\ ①\text{높임} & + \end{bmatrix} \\ \text{하위범주화} & (①\text{NPnom}....) \end{bmatrix} \\ \text{형태} & \text{토} : 1 \end{bmatrix}$$

(13-1) 주무시-

$$\begin{bmatrix} \text{음운} & \text{주무시} \\ \text{통사의미 | 통사} \begin{bmatrix} \text{중심어} \begin{bmatrix} \text{품사} & \text{V} \\ \text{높임} & + \end{bmatrix} \\ \text{하위범주화} & (\text{NPnom[높임 +]},..) \end{bmatrix} \end{bmatrix}$$

(13-2) 가-

$$
\begin{bmatrix}
음운 & 가 \\
통사의미 | 통사 & \begin{bmatrix} 중심어 & [품사 \quad V] \\ 하위범주화 & (NPnom,..) \end{bmatrix}
\end{bmatrix}
$$

(13-3) 가시-

$$
\begin{bmatrix}
음운 & 가시 \\
통사의미 | 통사 & \begin{bmatrix} 중심어 & \begin{bmatrix} 품사 & V \\ 높임 & + \end{bmatrix} \\ 하위범주화 & (NPnom[높임+]...) \end{bmatrix}
\end{bmatrix}
$$

(14) 었

$$
\begin{bmatrix}
음운 & 었 \\
통사의미 | 통사 & \begin{bmatrix} 중심어 & \begin{bmatrix} 품사 & V \\ 시제 & 과거 \end{bmatrix} \end{bmatrix} \\
형태 & 토 : 2
\end{bmatrix}
$$

(15) 었었

$$
\begin{bmatrix}
음운 & 었 \\
통사의미 | 통사 & \begin{bmatrix} 중심어 & \begin{bmatrix} 품사 & V \\ 시제 & 과거완료 \end{bmatrix} \end{bmatrix} \\
형태 & 토 : 2
\end{bmatrix}
$$

(16) 겠

$$
\begin{bmatrix}
음운 & 겠 \\
통사의미 | 통사 & \begin{bmatrix} 중심어 & \begin{bmatrix} 품사 & V \\ 상 & 추정 \end{bmatrix} \end{bmatrix} \\
형태 & 토 : 3
\end{bmatrix}
$$

(17) 더

$$
\begin{bmatrix}
음운 & 더 \\
통사의미 & \begin{bmatrix} 통사 & \begin{bmatrix} 중심어 & \begin{bmatrix} 품사 & V \\ 인식 & + \end{bmatrix} \end{bmatrix} \\ 의미 | E-TIME \quad ① \\ 화용 & \begin{bmatrix} C-TIME & ② \\ U-TIME & ② \end{bmatrix} \end{bmatrix}
\end{bmatrix}
$$

(18) 느

$$
\begin{bmatrix}
음운 & 느 \\
통사의미 & \begin{bmatrix} 통사 & \begin{bmatrix} 중심어 & \begin{bmatrix} 품사 & V \\ 인식 & + \end{bmatrix} \end{bmatrix} \\ 의미 \mid & E-TIME \quad ① \\ 화용 & \begin{bmatrix} C-TIME & ① \\ U-TIME & ① \end{bmatrix} \end{bmatrix}
\end{bmatrix}
$$

(19) 다

$$
\begin{bmatrix}
음운 & 다 \\
통사의미 & \begin{bmatrix} 통사 & \begin{bmatrix} 중심어 & \begin{bmatrix} 품사 & V \\ 서법 & 서술 \end{bmatrix} \end{bmatrix} \end{bmatrix}
\end{bmatrix}
$$

(20) 라

$$
\begin{bmatrix}
음운 & 라 \\
통사의미 & \begin{bmatrix} 통사 \mid 중심어 & \begin{bmatrix} 높임 & - \\ 시제 & 현재 \\ 상 & - \\ 인식 & - \end{bmatrix} \\ 의미 \mid & E-TIME \quad ① \\ 화용 \mid & U-TIME \quad ① \end{bmatrix}
\end{bmatrix}
$$

(21) 어

$$
\begin{bmatrix}
음운 & 어 \\
통사의미 & \begin{bmatrix} 통사 & \begin{bmatrix} 중심어 & \begin{bmatrix} 품사 & V \\ 서법 & 서술 \end{bmatrix} \end{bmatrix} \\ 화용 & [화계 \quad -높임] \end{bmatrix}
\end{bmatrix}
$$

(22) 어요

$$
\begin{bmatrix}
음운 & 어 \\
통사의미 & \begin{bmatrix} 통사 & \begin{bmatrix} 중심어 & \begin{bmatrix} 품사 & V \\ 서법 & 서술 \end{bmatrix} \end{bmatrix} \\ 화용 & [화계 \quad +높임] \end{bmatrix}
\end{bmatrix}
$$

(23) 않

$$\begin{bmatrix} 음운 & 않 \\ 통사의미 \mid 통사 & \begin{bmatrix} 중심어 & [품사 \quad V] \\ 하위범주화 & <VP(토:5<지>)> \end{bmatrix} \end{bmatrix}$$

(24) 니까

$$\begin{bmatrix} 음운 & 니까 \\ 통사의미 & \begin{bmatrix} 통사 & \begin{bmatrix} 중심어 & \begin{bmatrix} 품사 & V \\ 인식 & - \end{bmatrix} \end{bmatrix} \\ 의미 & [지표 \qquad 이유] \end{bmatrix} \end{bmatrix}$$

(25) 매김법토 '-는'

$$\begin{bmatrix} 음운 & 는 \\ 통사의미 & \begin{bmatrix} 통사 & \begin{bmatrix} 중심어 & \begin{bmatrix} 품사 & V \\ 수식어 & N' \\ 시제 & 현재 \end{bmatrix} \end{bmatrix} \\ 형태 & 토 : 5 \end{bmatrix} \end{bmatrix}$$

(26) 매김법토 '-은'

$$\begin{bmatrix} 음운 & 은 \\ 통사의미 & \begin{bmatrix} 통사 & \begin{bmatrix} 중심어 & \begin{bmatrix} 품사 & V \\ 수식어 & N' \\ 시제 & 과거 \end{bmatrix} \end{bmatrix} \\ 형태 & 토 : 5 \end{bmatrix} \end{bmatrix}$$

(27) 매김법토 '-을'

$$\begin{bmatrix} 음운 & 을 \\ 통사의미 & \begin{bmatrix} 통사 & \begin{bmatrix} 중심어 & \begin{bmatrix} 품사 & V \\ 수식어 & N' \\ 상 & 추정 \end{bmatrix} \end{bmatrix} \\ 형태 & 토 : 5 \end{bmatrix} \end{bmatrix}$$

(28-1) 비국지적 자질

$$\left[\text{비국지적} \begin{bmatrix} \text{승계} & [\ /\ ] \\ \text{결속} & [\ /\ ] \end{bmatrix}\right]$$

(28-2)

$$\begin{bmatrix} <...[LOC\ ①]...> \\ INHER\ |\ /\{\ \} \end{bmatrix} \rightarrow \begin{bmatrix} <...\ ...> \\ INHER\ |\ /\{①\} \end{bmatrix}$$

(28-3) 는2

$$\begin{bmatrix} \text{음운} & & & & \text{는} \\ & & & & \begin{bmatrix} \text{품사} & V \\ \text{MOD} & N' \\ \text{시제} & \text{현재} \end{bmatrix} \\ \text{국지적 | 통사의미} & \begin{bmatrix} \text{통사} & \text{중심어} \end{bmatrix} \\ & \text{형태} & & & \text{토 : 5} \\ \text{비국지적} & | \ \text{승계} & | \ / \ \{\ \} \end{bmatrix}$$

(29) 이름법토

$$\begin{bmatrix} \text{통사의미} & \begin{bmatrix} \text{통사} & \begin{bmatrix} \text{중심어} \begin{bmatrix} \text{품사} & V \\ \text{자리} & case \end{bmatrix} \end{bmatrix} \end{bmatrix} \\ \text{형태} & & \text{토 : 5} \end{bmatrix}$$

(30) -음

$$\begin{bmatrix} \text{음운} & & \text{음} \\ \text{통사의미} & \begin{bmatrix} \text{통사} & \begin{bmatrix} \text{중심어} \begin{bmatrix} \text{품사} & V \\ \text{자리} & case \end{bmatrix} \end{bmatrix} \end{bmatrix} \\ & \text{의미} & ENTITY & + \end{bmatrix}$$

(31) -기

$$\begin{bmatrix} \text{음운} & & \text{기} \\ \text{통사의미} & \begin{bmatrix} \text{통사} & \begin{bmatrix} \text{중심어} \begin{bmatrix} \text{품사} & V \\ \text{자리} & case \end{bmatrix} \end{bmatrix} \end{bmatrix} \\ & \text{의미} & PRED & + \end{bmatrix}$$

(32) -의

$$\begin{bmatrix} \text{음운} & & \text{의} \\ \text{통사의미} & \begin{bmatrix} \text{통사} & \begin{bmatrix} \text{중심어} \begin{bmatrix} \text{품사} & N \\ \text{수식}[ENEITY\ +] \end{bmatrix} \end{bmatrix} \end{bmatrix} \end{bmatrix}$$

(33) 것

$$\left[\begin{array}{l} \text{음운} \qquad \text{것} \\ \text{통사의미 | 통사} \left[\begin{array}{ll} \text{중심어} & \text{[품사 \quad N]} \\ \text{하위범주화} & \text{[수식 \quad N]} \end{array}\right] \end{array}\right]$$

(34-1) 가-

$$\left[\begin{array}{l} \text{음운} \qquad\qquad \text{가} \\ \text{통사의미 | 통사} \left[\begin{array}{ll} \text{중심어} & \text{[품사 \quad V]} \\ \text{하위범주화} & \text{(NP가①.NP에②)} \end{array}\right] \end{array}\right]$$

(34-2) 감

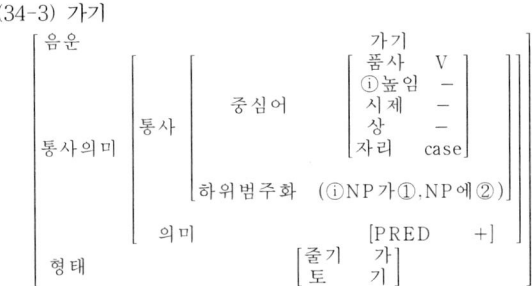

(34-3) 가기

$$\left[\begin{array}{l} \text{음운} \qquad\qquad\qquad\qquad\quad \text{가기} \\ \text{통사의미} \left[\begin{array}{l} \text{통사} \left[\begin{array}{ll} \text{중심어} & \left[\begin{array}{ll} \text{품사} & \text{V} \\ \text{①높임} & - \\ \text{시제} & - \\ \text{상} & - \\ \text{자리} & \text{case} \end{array}\right] \\ \text{하위범주화} & \text{(①NP가①.NP에②)} \end{array}\right] \\ \text{의미} \qquad\qquad \text{[PRED \quad +]} \end{array}\right] \\ \text{형태} \qquad\qquad \left[\begin{array}{ll} \text{줄기} & \text{가} \\ \text{토} & \text{기} \end{array}\right] \end{array}\right]$$

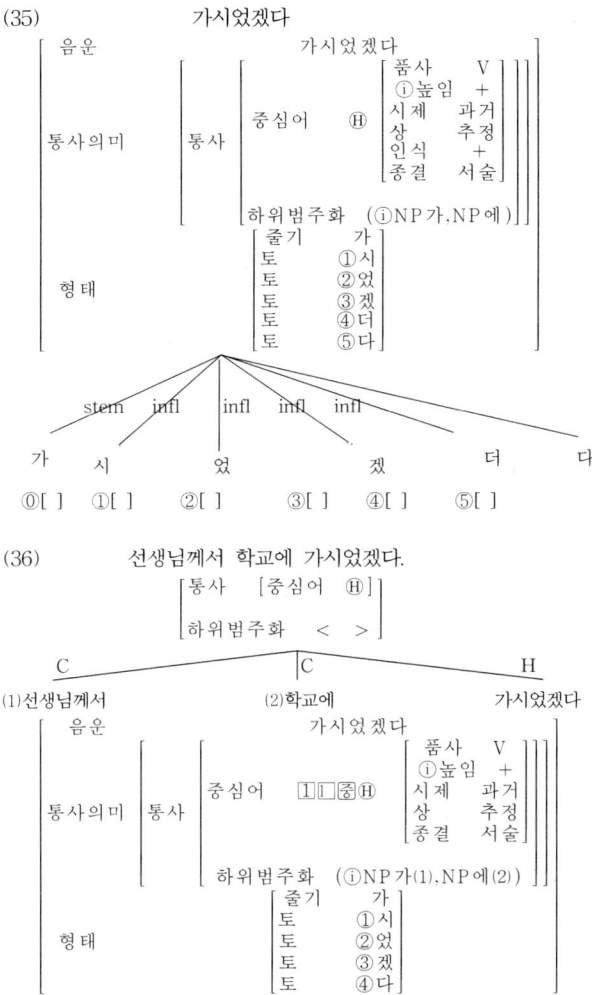

(35)　　　　　　　가시었겠다

음운　　　　　　　　　　가시었 겠다

통사의미　통사　중심어　Ⓗ
품사　　V
①높임　+
시제　과거
상　　추정
인식　+
종결　서술

하위범주화　(ⓘNP가, NP에)

형태
줄기　가
토　　①시
토　　②었
토　　③겠
토　　④더
토　　⑤다

stem　infl　infl　infl　infl

가　　시　　었　　　겠　　더　　다

⓪[ ]　①[ ]　②[ ]　③[ ]　④[ ]　⑤[ ]

(36)　　　선생님께서 학교에 가시었겠다.

통사　[중심어　Ⓗ]

하위범주화　< >

C　　　　　　　　C　　　　　　　H

(1)선생님께서　　　　(2)학교에　　　　가시었겠다

음운　　　　　　　　　　가시었 겠다

통사의미　통사　중심어　①Ⅰ중Ⓗ
품사　　V
①높임　+
시제　과거
상　　추정
종결　서술

하위범주화　(ⓘNP가(1), NP에(2))

형태
줄기　가
토　　①시
토　　②었
토　　③겠
토　　④다

(37)

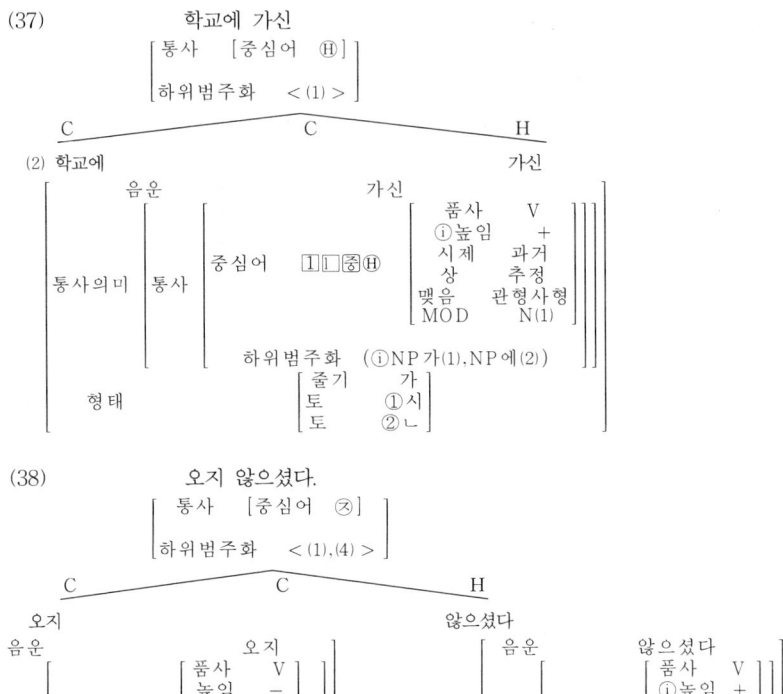

(38) 오지 않으셨다.

$$\begin{bmatrix} 통사 & [중심어 & Ⓩ] \\ 하위범주화 & <(1),(4)> \end{bmatrix}$$

```
        C              C            H
        오지                        않으셨다
```

$$\begin{bmatrix} 음운 & & 오지 \\ & & \begin{bmatrix} 품사 & V \\ 높임 & - \\ 시제 & - \\ 상 & - \\ 인식 & \\ 맺음 & 연결 \end{bmatrix} \\ 통사 & 중심어 \\ & 하위범주화((1)NP가,(4)NP에) \end{bmatrix}$$

$$\begin{bmatrix} 음운 & & 않으셨다 \\ & & \begin{bmatrix} 품사 & V \\ ①높임 & + \\ 시제 & 과거 \\ 상 & 확정 \\ 인식 & - \\ 맺음 & 서술 \end{bmatrix} \\ 통사 & 중심어 Ⓩ \\ & 하위범주화 토 : 5 <지> \end{bmatrix}$$

(39) 학교에 가신 선생님께서 오지 않으셨다.

$$\begin{bmatrix} 통사 & [중심어 & Ⓩ] \\ 하위범주화 & <(4)> \end{bmatrix}$$

(40) 명사

$$\begin{bmatrix} 음운 & & \\ 통사 & [중심어 & [품사 & N]] \\ 형태 & & 줄기 \end{bmatrix}$$

(41) 명사토

$$\begin{bmatrix} 음운 & \\ 통사 & [중심어\ [품사\quad N]] \\ 형태 & 토 \end{bmatrix}$$

(42) 명사의 어휘규칙

어절[통사 ┃ 중심어 줄기[품사　N]]

$$\Rightarrow 어절 \begin{bmatrix} 통사 & \left[중심어 \begin{bmatrix} 줄기[품사 & N] \\ 토[자리 & case] \end{bmatrix} \right] \\ 의미토[영역 & co-domain] \\ 화용 & cxt \end{bmatrix}$$

(43) 명사토(N-infl)의 분류

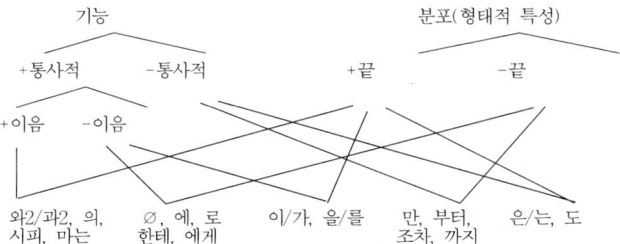

    기능   분포(형태적 특성)

+통사적   -통사적   +끝   -끝

+이음 -이음

와2/과2, 의,   ∅, 에, 로   이/가, 을/를   만, 부터,   은/는, 도
시피, 마는   한테, 에게   조차, 까지

(44-1) 밥

$$\begin{bmatrix} 음운 & 밥 \\ 통사의미 \begin{bmatrix} 통사 & \left[중심어 \begin{bmatrix} 품사 & N \\ CASE & case \end{bmatrix} \right] \\ 의미 ┃ 영역 & co-domain \end{bmatrix} \\ 형태 \begin{bmatrix} 줄기 & 밥 \\ 토 & ø \end{bmatrix} \end{bmatrix}$$

(44-2) 밥

$$\begin{bmatrix} 음운 & 밥 \\ 통사의미 ┃ 통사 & [중심어\ [품사\quad N]] \\ 형태 & 줄기 \end{bmatrix}$$

(45) 자리토

$$
\begin{bmatrix}
\text{음운} & \text{이} \\
\text{통사의미} \mid \text{통사} & \left[\text{중심어}\begin{bmatrix}\text{품사} & \text{N} \\ \text{자리} & \text{임자}\end{bmatrix}\right] \\
\text{형태} & [\text{Fin} \quad +\,]
\end{bmatrix}
$$

(46) 가

$$
\begin{bmatrix}
\text{음운} & \text{가} \\
\text{통사의미} \mid \text{통사} & \left[\text{중심어}\begin{bmatrix}\text{품사} & \text{N} \\ \text{자리} & \text{임자}\end{bmatrix}\right] \\
\text{형태} & [\text{Fin} \quad +\,]
\end{bmatrix}
$$

(47) 를

$$
\begin{bmatrix}
\text{음운} & \text{를} \\
\text{통사의미} \mid \text{통사} & \left[\text{중심어}\begin{bmatrix}\text{품사} & \text{N} \\ \text{자리} & \text{부림}\end{bmatrix}\right] \\
\text{형태} & [\text{Fin} \quad +\,]
\end{bmatrix}
$$

(48) 에

$$
\begin{bmatrix}
\text{음운} & \text{에} \\
\text{통사의미} \mid \text{통사} & \left[\text{중심어}\begin{bmatrix}\text{품사} & \text{N} \\ \text{자리} & \text{위치}\end{bmatrix}\right] \\
\text{형태} & [\text{Fin} \quad -\,]
\end{bmatrix}
$$

(49) 도

$$
\begin{bmatrix}
\text{음운} & \text{도} \\
\text{통사의미} \mid \text{통사} & \left[\text{중심어}\begin{bmatrix}\text{품사} & \text{N} \\ \text{자리} & \text{case}\end{bmatrix}\right] \\
\text{형태} & [\text{Fin} \quad +\,]
\end{bmatrix}
$$

(50-1) 학교

$$
\begin{bmatrix}
\text{음운} & \text{학교} \\
\text{통사} & [\text{중심어}\,[\text{품사} \quad \text{N}]] \\
\text{형태} & \text{줄기}
\end{bmatrix}
$$

(50-2) 학교가

$$
\begin{bmatrix}
음운 & 학교가 \\
통사 & \begin{bmatrix} 중심어 & \begin{bmatrix} 품사 & N \\ 자리 & 임자 \end{bmatrix} \end{bmatrix} \\
형태 & \begin{bmatrix} 줄기 & 학교 \\ 토 & 가 \end{bmatrix}
\end{bmatrix}
$$

(50-3) 학교

$$
\begin{bmatrix}
음운 & 학교 \\
통사 & \begin{bmatrix} 중심어 & \begin{bmatrix} 품사 & N \\ 자리 & 임자 \end{bmatrix} \end{bmatrix} \\
형태 & \begin{bmatrix} 줄기 & 학교 \\ 토 & \varnothing \end{bmatrix}
\end{bmatrix}
$$

(51-1)　　　　　　　　　가기가

가기　　　　　　　　　　　가

$$
\begin{bmatrix}
음운 & 가기 \\
통사 & \begin{bmatrix} 중심어 & \begin{bmatrix} 품사 & V \\ ①높임 & - \\ 시제 & - \\ 상 & - \\ 자리 & case \end{bmatrix} \\ 하위범주화 & (①NP가①,NP에②) \end{bmatrix} \\
의미 & [PRED \quad +] \\
형태 & \begin{bmatrix} 줄기 & 가 \\ 토 & 기 \end{bmatrix}
\end{bmatrix}
$$

$$
\begin{bmatrix}
음운 & 가 \\
통사 & \begin{bmatrix} 중심어 & \begin{bmatrix} 품사 & N \\ 자리 & 주어 \end{bmatrix} \end{bmatrix} \\
형태 & [Fin \quad +]
\end{bmatrix}
$$

(51-2)　　　　　　　　　여기에서가

여기에서　　　　　　　　　　가

$$
\begin{bmatrix}
음운 & 여기에서 \\
통사 & \begin{bmatrix} 중심어 & \begin{bmatrix} 품사 & N \\ 자리 & case \end{bmatrix} \end{bmatrix} \\
의미 & [위치 \quad +] \\
형태 & \begin{bmatrix} 줄기 & 여기 \\ 토 & 에서 \end{bmatrix}
\end{bmatrix}
$$

$$
\begin{bmatrix}
음운 & 가 \\
통사 & \begin{bmatrix} 중심어 & \begin{bmatrix} 품사 & N \\ 자리 & 임자 \end{bmatrix} \end{bmatrix} \\
형태 & [Fin \quad +]
\end{bmatrix}
$$

(51-3)

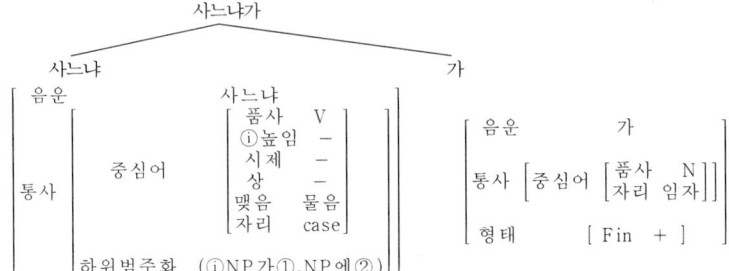

$$
\text{사느냐가}
$$

사느냐 ─────── 가

$$
\begin{bmatrix}
음운 & \text{사느냐} \\
통사 & 중심어 \begin{bmatrix} 품사 & V \\ ①높임 & - \\ 시제 & - \\ 상 & - \\ 맺음 & 물음 \\ 자리 & case \end{bmatrix} \\
& 하위범주화 \quad (①NP가①.NP에②)
\end{bmatrix}
\qquad
\begin{bmatrix}
음운 & \text{가} \\
통사 & 중심어 \begin{bmatrix} 품사 & N \\ 자리 & 임자 \end{bmatrix} \\
형태 & [\ Fin\ +\ ]
\end{bmatrix}
$$

(52) 는(도움토)

$$
\begin{bmatrix}
음운 & \text{는} \\
통사 & 중심어 \begin{bmatrix} 품사 & N \\ 영역 \begin{bmatrix} N & + \\ \sim N & \pm \end{bmatrix} \end{bmatrix} \\
화용 \mid 주제 & +
\end{bmatrix}
$$

(53) 도

$$
\begin{bmatrix}
음운 & \text{도} \\
통사 & 중심어 \begin{bmatrix} 품사 & N \\ 영역 \begin{bmatrix} N & + \\ \sim N & + \end{bmatrix} \end{bmatrix}
\end{bmatrix}
$$

(54) 만

$$
\begin{bmatrix}
음운 & \text{만} \\
통사 & 중심어 \begin{bmatrix} 품사 & N \\ 영역 \begin{bmatrix} N & + \\ \sim N & - \end{bmatrix} \end{bmatrix}
\end{bmatrix}
$$

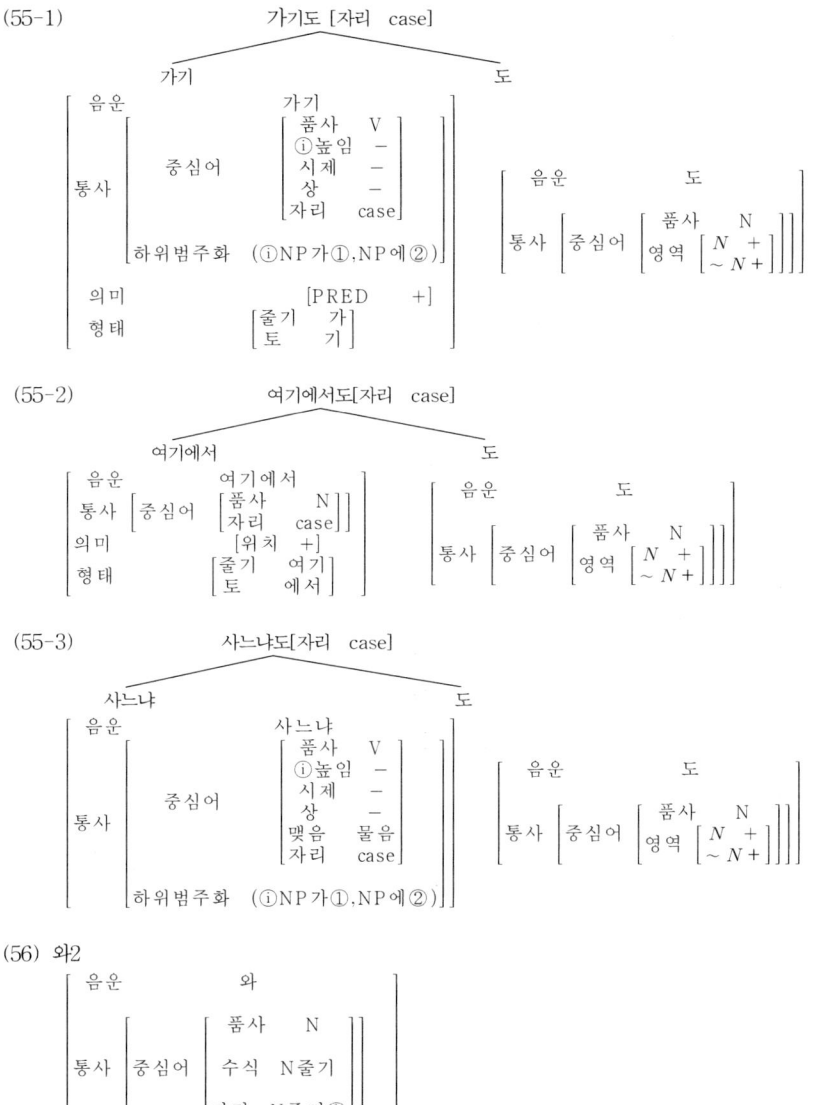

(55-1) 가기도 [자리 case]

(55-2) 여기에서도[자리 case]

(55-3) 사느냐도[자리 case]

(56) 와2

(57) 명사토 '-의'

$$
\begin{bmatrix}
음운 & 의 \\
통사의미 & 통사 \begin{bmatrix} 중심어 \begin{bmatrix} 품사 & N \\ 수식 & [ENTITY +] \end{bmatrix} \end{bmatrix} \\
형태 & \begin{bmatrix} Fin & + \\ 이음 & + \end{bmatrix}
\end{bmatrix}
$$

(58-1) 가

$$
① \begin{bmatrix}
음운 & 가 \\
통사의미 \mid 통사 & \begin{bmatrix} 중심어 \begin{bmatrix} 품사 & N \\ 자리 & 임자 \end{bmatrix} \end{bmatrix} \\
형태 & [Fin \quad +]
\end{bmatrix}
$$

(58-2) 에서

$$
② \begin{bmatrix}
음운 & 에서 \\
통사의미 \mid 통사 & \begin{bmatrix} 중심어 \begin{bmatrix} 품사 & N \\ 자리 & 위치 \end{bmatrix} \end{bmatrix} \\
형태 & [Fin \quad -]
\end{bmatrix}
$$

(58-3) 도

$$
③ \begin{bmatrix}
음운 & 도 \\
통사 & 중심어 \begin{bmatrix} 품사 & N \\ 영역 & \begin{bmatrix} N & + \\ \sim N & + \end{bmatrix} \end{bmatrix}
\end{bmatrix}
$$

(58-4) 와

$$
④ \begin{bmatrix}
음운 & 와 \\
통사 & 중심어 \begin{bmatrix} 품사 & N \\ mod & N줄기 \\ case & N줄기① \end{bmatrix} \\
형태 & \begin{bmatrix} Fin & + \\ 이음 & + \end{bmatrix}
\end{bmatrix}
$$

(58-5) 을

$$
⑤ \begin{bmatrix}
음운 & 을 \\
통사의미 \mid 통사 & \begin{bmatrix} 중심어 \begin{bmatrix} 품사 & N \\ 자리 & 부림 \end{bmatrix} \end{bmatrix} \\
형태 & [Fin \quad +]
\end{bmatrix}
$$

(58-6)   영이가

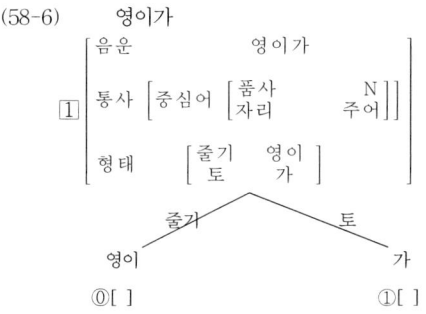

(58-7)   학교에서도

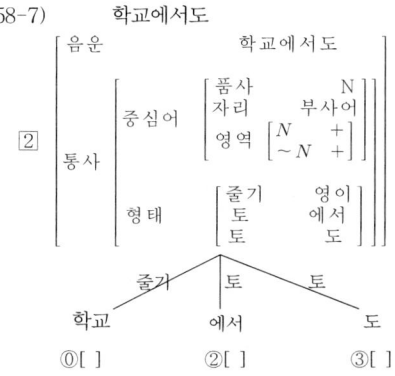

(58-8)   사진과

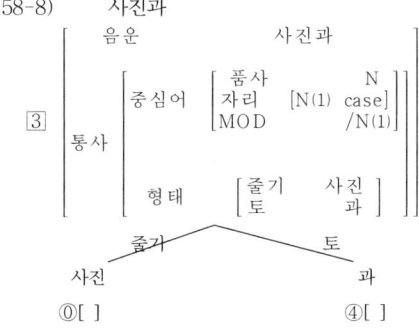

(58-9)　　　그림을

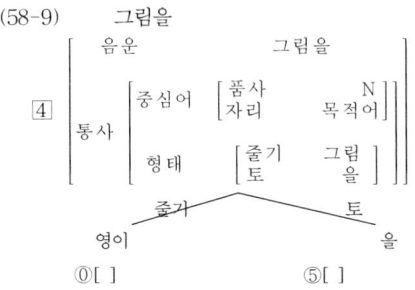

$$
\boxed{4}\begin{bmatrix} \text{음운} & \text{그림을} \\[4pt] \text{통사} & \begin{bmatrix} \text{중심어} & \begin{bmatrix} \text{품사} & \text{N} \\ \text{자리} & \text{목적어} \end{bmatrix} \\[6pt] \text{형태} & \begin{bmatrix} \text{줄기} & \text{그림} \\ \text{토} & \text{을} \end{bmatrix} \end{bmatrix} \end{bmatrix}
$$

줄기　　　　　　　　토

영이　　　　　　　　　　을

⓪[ ]　　　　　　　　⑤[ ]

(58-10)　　　영이가 학교에서도 사진과 그림을 보았다.

$$
\begin{bmatrix} \text{통사} & [\text{중심어}\ (1)] \\ \text{하위범주화} & <\quad> \end{bmatrix}
$$

C　　　C　　C　　　C　　　H

①영이가　　②학교에서도　③사진과　④그림을　⑤ 보았다

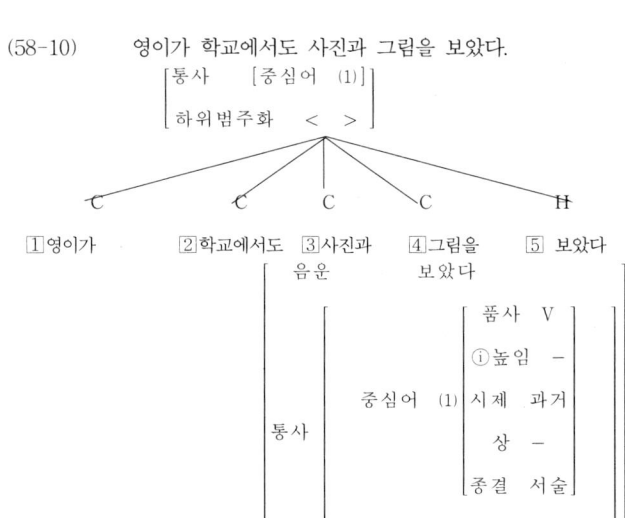

$$
\begin{bmatrix} \text{음운} & \text{보았다} \\[4pt] \text{통사} & \begin{bmatrix} \text{중심어}\ (1) & \begin{bmatrix} \text{품사} & \text{V} \\ \text{①높임} & - \\ \text{시제} & \text{과거} \\ \text{상} & - \\ \text{종결} & \text{서술} \end{bmatrix} \\[10pt] \text{하위범주화} & (\text{NP가①}, \text{NP을}) \end{bmatrix} \end{bmatrix}
$$

■ 찾아보기

저자 서민정

부산대학교 인문대학 국어국문학과를 졸업하고(1993),
같은 대학교에서 석사 학위(1995)와 박사 학위(2004)를 받았다.
부산대학교, 부경대학교, 인제대학교에서 강의했고,
지금은 부산대학교 인문학연구소에서 HK 연구 교수를 하고 있다.

토에 기초한 한국어 문법

초판인쇄 2009년 6월 22일
초판발행 2009년 6월 29일

저자 서민정
발행 제이앤씨
등록 제7-220호

주소 서울시 도봉구 창동 624-1 현대홈시티 102-1206
전화 (02)992-3253(대)
팩스 (02)991-1285
전자우편 jncbook@hanmail.net
홈페이지 http://www.jncbook.co.kr
책임편집 조성희

ISBN 978-89-5668-726-1 93810 　　　　정가 21,000원